娃娃與標本師

THE DOLL FACTORY

ELIZABETH MACNEAL
伊莉莎白·麥克尼爾

黃亦安 譯

獻給伊尼德和亞瑟

倫敦

一八五〇年十一月

一幅畫

街道更深夜靜時，女孩坐在人偶店地窖裡的一張小桌前。一顆光禿禿的陶瓷人偶頭擺在她正前方，以空洞的眼神凝視她。她將紅色和白色的水彩擠到牡蠣殼中，吸吮筆尖，伸手調整面前鏡子的角度。燃燒的蠟燭嘶嘶作響。女孩對著空白的紙瞇起雙眼。

她在顏料中加入水，調出膚肉的顏色。撇下的第一筆色彩就像耳光一樣甩在紙上。厚實的紙張經過冷壓處理，不會輕易起皺。

陰影在燭光的映照下擴張，她頭髮的邊界和黑暗融為一體。她繼續作畫。畫筆一揮，便是她的下顎，白色則是她映射了火光的顴骨。她如實畫出了自己的缺陷：一雙分得太開的眼睛，還有畸形歪扭的鎖骨。她姊姊和女主人正睡在樓上，畫筆細微的唰唰聲聽來就像一種侵擾、一場喧鬧的集會，準備將她們吵醒。

她蹙起眉頭。她的臉畫得太小了。她本來想畫滿整張紙，但她的頭正浮在一塊空白上方。她存了好幾個星期的薪水才買得起的畫紙毀了。她應該先描出輪廓線，而不是急著動手上色。

女孩和燭光與她的畫像靜坐在原地好一會兒。她的心飛快跳動。人偶的臉持續朝前凝望。她應該要在被發現之前回到床上。

但女孩向前傾身，目光不離鏡子，伸手拉近蠟燭。蠟燭以蜂蠟製成，而非獸脂，是她從女主人的祕密收藏偷來的。她將手指浸入熱燙的蠟液中，讓蠟在手上凝固成一層膜。接著，她將手穿過燭火，看她可以忍受高溫多久——直到她聽見手指上的絨毛燒起來的嘶嘶聲。

第一部

某樣住在這顆心裡的事物，肯定不會消亡，而生命不僅僅是場夢。

——瑪麗・沃斯通克拉夫特（Mary Wollstonecraft），《瑞典、挪威和丹麥短居書簡》（*Letters Written During a Short Residence in Sweden, Norway and Denmark*，一七九六年）

美的事物是一種永恆的愉悅：
它的美與日俱增；它永不湮滅，
它永不消亡；為了我們，它永遠
保留著一處幽境，讓我們安眠，
充滿了美夢、健康、寧靜的呼吸。[1]

——約翰・濟慈（John Keats），《恩底彌翁》（*Endymion*，一八一八年）

1 譯注：引自屠岸譯本。

希拉斯・利德的珍奇新物骨董行

希拉斯坐在桌邊，手中拿著一隻歐斑鳩的填充標本。地窖就和墓地一樣寂靜，只聽得到他緩慢吹動鳥羽的呼吸聲。

希拉斯噘起嘴脣工作。燈火照耀下，他的相貌並不醜陋。三十八歲的年紀，他仍保有一頭濃密的黑髮，沒有一絲灰白夾雜其中。他環顧四周，看向沿著牆排列的一個個玻璃罐。罐子上都貼了標籤，裡頭泡著腫脹的浸液標本。浮腫的羔羊、蛇、蜥蜴和貓緊貼著牠們牢籠的壁緣。

「別從我手上溜走，你這小淘氣。」他喃喃道，拿起鉗子，扭緊鳥兒腳爪上的鐵絲。

他喜歡對那些生物說話，編造牠們來到他的標本底板前發生的故事。他替這隻斑鳩想像出許多情節後——騷擾運河上的駁船、在《奧德賽》（*Odyssey*）中某艘船的船帆上築巢——便選出一個自己比較喜歡的劇本。於是，他時不時會訓斥這位朋友攻擊水芹小販的虛構癖好。希拉斯放開手中的鳥兒，讓牠僵直地棲在木椿上。

「好了！」他高呼，向後一靠，撥去擋在眼前的頭髮。「這樣就能教訓你撞翻那小女孩手上的蔬菜了。」

希拉斯對於這次的委託非常滿意，特別是因為他加速進行最後的製作階段，早上就完成了標本。他敢說那位畫家會喜歡這隻鳥——他依照要求，讓鳥兒彷彿凍結在飛翔途中，雙翼形成完美的V字形。希拉斯還趁機圖了一點小利——為那些泛黃的罐子中，多添入了一顆斑鳩的心臟。小小的棕色球體漂浮在保存液中，等著向江湖術士和藥材商賣個好價錢。

希拉斯動手收拾工作室，擦拭整理他的工具。他將斑鳩揣在懷裡，一邊爬上梯子。他正側著肩膀頂開活板門，底下傳來了哮喘般斷續的門鈴聲。

艾比。他暗自希望是他，只不過時間還早。他將鳥丟在櫃子上，急急穿越店內，猜想這孩子會給他帶來什麼。這男孩最近的收穫愈來愈無趣——爬滿蛆的老鼠、頭骨碎裂的老貓，甚至還有隻被輾過半身、一只腳爪殘缺的鴿子。（「但是，先生，好東西都給拾骨人拿走了，生意難做啊——」）希拉斯若想讓作品經得起時間的考驗，他就需要某個非常特別的東西。他想起附近斯特蘭德街上那間麵包房，他們靠著拿來當門擋也不為過的笨重全麥麵包賺取微薄的收入。後來，那位差點就要被關進欠債者監獄的麵包師以糖醃漬草莓，再裝進罐子裡販賣。整間麵包房從此改頭換面，名氣響亮到出現在城市導覽手冊裡。

問題是，希拉斯常自以為找到了那獨一無二的素材，卻在完成後又滿腹疑慮，渴望更好的作品。他仰慕的病理學家和收藏家——比如約翰・杭特（John Hunter）、阿斯特利・庫柏（Astely Cooper）這類研讀醫學的飽學之士——根本就不缺標本。他曾在倫敦大學學院對面的酒館裡偷聽那些醫生的對話，嫉妒地聽他們談論早晨的解剖課。他或許缺乏人脈沒錯，但總有一天，艾比肯定會、**一定會**為他帶來——他的雙手顫抖起來——**無與倫比**的標本素材。然後，他的名字會被刻在博物館的大門，而他所有的努力和辛勞都將獲得肯定。他想像和最親愛的兒時玩伴芙莉可一同步上石頭階梯，兩人看見銘刻在大理石上的「希拉斯・利德」時停下腳步。她無法壓抑心中的驕傲，一手棲在他的背上。他會向她解釋，這一切都是為了她。

但來者不是艾比。每一下敲門、每一聲鈴響，只迎來更多的失望。一名女僕代女主人來訂製蜂鳥的填充標本，好裝飾她的帽子；一個穿絲絨外套的男孩進來晃了老半天，最後買了一只蝴蝶標本胸針，希拉斯抱著一絲不屑賣給了他。整個過程中，希拉斯只在將硬幣收進狗皮錢包時才會移動。空閒的時刻，他的拇指不斷撫過《刺胳針》[2]中的一個句子：「腫——瘤——使——鼻——鼻——鼻骨——分離。」鈴響和敲門聲成了他生活唯一的節奏。樓上是位於閣樓的臥室；樓下是他黑暗的地窖。

真是氣人，希拉斯心想，一邊環顧這間破舊狹小的店面，還有替他付房租的那些無聊商品。庸俗的大眾品味無法以言語解釋。大部分上門的顧客都會忽略那些真正的奇蹟——活了百年的獅子頭骨、鯨魚的肺組織製成的扇子、鐘形罩裡的猴子剝製標本——然後逕自走向後方的鱗翅目展示櫃。裡頭是一些由兩只小玻璃片夾起的朱紅色蝶翅，還有項鍊的墜飾，以及只有展示功用的擺飾。他想，假使他們富有想像力，自己就能做出這些愚蠢的小飾品。只有畫家和藥材商會為他真正喜愛的作品埋單。

時鐘敲出十一點的聲響時，他聽見一陣輕柔的叩門聲，以及從地窖傳來微弱斷續的鈴響。他趕到門口。訪客可能是只有兩便士可花的蠢小鬼，就算來的是艾比，他又會收到一隻該死的蝙蝠或長滿疥癬的狗——一文不值，只能拿來煮燉肉。儘管如此，希拉斯的心跳還是逐漸加快。「啊，艾比。」希拉斯說，一邊打開門，一邊試圖讓自己的聲音保持平穩。泰晤士河上的霧爬了進來。

眼前的十歲小鬼對他報以笑容。（「我知道我的年紀是十歲，先生，因為我在女王和艾爾伯特成婚那天出生的。」）他上排牙齦中間只剩一顆泛黃的牙齒，看起來像個絞刑架。

艾比說：「今天替你弄來了新鮮的動物。」

希拉斯瞥向屋外的死巷和一旁搖搖欲墜的空房子，看起來就像一排醉鬼，一棟比一棟傾頹。

「快說，孩子。」他說，擰了擰男孩的下巴，以表示他居於上位。「你帶了什麼來？巨齒龍的前腿？還是人魚的頭？」

「這季節的攝政運河對人魚來說有點冷，先生，但另一個動物——巨什麼龍的——說牠死的時候會留一個膝蓋給你。」

「牠真好。」

艾比往他的袖子吹氣。「我替你拿到了一件恰到好處的珍寶，低於兩先令我是不賣的。但我要警告你，這不是你喜歡的那種紅色。」

男孩解開布袋上的繩子。希拉斯的視線隨他的手指移動。一團空氣從裡頭溢出，帶有腥味，甜膩腐臭，希拉斯抬手掩鼻。他一直無法忍受死物的氣味。他的店就和藥鋪一樣乾淨——每一天，他都在和煤煙、落毛和那股**臭味**奮鬥。他想拿出背心裡裝著薰衣草油的小玻璃瓶，沾一點在上脣，但他不想讓那男孩分心。艾比狀態極佳的時候就像鼩鼱一樣嗅覺靈敏。

男孩眨眨眼，手上緊抓著布袋晃動，假裝裡面的東西還活著。

希拉斯勉強露出一抹空洞的微笑。他不喜歡看到這個臭小鬼、讓這個街頭醜小子戲弄他。這會讓他想起過去，想起他還在艾比那個年紀，在陶器工廠的堆置場中搬運一袋袋沉重的溼瓷土，手臂因母親的拳頭而發疼。這會讓他懷疑自己是否真的脫離了那種生活——雖然他現在讓自己被只有一顆牙齒的小鬼逗弄。

但希拉斯什麼也沒說。他假裝打了一個哈欠，一隻眼睛卻像鱷魚般眨也不眨地看著，洩露了

---

2 *The Lancet*，歷史最悠久的醫學期刊之一，一八二三年創刊於英國。

他的興趣。

艾比露出笑容，打開布袋，露出了兩隻死小狗。

至少，希拉斯以為那是兩隻小狗。當他抓住小狗的四肢時，才發現它們只有一個頸背，也只有一顆頭，只有狗的頭骨是分開的。

希拉斯倒抽一口氣，露出微笑。他的手指滑過小狗頭頂的縫隙，檢查是不是假的。要說艾比為了多賺幾便士而拿針線將兩隻狗縫在一起，他可一點都不意外。他舉起狗，在油燈昏黃的光下檢視狗的剪影，捏捏牠們的八條腿，還有脊椎上的骨節。

「這個好多了，嗯。」他輕聲說：「哦，沒錯。」

「兩先令。」艾比說：「不能再低了。」

希拉斯笑出來，拿出他的錢包。「一先令，就這樣。你還可以進來參觀我的工作室。」艾比搖搖頭，走向更遠的巷子深處，一邊環顧四周。男孩臉上露出近乎恐懼的神色，但當希拉斯將硬幣放到他手裡時，那神情很快就消失了。艾比大聲清喉嚨，鄙夷地吐了口痰到石子地上。

「只有一先令？你要讓一個小男孩餓死嗎？」

希拉斯很快關上門，絲毫不理會緊接而來的捶門聲。

他扶著櫃子穩住自己。他向下瞥，檢查小狗是否還在。還在那裡，被他緊握在胸口，就像被孩子抱在懷裡的洋娃娃一樣。小狗八隻毛茸茸的腳懸蕩著，和鼴鼠一樣柔軟。看來牠們出生時連第一口氣都來不及吸進肺裡就死去了。

他終於得到了。他的醃漬草莓。

男孩

看著希拉斯朝自己甩上門後，艾比將一先令放到門牙和下排牙齦間咬一咬，他只看過姊姊這麼做，所以如法炮製。他湊過嘴吸吮著硬幣，味道甜甜的。他很滿意。他從沒指望真能拿到兩先令。你開價兩先令，然後拿到一先令，倘若你當初要求的是一先令呢？他聳聳肩，吐出硬幣，再塞進口袋裡。他要買一碗水煮豬耳朵當午餐，剩下的錢就交給姊姊。但他接下來還要完成一個任務，而且他已經遲到了。

他的「死東西」袋子旁邊，還有另一只麻布袋，裡頭裝了他花一整晚縫製的小小裙子。他小心翼翼地不讓自己弄混這兩只袋子。有時當他送袋子到人偶店時，他會相信自己拿錯了袋子，這時他會感到心臟一陣顫慄。而他一點也不想看到沙爾特太太發現袋子裡裝的是爬滿蛆的老鼠時，臉上露出的難看表情。

他朝小小的拳頭吹氣，讓它們暖和起來，然後奔跑上路。男孩沿著街道曲折前進，搖晃的雙腿向外彎曲。他跑向西邊，穿越髒亂的蘇活區。面容憔悴的妓女抬起妝容髒糊的雙眼盯著他擺動的四肢，就像筋疲力盡的貓盯著一隻蒼蠅。

他跑上攝政街，瞄著以四基尼價格販售假牙的商店，舌頭彈了彈僅存的那顆牙齒，接著一頭闖到一匹行進中的馬前方。那匹馬猛然弓起身軀，高高朝天空踢著馬蹄。艾比往後跳，壓下心中的恐懼，朝車伕大吼：「夥計，小心點！」

在那男人來得及回罵或手上的鞭子揮向他之前，艾比就衝過街，踏進沙爾特太太的人偶專賣店。

沙爾特太太的人偶專賣店

艾莉絲的拇指指甲劃過小裙子的縫合處。要是有跳蚤，她就準備擠碎牠們的殼。她挑出一根鬆脫的線頭，打了一個結。

儘管快到中午，她的女主人沙爾特太太卻還沒起床。她的雙胞胎姊姊坐在她身後，低著頭縫紉。

「至少沒有跳蚤，但下次要更仔細處理線頭。」艾莉絲告訴艾比：「整座城的女裁縫師都會為了搶走你的工作，而賣掉她們剛出生的孩子。」

「但是，小姐，我姊姊得了流感，我照顧她整個晚上。我也好幾天不能去溜冰了，這也不公平呀。」

「可憐的小傢伙。」艾莉絲四下環顧，但她姊姊蘿絲正在專心幹活。她壓低聲音說：「你得記住，你可不是和一個正常女人打交道，而是住在沙爾特太太體內的惡魔，她才不管公平不公平。你看過她吐出舌頭嗎？」

艾比搖搖頭。

「她的舌頭是分岔的。」

艾比綻放出的笑容無比真誠、毫不虛假，艾莉絲真想一把將他擁入懷中。他那頭髒兮兮的金髮、只剩一顆的牙齒和被煤煙燻黑的臉——這些都不是他的錯。若是在另一個世界，他也有可能出生在她那位於哈克尼的家。

她將一捆新布料塞進他的袋子，回過頭再次確認蘿絲沒注意他們，然後給了他一枚六便士硬幣。她原本要拿這些錢去買新的畫紙和畫筆。「替你姊姊買點湯吧。」

艾比遲疑地瞪著硬幣。

「我沒騙你。」她說。

「謝謝妳，小姐。」他說，雙眼就像大頭針的頂端一樣黑。他一把搶過錢幣，彷彿害怕她會改變主意。接著他衝出店門，差點一頭撞上那位來自義大利的手風琴街頭表演家。他揮舞手杖，朝艾比打去。

艾莉絲看著男孩離開，這才深深吸了一口氣。雖然艾比的確是個髒兮兮的小街童，但她還是不解為何他總是渾身散發強烈的腐臭味。

⁂

這間位於攝政街的狹長商店坐落在兩家彼此競爭的糕點店之間。煙囪上裂開的縫隙讓沙爾特太太的人偶店總是瀰漫著煮沸的糖和焦糖燒焦的氣味。有時候，艾莉絲會幻想自己正在吃小糖果和梅子果凍，或是包覆著喇叭狀酥皮和打發鮮奶油的完美小蛋糕；她也會幻想自己坐在薑餅大象的背上，朝白金漢宮緩緩移動；其他時候，她會幻想自己溺死在沸騰的糖蜜裡。

惠特爾姊妹剛來到沙爾特太太的店裡當學徒時——她究竟結婚了沒有，對艾莉絲來說一直是個謎——艾莉絲就對這間店著迷不已。由於她畸形的鎖骨和蘿絲臉上的天花疤痕，她以為她們會被關在地窖的貯藏室裡工作。但是，她們被帶到店中央的鍍金寫字檯前，讓感興趣的客人能觀賞她們工作。她拿到了顏料粉末和狐狸毛畫筆，讓她能妝點人偶的手腳和臉孔。她當然知道這份工作度日如年，但她還是對那些和整間店一樣長的黑檀木櫃與放滿其中的陶瓷人偶滿心讚嘆。店裡十分溫暖，光線充足。蠟燭在黃金燭臺裡嘶嘶作響，角落也生了火。

但現在她坐在姊姊身旁，手上握著一尊瓷人偶和一枝磨損的畫筆，一邊克制自己打哈欠的渴望。她從未想過會感受到如此沉重的疲倦感。就算這家店是間大工廠，她的工作也不會比現在更來得煩累乏味。她的雙手因冬日寒風而泛紅龜裂，但如果她塗上獸脂滋潤皮膚，畫筆就會在手中溜來滑去，讓她畫壞人偶的嘴脣和臉頰。她環顧四周，看向那些漆上黑色的廉價橡木、而非黑檀木打造的衣櫃，看向燭臺上因燭火熱氣而剝落的金漆，然後看向她最討厭的地方：地毯上那塊沙爾特太太每天來回踱步而愈顯光禿的區域，如今布料已磨損得比她女主人的頭髮還稀薄了。糕點店飄來的噁心氣味、房裡凝滯的空氣，還有一排排目不轉睛盯著她的人偶，都讓她感覺這裡是個地下墓穴。有時候，艾莉絲必須奮力呼吸才喘得過氣。

「死了嗎？」艾莉絲向雙胞胎姊姊輕聲說著，將一張銀版相片推向她。那是一名小女孩的深褐色影像，小女孩的雙手像鴿子般整齊交疊在大腿上。此時，沙爾特太太走進店裡，艾莉絲抬起頭瞥了一眼。她在門邊坐下，打開手中的聖經，書脊劈啪作響。

蘿絲投過來一個眼神要她安靜。

這遊戲是艾莉絲僅有的幾個樂趣之一，儘管她會因此湧上罪惡感——她們正猜測銀版相片上的小孩是否已經死去。出於某個無法解釋的理由，她想知道她製作的到底是放在死去嬰孩墳上的紀念人偶，還是送給活蹦亂跳的孩子的玩具。

沙爾特太太大部分的收入來源正是這種客製化人偶服務。現在是冬季，寒冷的天氣和疾病使雙胞胎姊妹的工作量倍增，她們的工作時間常常從十二小時拉長到二十小時。「這很合乎情理。」沙爾特太太會以她的生意口吻這麼說：「想紀念逝去摯愛的靈魂是人之常情。無論如何，聖經的哥林多後書也這麼寫：『我們坦然無懼，是更願意離開身體，與主同住。』他們的靈魂已經離開，人偶便象徵了他們留在身後的塵世器皿。」

猜測相片中孩子的死活並不容易，但艾莉絲知道該怎麼尋找線索，有時根本易如反掌。某些相片中，孩子看起來就像是睡著了，四周簇擁著花朵；某些相片裡的嬰孩後方會有明顯的支撐物，甚至是由喬裝成沙發椅的人所環抱；如果相片中還有其他人入鏡，他們都會失焦，只有孩子的影像因靜止不動顯得格外清晰。

「還活著，」艾莉絲斷定，「她的眼睛是模糊的。」

「安靜！不許聊天！」沙爾特太太厲聲喝斥，就像突然點燃的火柴。艾莉絲低下頭，調配了一抹較暗的粉紅色，畫在人偶的雙脣之間。她沒有抬頭，深怕沙爾特太太又會走過來，擰她手肘內側柔軟的肌膚。

一整天下來，兩個女孩並肩坐在一塊兒，幾乎沒交談，也幾乎不移動，只有吃著充當午餐的牛肉汁和麵包時才停下來。

艾莉絲畫著那張陶瓷製的臉，將頭髮縫上頭頂的孔洞。假使那孩子有一頭捲髮，她會拿著煤炭加熱過的鐵棒燙捲頭髮。同時間，蘿絲的縫針就像小提琴手的琴弓般起落。她負責替那些縫紉工整晚做的粗糙裙子和上衣增添更為精緻、更需作工的細節：小粒珍珠、有褶飾的袖子、金銀鑲珠飾邊，以及和老鼠鼻子一般小巧的絲絨鈕釦。

雖然她們長得一模一樣，但這對雙胞胎毫無相同之處。她們還是小女孩的時候，蘿絲總被認為是最美的那一個，她才是父母的掌上明珠，而蘿絲也深知這一點，對這種待遇視若珍寶。艾莉絲天生變形的鎖骨導致她的左肩往前弓起，她姊姊因此想保護她的善意，卻只讓艾莉絲不時感到惱怒。（「我又不是殘障。」當蘿絲堅持不讓她拿任何包裹，還大步走在前頭，像預期艾莉絲跟不上時，艾莉絲就會生氣地這麼說。）她們也會為了誰可以吃晚餐桌上最大塊的烤馬鈴薯、誰跳得最遠、誰的字跡最工整而爭執不休。她們會對彼此惡言相向，因為她們知道每次吵完架都會和好——兩人會將雙手和雙腿交疊在一起，坐在火邊幻想她們夢想中的花店芙蘿拉，想像裝飾的花朵從架子上滿溢出來，牆上的花籃插滿了鳶尾花和玫瑰[3]。

好景不常，這對姊妹十六歲時，蘿絲染上天花，幾乎要了她的命。當她看見粗厚的皮疹和膿瘡爬滿了她的臉和身體、失明的左眼變得一片灰白時，她寧可自己當初真的病死。她的肌膚很快變得坑坑疤疤、染上一抹紫色調，而她無止盡的搔抓也讓傷口更形惡化。她的雙腿盡是疤痕留下的坑洞。「為什麼是我？為什麼是我？」她不斷哭喊。有那麼一次，她嘶聲說了一句話，讓艾莉絲懷疑自己是否聽錯：「應該是妳才對。」

現在，她倆二十一歲了，她們的頭髮是一樣的深赭色，但蘿絲的髮型像在贖罪一樣，髮絲垂掛臉前，盡可能遮住她坑疤不平的雙頰。艾莉絲則髮長及腰，編成一條又長又濃密的辮子。她的肌膚平滑柔白，宛如嘲弄著蘿絲。她倆再也不曾一起歡笑，再也不曾與彼此分享祕密。她們再也沒有談起夢想中的花店。

※

有時候，艾莉絲早上起床，會看見姊姊面無表情盯著她，視線冷酷得令她害怕。

艾莉絲的眼皮逐漸下垂，沉重得彷彿縫上了鉛塊。沙爾特太太正在接待客人，語調就像吟唱一首優美的曲子。

「我們以最細心的態度處理每一項委託——來自北方工廠的純陶瓷——我們就像一家人一樣——沒錯，這些好女孩，完全不像克倫伯恩巷那些吵鬧攬客的帽子商——那種人實在墮落。」

艾莉絲使勁掐住大腿肉，讓自己保持清醒。她的身體往前傾，一邊想著就只睡一會兒，應該不至於那麼糟吧——

「老天，蘿絲！」她低聲叫道，倏然坐直，搓揉起手臂，「妳應該是拿針才能將我的手肘擰得這麼痛。」

「沙爾特太太看到的話，妳就慘了。」

「我受不了了。」艾莉絲細聲說：「我受不了了。」

蘿絲沒有回話，摩挲著手上的痂痕。

「若我們能從這裡逃走，妳想做什麼？而且我們不必再——」

「我們的運氣已經很好了。」蘿絲喃喃說：「而且妳能做什麼？丟下我一個人去當妓女嗎？」

「才不會。」艾莉絲嘶聲回道：「我會畫真正的畫，而不是沒完沒了的陶瓷眼睛、陶瓷嘴脣和陶瓷臉頰，還有、哎——」她沒發現自己握緊了拳頭。她鬆開手，試著思考她帶給姊姊的痛苦。可是姊姊的病痛明明不是艾莉絲的錯，她卻要每天為此接受懲罰，也失去姊姊的喜愛。「我再也受不了住在撒旦夫人的巢穴裡。」

---

3 鳶尾花（iris）和玫瑰（rose）就是艾莉絲和蘿絲的名字。

店鋪的另一頭，沙爾特太太的頭像貓頭鷹一樣迅速轉過來。她皺起眉頭。蘿絲一陣心驚，不小心被針刺了手。

一陣風猛烈吹來，大門砰然關上。艾莉絲睜大眼，透過汙穢的窗戶往外看去。她看著馬車從屋外經過，一邊想像那些包裹在馬車裡的女士們。

她咬住嘴唇，倒出一點藍色粉末，再次將畫筆伸進水瓶沾水。

小狗

「好了，你們這些淘氣的小狗。」希拉斯說。他坐在地窖的桌旁，黑髮落在眼前。「我很抱歉事情變成這樣，但如果你們當初沒有偷吃廚師的杏仁餅，就不會落得如此下場。」他笑著說，對於自己為小狗編的生前故事心滿意足，接著拿出三把尺寸各異的刀。相連在一起的小狗躺在他面前，腹部朝天。

起初他想將這畜生浸泡起來，最後決定以填充和接合的方法，將牠倆分別製成獨立的標本。當他蓋起屬於自己的大理石造博物館時，牠倆的骨骼和填充標本將會並肩坐在入口大廳，身旁立著灰泥飾柱守護。

他抹了抹在冷冽的十一月間照樣冒汗的額頭，然後伸展手指。最大的那把刀握在他手中，冷卻了他的體溫。

他在左邊小狗的腹部開了一小條切口，以平穩的力道拉開毛皮。他放慢呼吸，僅剩齒間的細微氣音。他小心翼翼地避免弄傷底下被紫色薄膜包覆的肌肉和器官。他稍微往左移，讓燈光落在狗身上，接著將毛皮盡可能往外切開到最遠的部位，在柔軟的腳爪肉墊和有四個鼻孔的菱形鼻頭停住。光投下的影子會影響精準度，因此他將動作放得更緩，謹慎地換了較小的解剖刀進行最後的切割。日落時，他已將整片毛皮完整地分離開來。

「那些食客沒有了搭配溫室水果的奶油杏仁餅。你們真是淘氣的小狗。」他說，一邊想像牠們成為填充標本後完好的模樣。如果基甸能看到他這十五年間進步了多少——但希拉斯吞下了這個念頭。他決心好好享受這個階段，在眼前的屍體帶來的指望逐漸腐敗落空之前，感受其中蘊含的可能性。這股興奮就和他第一次找到屬於自己的頭骨時一模一樣。

「跟我來。」那天他和芙莉可離開陶器工廠時，他對她說。但出於某個他想不起來的理由，他最後孤身一人佇立在鄉野間。

那時，他發現了一具正在腐爛的狐狸屍體。一開始他感到噁心無比，立刻掩住鼻子，但接著便看見牠的毛皮就和芙莉可的髮色一樣紅豔。那隻狐狸完美無瑕，脆弱纖細，每塊骨頭都比鋸子切下來的還整齊。這頭獸曾經活過、呼吸過，如今正處於美麗與恐怖之間的中介狀態。他觸碰牠的頭骨，再觸碰自己的。

他每天都來探望牠，看著蛆蟲一步步侵蝕軀體，看著毛皮皺縮凋萎，看著精緻的白色骨架逐漸顯露，就像一朵花緩緩綻放。他每次來都有新發現：大腿骨纖細得出人意料、頭蓋骨上交錯的網狀構造如此精緻。當他的指甲輕彈頭骨，會傳來悶滯的聲響。等頭骨上的肉盡數剝落，他便將它包在衣服裡，占為己有。

那年夏天，他的皮膚總是沾滿一層厚厚的塵土和汗漬。他翻遍每一處草叢，每一座山丘，每一叢矮林和河岸，直到他蒐集十五個頭骨。他設下陷阱，將樹枝削成尖矛，悄悄從後方接近動作遲緩的老兔子，徒手掐死牠們。一開始，被掐住的兔子會奮力掙扎、亂動亂踢，有時他也會屏住呼吸。接著，兔子的身體變得無力癱軟，但他不會馬上鬆手，以防牠們沒有死透。

看他將頭骨處理得多好！原以為只要有五個、十個，他就心滿意足了，但他發現還不夠，他還要更多。每個新頭骨出現，都讓他變得更欣喜與渴望。但是，現在他擁有了這個寶藏。這頭毛茸茸、纖長的野獸如此美麗精巧，比當時只是個男孩的他所能想像的任何東西都來得好。他覺得自己再也不會感到匱乏。

他完成了今天能負荷的工作量。他從過去的經驗學到，若再繼續工作下去就會毀了標本。現在一定快五點了。他打了個哈欠，決定收工休息。他將剝了皮的小狗放進一只錫桶裡。等他晚點將肉從骨頭上煮下來後，他會使用鑷子、膠水和細如絲線的鐵絲組合起骨頭。

他爬上梯子，進入店裡，再登上通往閣樓的階梯。當他披上睡袍時，不由得瞥向床邊放滿填充老鼠標本的架子。每隻老鼠都穿著小小的衣服。

希拉斯挑了一隻褐色的老鼠。他撫摸牠身上的精紡裙子、他以最細的毛線鉤成的披巾，還有牠爪子抓著的小小圓盤。希拉斯將老鼠放回架子上，然後捏熄燭火。

就在他快要睡著的時候，他聽見了敲門聲。

他拉過枕頭蒙在臉上。

敲門聲變成一陣打雷般的悶響。

「希拉斯——！」

他嘆口氣。這男人真沒耐性！幸好希拉斯沒有任何鄰居，不用擔心會打擾到誰。而且，這傢伙看不懂「已打烊」的告示嗎？

「**Ouvrez la porte!**（開門！）」

他無奈地呻吟，坐起身來，穿上外套和長褲，點亮一根火光閃爍搖曳的蠟燭，擠過窄小的樓梯間往下走。

「**Je veux ma colombe!**（我要我的鴿子！）」

「佛斯特先生。」希拉斯打開門說。一名身材修長的高個子男人回視他，身上穿著沾滿顏料的破爛衣服。男人渾身散發一股狂熱的魅力，自命不凡又自信滿滿，希拉斯掙扎著不知該取悅他，還是輕視他。路易斯露出微笑。

「瞧，我就知道你在裡面。我來拿我的鴿子——如果牠還沒嚇得飛走的話。」他沒等希拉斯回答，便轉身向一個出現在巷口的人影大聲吆喝，要那人過來。「這裡！來這裡！老樣子，遲到了。」

此刻將近黃昏，希拉斯試著看清來者的面貌。那人小跑步進巷子裡，繞過地上散發惡臭的一堆堆菜皮和煤灰。他愈跑愈近，希拉斯門口的燈光映在他臉上。強尼．米萊[4]。他的身形削瘦得像匹憔悴的小馬。

「老天，路易斯，你的衣服怎麼了？我甚至不會給我家的狗穿這種上衣。」

「我每次見到你都覺得很高興，米萊。」路易斯說，沒受邀請就逕自走進店裡，也沒在擦鞋鐵墊上弄乾淨靴子。

「你還沒打烊，真是走運。」米萊說，跟著他走進門。希拉斯沒有反駁。

「希拉斯已經處理好我的鴿子了。那麼，牠在哪裡？」路易斯雙手抬起獅子的頭骨，作勢要丟向米萊。「吼！」他說，嘲弄地哼了一聲。

希拉斯渾身一僵，暗自希望自己有勇氣叫他放下，但他什麼也沒說，只是忙著從櫃子裡拿出鴿子。

「老天，真美！和我想像的一模一樣。」這位畫家大叫。他抓住鴿子，撫摸牠的頭。「要是我的模特兒坐著時能像你一樣靜止就好了。」路易斯將一枚一基尼硬幣放進希拉斯手裡，比原本談妥的價碼多了一倍。「米萊，你也該買隻老鼠，畫在你那幅《瑪莉安娜》的角落，給那塊空白處增加點動感。」他從架子上拎起一隻褐色填充老鼠的尾巴，說：「我還要買這個。」

「她很脆弱——」希拉斯試圖告訴他，但路易斯似乎完全沒聽見，將鳥和老鼠頭下腳上塞進布袋裡。

希拉斯看著兩人跑過狹窄的巷道，路易斯的雙手放在米萊的肩膀後方，每跑兩步就跳一下。在燈光照耀下，希拉斯能看見路易斯的腳踝，還有他手腕皮膚反射的燈光。眼前的景象讓他想起芙莉可，他已經超過二十年沒有感受過她的碰觸了。

目送他們消失在黑暗中之後，希拉斯環顧自己的小店，看向低矮的天花板、那些他盡可能漆得好看的破損櫥櫃，還有自己因不悅而下撇的嘴角。

「不能再攻擊水芹小販了，嗯。」他說：「你的新朋友不會喜歡那樣的。」

4 Johnnie Millais，全名為John Everett Millais（1829-1896），英國畫家，前拉斐爾兄弟會（Pre-Raphaelite Brotherhood，也譯為前拉斐爾畫派）的創始人之一。

畫家

儘管艾莉絲稍早時精神不濟，現在卻難以入睡。焦糖的氣味讓她頭痛。一根馬毛從床墊中穿透出來，扎著她的大腿。她挪了挪身體，將一隻汗黏的手臂甩到床單外，好讓體溫降下來。她試著集中精神不亂動、讓腦袋平靜下來、讓呼吸和姊姊一致。但她的腦袋轉個不停。她想要作畫。她想著溫莎牛頓牌水彩的細長金屬軟管、混合顏料的牡蠣殼，還有她省吃儉用半年才買得起的貂毛畫筆。

她輕輕推了推雙胞胎姊姊。

「我還沒看到鸚鵡。」蘿絲嘟囔著。艾莉絲知道在聖喬治教堂早上五點的報時鐘敲響之前，蘿絲是不會醒來的。沙爾特太太的鼾聲如火車般吱嘎吱嘎、呼咻呼咻地從牆的另一邊傳來。每晚她灌下好幾口鴉片酊之後，就會睡得和死人一樣。

艾莉絲再也忍耐不了，她從被子裡鑽出來。木頭地板在她腳下嘰嘎呻吟著。艾莉絲毫不費力就打開了她定期上油的臥室門閂。她突然升起一股想大笑的詭異衝動，但她一隻手摀上嘴巴，蓋住正要冒出來的咯咯笑聲。

她來到走廊上，一陣風吹過她的睡袍。沙爾特太太的房門半掩，油燈在地上投射出病態的黃光。空氣中飄著胃酸的臭味。艾莉絲敢說沙爾特太太每晚吃的那些藥並未減輕她的病痛，反而正是折磨她的罪魁禍首——治胃痛的「母親之友」，還有她對付面皰的「孟羅醫生的安全砒霜美容藥錠」。艾莉絲已經厭倦了刷洗吸滿嘔吐物而變硬的地毯，雙手老是被醋刺得發痛。她也厭倦了更慘的事——有時候，沙爾特太太的幻覺會嚴重到堅信自己收容了一對雙胞胎妓女，艾莉絲就快要被一名長了獠牙的綠皮膚紳士成功勾引，而她會因此吃上好幾個耳光。

真希望藥劑師能在她的藥裡摻進老鼠藥，艾莉絲心想，一邊踮腳走下樓梯，踩著木頭最不會嘰嘎作響的地方。

⁂

位於地窖的貯藏室又小又窄，溼氣在牆上留下汙漬。灰泥發霉的氣味強烈到連一絲糖的香氣都聞不到。

艾莉絲走向角落一個敞開的櫃子，裡頭堆著還沒上色的瓷手腳和瓷頭。一只布袋裝著一捆捆人類的頭髮，是從南日耳曼的農夫頭上剪下來的。艾莉絲拿起袋子，取出藏在底下的畫和用具。她拿著東西走到桌前坐下。

在她的畫中，她的臉的大小就和她記憶中一樣怪異。艾莉絲被一股絕望淹沒——她的技巧不夠好，永遠不可能再進步了。但當她微微靠近一看，她注意到畫中帶有一種令她喜愛的質樸，以及一種明亮的性質。只要她的頭不要那麼心不在焉地飄在畫紙上方，或是她能讓畫面的重心往下移就好了。但這張紙已經夠小了，她一點也不想再去裁它。也許她終究還是想得出辦法挽救這幅畫、找到方法填滿空白的部分。

她身上睡袍樸素的布料——由白色的法蘭絨製成，腋窩處有黃色汙漬——刮著她的脖子。在她意識到自己的舉動之前，她就已經站起身，脫下了睡袍。她的身軀映著燭光，像小魚一樣蒼白，閃耀著光澤。

她腦海中浮現父母臉上對於此種行為流露的嫌惡，以及他們對道德的堅持。但他們不會出現在這裡，不可能逮到她正在做的事。蘿絲對她的失望還比較令人擔心，或是一旦被沙爾特太太撞見，她的震驚會因鴉片酊而放大，到時事態才更為嚴重。她會使用難聽的字眼咒罵她（「妓女」、「婊子」），也真的會開除艾莉絲——這可是關乎一年二十英磅的薪水。但是，艾莉絲沒有多花心思在這些念頭上打轉。她開始調製水彩顏料。椅子接觸大腿的地方透著寒氣。

她再次盯著鏡子，但這次她讓視線逐漸下移，看向她小巧的乳房，還有硬挺的乳頭。她咬住下唇。**畸形**。儘管如此，她還是想知道自己身上是否存在足以稱做美的地方。

她以前很討厭那道扭曲的鎖骨。她的骨頭出生時斷過，後來以朝外的角度癒合。這稍微影響了她走路的姿態，但街上的孩子刻意誇張地模仿她（「駝子來囉」），而她姊姊會帶著一絲對她的憐憫斥罵他們，之後也換來他們無情的嘲弄（「雙胞胎女巨人」）。但過去數年來，她逐漸接受這就是她的一部分，就算她能夠改變，她也不想。儘管如此，她的缺陷並沒有嚇退那些在街頭兜售的手推車男孩。有時候，他們會在她經過時抓一把她的腰。他們會對她大叫：「要來摸一下嗎？」或是「我有種感覺，妳想要我的棍子來戳戳妳。」她會板起臉孔（「遇上什麼傷心事了嗎，小姐？開心點嘛！」）擠過他們身邊，忽略他們的怪叫。這種時候，蘿絲——沒人嘲弄她、沒人碰觸她、沒人想要她——就會低下頭，而艾莉絲會一隻手環上她的肩膀，以過於急切的語氣告訴姊姊自己有多痛恨那些口哨。

艾莉絲知道，總有一天，她必須慫恿那些站在店門口揉著帽子的其中一個男孩來接近她，因為婚姻是條出路，只是她不曉得這條路會通往何處。不管怎麼說，她都二十一歲了，不用太久，她的美貌就會像奶油一樣傾頹融化。她的雙親曾寫信告訴她有個做門房的男人很想見她，但當對方上門拜訪時，她卻避不見面。

可是，蘿絲永遠不可能找到對象了。對艾莉絲來說，最好的結果是嫁一個不虞匱乏的丈夫，再藉此扶養姊姊。她不知道自己能不能忍受離開蘿絲。她們是雙胞胎，密不可分，而她姊姊的病似乎同時強化又削弱了兩人之間的羈絆。她們還小的時候，艾莉絲會拿著一小塊煤炭在她能找到的任何一張紙上作畫——牛油包裝紙、報紙碎片、壁紙的邊料——她的畫筆能複製她面前的任何形狀，讓她姊姊著迷不已。「畫那把剪刀！」她會下令，艾莉絲則會遵從。「幫我畫一隻大象！」但她沒辦法無中生有。現在，當她想透過素描來娛樂姊姊時，蘿絲不再搭理她。

艾莉絲推開思緒，動手為她乳房底下陰影灑落的地方調配正確的玫瑰色。她的畫筆在紙上移動，艾莉絲看著水彩顏料沿途綻放。她覺得自己擁有掌控權，彷彿她的身體再度屬於她自己，而不是為沙爾特太太擦地板的工具，也不會每天提醒蘿絲她原本可能成為的模樣。她感到身體一陣顫抖，可能是出於羞恥，或是滿足，也可能只是寒冷。

她盯著身軀一側，想像不出男人粗糙的雙手抓著她的腰的畫面。她將手掌移向腰部，再往上移動，握住自己的乳房。她感到有些畏縮，繼續作畫。

她從沒問過蘿絲，那天她看見她和查爾斯——她們稱他為「她的紳士」——兩人在做的事。他們剛開始見面的時候，蘿絲的話題幾乎只繞著查爾斯打轉。她帶著毫無顧忌的驕傲向艾莉絲炫耀他送的禮物：巧克力糖和一隻金絲雀（後來牠飛進煙囪裡死了）。他們當時十五歲，而他本該將蘿絲從無趣的日子中拯救出來，讓她漂漂亮亮地住在他位於馬里波恩的好房子裡，成為他年輕的妻子。他也和艾莉絲成為朋友，說他會借錢給她，供姊妹倆開店，就在他和蘿絲……然後他就此打住，沒說完的話暗示了他倆的婚事。芙蘿拉花店將不再只是幻想，艾莉絲也向姊姊確認她不會介意查爾斯的關切——她的紳士將艾莉絲納進他和蘿絲的未來藍圖。

每個禮拜天，查爾斯會趁她們父母出門辦事時來訪。蘿絲總要艾莉絲待在樓上的房間，但某個午後，姊妹倆吵了一架，艾莉絲忽然對於被排除在外、不得分享姊姊的祕密備感憤慨。她跑到房門外，從鑰匙孔偷看。她看著他坐下，將她姊姊拉近，挑逗地撩起她的裙子，然後解開自己褲頭的鈕釦。艾莉絲幾乎來不及吸口氣，就看到蘿絲跨坐到他身上，以熟練的節奏上下起伏。艾莉絲嚇壞了，卻又目不轉睛，無法別開視線，被他臉上扭曲的表情、緊抓她姊姊雪白大腿的雙手所迷惑。有那麼一瞬間，她希望是她的襯裙被掀起，而從鑰匙孔窺看的是她的雙胞胎，而非自己。眼前的一切看起來如此簡單、輕而易舉，就在她祖父製作的木椅上。

艾莉絲不知道查爾斯是怎麼發現蘿絲染上天花的。膿瘡爬滿蘿絲的臉和身體的隔天，艾莉絲讓他進到門廳，從他手中收下一封信。「聽到你來拜訪，她會非常高興。她只是得了感冒，很快就會痊癒。」她撒謊道，但他沒說什麼就倉促離去。那封信不是情書，而是讓一切結束的句點，隨之逝去的還有她姊姊喧鬧的笑聲，和她壓低聲音分享的各種祕密。當蘿絲尖叫著要艾莉絲滾出房間時，艾莉絲抓住那把椅子，摔到牆上。

沉重的腳步聲忽然響起。

艾莉絲太過沉浸在回憶裡，嚇得一躍而起，撞翻了桌上黑色的洗筆水。

她撲向她的畫，在顏料水流到紙上前拉開它。腳步聲漸漸遠去。

「哦，老天。」她喃喃道，一手擋在胸前，這時她才鬆了口氣笑出來。她真傻！但那腳步聲聽起來真的好近，大到讓她幾乎敢肯定是沙爾特太太正從樓梯走下來。但那不過是糕點店學徒從廉價戲院晚歸的聲響。

她動手清理時，才注意到那顆人偶頭。她咒罵出聲。肯定是罐子倒下時潑到的，灰色的水漬染髒了人偶的臉。

「哦，上帝啊。」她喃喃道，撿起那顆頭，拉起睡袍擦拭著。這張臉花了她好幾個小時才畫好。她愈擦愈用力，還在兩側臉頰吐上口水，但一點用也沒有。這顆瓷頭已經毀了。

她咬緊牙關，野獸般低吼了一聲。剛才只不過是有人從外面經過，現在——她透過裝有鐵欄的窗戶往外看，判斷現在再怎麼早，也已是午夜——她得花整晚的時間再畫另一張臉。

艾莉絲穿回睡袍，突然察覺到小房間居然如此寒冷。她拒絕看向自己的畫像。**真下流**。一陣熟悉的感覺攫住她：她內心深處似乎有什麼出了差錯，就像一顆切不掉的腫瘤。她應該要毀了這張畫，讓蠟燭燒了它。

但她站起身，將畫藏到籃子下，然後拿起一顆還沒上色的陶瓷頭。

萬國工業博覽會

星期六早晨，鐘聲正緩緩敲響。過去兩個星期以來，希拉斯全神貫注地組建小狗蒼白的骨架，只靠著走味的蛋糕和淡啤酒填肚子。他好想來一杯海豚酒館的奶油白蘭地。他瞥了一眼時鐘，酒館再過幾個小時才會開門。

「哦，豈有此理。」他說，決定去萬國工業博覽會的建地看看，打發這段時間。他不確定該作何感想：他的小店怎麼可能比得上世界上最大的博物館之一？建造如此浮誇的龐大建築，似乎就是為了要比下他的成就，但他發現自己每個星期都跑去看博物館的建造過程，並渴望見到完工的那一天。

他居住的小巷通常空無一人。現在只有幾個男人躺在臭水溝，其中一人全身沾滿自己的嘔吐物，尿液浸溼了褲子。希拉斯盯著他們好一會兒。那人的頭和肩膀看起來很像基甸，但他知道那不是他。他拿出手帕蓋住鼻子，經過他們時，身體輕輕擦過了牆面。

一八三五年，希拉斯剛來到倫敦時，遇見了基甸。那時，希拉斯住在位於霍爾本的狹小分租公寓，房裡堆滿填充標本和頭骨。他會搬來這個城市，是為了讓他的名聲拓展到斯托克那些人家的客廳以外的地方。況且在芙莉可消失之後，繼續留在那裡也沒有意義。他聽說過那些自成小團體的外科醫生，還有醉心於解剖和防腐的習醫之人。

倫敦大學學院一點都不難找。每個下午，希拉斯會透過柵欄看著名聲顯赫的外科醫生走過翠綠的廣場，沉重的門扉在他們身後砰然關上。

到了晚上，他會在學院後門的迴廊徘徊，知道屍體很快就會被送進來，雖然他並不清楚那些屍體來自何處。果不其然，等了一會兒之後，院落對面傳來一陣動靜。伴隨著馬匹嘶叫的聲音，一輛黑色馬車顛顛巍巍地出現，布包起來的獎賞就放在木板上抬進學院。他會慢慢靠近，伸長脖子看著，渴望加入討論這些獎賞的課堂。

某個下午，基甸主動向他搭話。他是一名醫學生，體格粗壯，身上散發著一股慵懶的上流氛圍。他向希拉斯描述放在解剖室裡的標本：罐子裡裝著腫瘤般的肺臟、一排又一排梅毒患者的頭骨、一個被斧頭砍裂的大腦浸液標本，以及如花般盛開的神經系統浸蠟標本。

「當然了，我們蒐集這些標本是為了了解生命，好尋找延長生命的方法。你對保存屍體的興趣是不一樣的，但還是頗吸引人——」

聽了這話，希拉斯挺起胸膛。日子一天天過去，基甸愈來愈頻繁找他作伴。他哄勸希拉斯向他分享自己的作品。希拉斯站在柵欄旁，細細述說他的麻雀、老鼠和田鼠標本的細節，還向基甸透露他那為了名留青史的博物館建造計畫。他不明白他們是在哪一刻成為朋友的。他倆應該要在那個當下一起慶祝，但他們都沒意識到那一刻究竟是何時。

在基甸的多次懇求下，希拉斯終於帶了一隻知更鳥的填充標本給他看。「在我看來，」基甸告訴他：「角度不規則的鳥喙是牠最特別之處，也是我從來沒在野外看過的現象。」他的鬍子抽動，手掩著嘴，藏起自己的敬佩。「這是罕見的科學珍品。我不曾看過步態如此失衡的知更鳥。了不起，了不起。」

希拉斯覺得好笑，但他沒笑。基甸，一個醫學生，一位紳士，竟然敬佩他的作品——竟然敬佩他。擁有一位具備如此身分地位的朋友，還願意幾乎每天下午過來找他說話，無論對話多短暫，他都感到很榮幸。

後來，他鼓起勇氣向基甸開口，要求一個「能夠成為他作品的素材」。基甸透露，他想到一個可以送給希拉斯的寶藏，絕對能讓他一舉成名。

「倘若菲德里・勒伊斯[5]地下有知，絕對會不得安息。」某日，基甸終於帶了一個小布包給他，一邊低聲告訴他，上脣不住顫動。

希拉斯故作鎮靜地接下袋子，動手解開布包，一邊想像之後和基甸在酒館如何熱烈討論。從重量判斷，裡面裝的可能是顆心臟，或是——

「不行。」基甸說，按住他的手。「回家再看。這是無比珍貴的寶物，如果我的老師發現我給了別人——」

「多少錢？我付不起太高的金額。」

「快別這麼說，畢竟在這段時間裡，與你的相處讓我非常——」基甸頓了頓，「愉快。」

「我不知道該怎麼謝你。」

「等你聞名遐邇的博物館開幕時，也許你到時能提到我，作為致意？」

「當然！當然！」

希拉斯點著頭綻出微笑。儘管他迫不及待打開布包，還是聽從基甸的指示飛奔回家，一路上匆忙閃過來往的馬車。

他猛力甩上家門，上鎖，然後一把扯開包裹在外的布料。

裡頭是一根吃了一半的雞腿，還有兩根煮過頭的紅蘿蔔。

希拉斯咬住嘴脣，以免自己哭出來。他這時才明白，基甸說的每句話背後、每次鬍子的抖動所隱含的嘲弄。

※

希拉斯回過神，發現自己走在海德公園的一條步道上，大腿因疲累而陣陣痙攣。他試著回想，卻完全想不起剛才走過的路。看到那兩名醉漢之後，他的記憶就中斷了。這感覺並不陌生。他的一生裡，某些記憶的片段就像銀版照片以水銀蒸汽顯影前的樣子，埋沒在他體內深處。他搖了搖，沒有任何影像顯現出來。

但他覺得不該為此憂心。這裡的空氣沒那麼鹹，還有隻鳥在歌唱。這裡有美的事物。骨骼般的樹木十分漂亮，正在脫去最後的夏日綠意，乾枯的樹枝像骨頭般吱嘎作響。一名男子的手肘撞到他，向他道了歉。希拉斯繼續往前，跟隨人群走向博覽會的建地。

希拉斯時常來這裡，付一小筆入場費進入木柵欄圍起的工地，見證博物館的組建過程。他無法理解為什麼整棟建築一年後就要拆除。博物館若不是要永遠保存裡頭的物品，那還有什麼意義？但是，當他抬頭看向剪影如禿鷹般襯著天空的建築結構、吊車和滑車時，他感到自己變得好渺小。眼前的景象令人**嘆為觀止**。那麼多工業、商業、設計和科學的產品獲得青睞放在這裡展示，希拉斯心想不知到時究竟該先看向哪裡。他曾在文章裡讀到，在巨大的玻璃屋頂下，將有總數超過一百萬件展覽品。《笨拙》雜誌稱之為水晶宮，一點也不令人意外。

---

5 Frederik Ruysch（1638-1731），荷蘭植物學家、解剖學家，因研發保存解剖標本的技術而聞名。

他的四周熱鬧非凡。一名工頭大聲下達指令，穿著輕便外套的工人們拉著沉重的繩子，其他人則鞭打拉車馬早已擦傷破皮的側腹。蒸汽噴向天空。十字型翼部的巨大骨架正以絞盤緩緩吊起，在微風中搖晃。

但願負責人能向他要一件作品放在藝術區。但沒人來問他，也沒人回覆他的信。為什麼呢？為什麼沒人認真看待他的作品？

他試著拂去心中糾結的忿恨，卻仍捏緊雙拳。低垂的雲掃過天空。瀰漫倫敦的黑煙如潮汐般漲落。一匹馬大聲嘶鳴。

他會加倍努力。他會更勤奮，工作到更晚，或許有一天他就能建立比水晶宮更偉大的博物館。

他看到一個孩子往前衝，從一名女士的手提包裡抽走一條紅色手帕。他定睛一看，認出那孩子頸背上淺色的頭髮。見到相識之人的熟悉感帶來了慰藉，提醒他在這一團混亂的工業活動中並不孤單。希拉斯露出微笑，大聲呼喚：「艾比！」

男孩並沒有聽見。希拉斯很快便明白過來：他被抓到了。一隻女人的手抓在他的手腕上，手帕像軟趴趴的旗幟從艾比的拳頭中垂落。希拉斯匆忙趕過去，腳下的草皮讓他絆了一下。他穩住身子，準備扮演艾比的救星，懇求那女子不要向官員舉發——但接著他發現艾比在笑。

希拉斯凝神細看那名女人。她長得像男人一般高，一頭紅髮編成一條長長的辮子。她是芙莉可？已經長大，成了女人的芙莉可。不可能是她。這女人的左半身有輕微的駝背。

他體內感覺就像一棟老房子裡的門鈴在此刻響起。希拉斯感覺得到穿越牆壁和樓板、深入房子的電線傳來的顫動。他怔在原地看著，感到那股震顫讓一連串更小的鈴也響了起來。

他不知道這代表什麼意義。

扒手

艾比蹲在海德公園裡的一條水溝裡。他繃緊臀部，兩片屁股像髒兮兮的蒼白月亮露在外面。一群男人從旁邊走過，其中一人停下來，朝他丟了一根樹枝。

「狗崽子，滾開！」艾比大叫，拿橡樹葉隨意擦了屁股，然後拉起褲子。他的糞便冒出蒸騰的熱氣。他一臉好奇地盯著自己的排泄物瞧，彷彿在審視眼前的糞便。為什麼他的耳朵能夠製造嚐起來酸酸的橘色黏垢？他的鼻子又為何做得出他常擤在袖子上的黑色黏液？

他拿著兩根樹枝撿起糞便，丟向那群正走遠的男人。男人們四散閃避，艾比捧腹大笑，接著他蹦跳著朝人群的方向跑去。

⁂

今天是個適合摸一、兩樣好東西的日子，就算要費工夫爬過木柵欄溜進去也值得。人們被雄偉宮殿的建造過程、拉緊的繩子、歡呼和推擠吸引了注意力。艾比不知道這棟建築要做什麼，也不在乎，但他還是目不轉睛盯著聳立得比榆樹還高的金屬結構。四周的地面就像一大盆泥漿，被載運鐵和鷹架、來來去去的馬車攪得亂七八糟。他想像自己在玻璃裝設好後再回到這裡，朝建築扔一塊磚頭，就只為了看那些有錢人嚇得半死的模樣。

他左躲右閃，行跡就像一條縫合人群的細線。他在袖子裡藏一隻假手，真手從人們的口袋裡拉出絲手帕來。他沒碰那些珍珠手環和閃亮的銀鍊子。雖然他不肯承認，但他其實很怕被判處苦役刑，或是被抓上船送去殖民地當苦力，留下姊姊一個人在這裡。

這些人住在裝飾著黃金織錦、迴廊圍繞的房子裡，甚至不肯讓他替他們刷廁所。所以，他現在帶著微笑幫他們減輕負擔。達克巷的一家當鋪以每件半便士的價格收購物品，而且不會緊張兮兮地問個不停。要不了多久，他就可以有副漂亮的假牙，而且得是海牛的牙齒做的——這是他的夢想。

他從一個女人的袖子抽出一條紅色圓點手帕，正要塞進褲袋裡時，某個人抓住了他的石膏假手，從他的外套中猛力搖晃後拉了出來。

「不、我沒有——」他開口，但接著他發現那是艾莉絲。他鬆了一口氣，喉嚨擠出嘶啞的咯咯笑聲，聽起來像是吐毛球的貓。他對艾莉絲露出他最迷人的微笑。

「交出來，艾伯特。」她命令道。

「您說什麼，小姐？」她皺眉，而他嘆了口氣。「哎呀，小姐，不過就是個小東西嘛。我們的日子很苦啊，若妳知道那有多艱難——」但他的說詞已經失去說服力，而他也心知肚明。他將那討厭的小東西交給艾莉絲，看著她物歸原主（「不好意思，夫人，我想妳掉了這個。」），同時迴避她的視線。「你真是個老強盜。」

「又偷東西了是不是？」一個男人從旁說道。艾比認出是希拉斯，身上披著一件俐落的藍色斗篷。「我以為給你那兩先令就夠多了，不需要再去偷東西。」

艾比渾身一僵。他不喜歡這男人鬼鬼祟祟地接近他。他身上散發的那股藥物般的乾淨氣味讓艾比反胃。儘管如此，他還是決定不要糾正這小氣鬼的說法——他只給了一先令。「這位是艾莉絲・某某。」他說，試圖裝出上流階層的腔調，聽起來卻像是愛爾蘭人。「這位是、我是說，他是希拉斯。事實上，我也不知道他姓什麼。」艾莉絲淺淺一笑。「她在沙爾特賣人偶的店工作，我替她縫衣服。」

「在攝政街上？」希拉斯問道，艾莉絲頷首回應。

「我則是帶些死東西給希拉斯。」他考慮要不要做出掐住東西的動作，好加強戲劇效果，但想想還是算了。他瞥向艾莉絲，看到她微微露出厭惡的表情。他突然湧現和她一起嘲笑希拉斯的衝動，但他沒辦法吸引到她的視線。

「哦。」

「我的作品，」希拉斯解釋：「總有一天會揚名天下。」

「是嗎，很期待去參觀。」她說，但語氣平淡，幾乎毫無情緒。艾比看得出她沒專心聽。她正在尋找某人，然後便道別離去。他看著她帽子的背面消失在人群中。

艾比聳聳肩，碰碰帽子向希拉斯致意。那男人看向遠方，抓著自己的鎖骨，和艾莉絲那畸形骨頭的位置一模一樣。

「先生。」艾比對他說，判定這男人的智力應該只有他的一半。「她脖子上的東西可是不會傳染的。」

萬國撒幣博覽會

艾莉絲在人群中穿梭，遠離艾比和他身旁的男人。她真希望自己長得矮一點，可以被一頂頂高禮帽和女帽擋住，這樣蘿絲就不會那麼輕易找到她了。

她環顧四周，尋找她姊姊可能出現的跡象。她什麼也沒看到。很好，她成功擺脫她了。

艾莉絲閉上雙眼。當她再度睜開時，眼前的景象就再次煥然浮現。她想像面前是一幅寬廣的畫布，每項細節都完美地呈現其中，如同繪畫的透視研究。

她抬頭看。巍然聳立的鋼鐵骨架看起來像觸碰到了雲端。蒸汽就像她在國家藝廊看過的拿破崙戰役畫作中的黑煙，但更為鮮活真實，與她記憶中的褐色調繪畫一點都不同。她想要畫出眼前所見的顏色，將世界描繪成一面彩繪玻璃窗。

她想像這個博物館的骨架之間被填進了紅色、藍色和綠色的窗玻璃，猶如踏入一個巨大的萬花筒。但那又太炫目了，眼前的建築已然嶄露的雄偉壯觀，不似任何她想像得到的事物。倘若人們能夠打造出這樣的壯舉，能將榆樹罩起來、能征服自然到這種程度，那她又能做到什麼？有時她覺得自己就像蝨子般微不足道，但有時她覺得自己彷彿能飛向天空，從她的家、人偶店，甚至是從姊姊身邊——想到這裡，湧上一股沉重感——解放。

「很壯觀對吧？」她對身旁一個女人說。

「非常了不起。」陌生女人以出乎她意料的溫暖語氣回應。艾莉絲突然對眼前的陌生女人和所有擠在她身邊的人群湧現愛意。每一個人——包含他們的喜悅、愛、挫折、淚水、夢想和笑容——他們之間並沒有分別。

她放開腿奔跑。她衝向公園開闊的草地，辮子在背後彈跳。她的雙腿像小貓般輕盈，腳下的青草柔軟舒適，但她還沒跑到第一排樹就不得不停下來。一條鯨骨裙撐刺著她的臀部，束腹的撐骨緊緊壓著她的肋骨。她的手指在蕾絲手套中流汗。

她聽到身後傳來一道聲音，有人正叫喚著她的名字。她沒轉身就知道是誰在喊她。她想知道為什麼她走到哪，姊姊就堅持要跟到哪。她不知道姊姊究竟想得到什麼。艾莉絲的生活比失去光澤的銀飾還要黯淡無光，姊姊的虛偽更是令人惱怒。如果她姊姊的紳士當時求了婚，蘿絲肯定會接受，甚至不會回頭看一眼艾莉絲的**駝背**。

「哦。」艾莉絲說，假裝剛注意到蘿絲站在那裡。她姊姊的手激動地伸向前，裙緣沾滿了泥土。她走路的姿態如同優雅的淑女，腳下像裝了輪子。隔著這個距離看，艾莉絲幾乎要相信姊姊一如往昔那樣美麗。艾莉絲的腦海浮現她偶然從窗戶倒影瞧見自己的笨拙步伐，還有她彎駝的肩膀。「感謝老天，蘿絲！我終於找到妳了。我們要趕不上晚餐了，媽媽會擔心的。」

「但妳從我身邊跑走了。我剛才看到，還以為妳要離開我了。」

她姊姊的表情是如此淒涼，如此落寞，艾莉絲不禁鄙視起自己。

⁂

從海德公園前往貝思納爾綠地嘈雜不休的公共馬車上，蘿絲的手臂推開艾莉絲的手臂。一聲簡短的咂舌聲響起。洗過的衣服飄來一陣酸臭。他們一起坐在桌邊。艾莉絲的父親抬起袖子掩口咳嗽。

艾莉絲試著好好咀嚼羊脂布丁，她最後吞下一大塊肉時，彷彿可以聽見肉在她姊姊口腔翻動、呼吸從齒間穿過的聲音。當她再也受不了這些聲音時，她開口說：「我很期待明天見到我最喜歡的好牧師——」

「很高興妳認為他的講道受用。」她母親打斷她，露出警告的表情。

「哦，確實如此。」艾莉絲停了一下，叉子舉在半空。腰子上的纖維膜閃著油光，脂肪泛黃。她對上姊姊的視線，試圖彌補稍早在公園的事。「我總認為，過分耽溺於聖餐酒是極為虔誠的象徵。牧師對基督寶血的渴望是無法滿足的。」

她抬頭瞥了一眼，蘿絲則微笑了，但接著手又搓揉起下顎的疤痕。艾莉絲別開視線，盯著壁爐上亮閃閃的陶瓷長耳獵犬，那是為了模仿家裡擺放一堆裝飾品的上流人士而展示的便宜貨。這種心態就和她們的父母差不多，可悲地模仿上流社會的生活習慣和道德觀，但他們根本不屬於那個階層。她敢說其他女性員工才沒有這種咄咄逼人、成天擔心道德敗壞的父母。

她母親嘆息道：「拜託，艾莉絲。妳覺得那樣很有趣？」

艾莉絲看到母親伸手勾住蘿絲的手臂。自從查爾斯送來那封信的那天，也是她姊姊病倒那天之後，母親和蘿絲就攜手擺出這道戰鬥陣型。艾莉絲始終無法理解她們為什麼要這麼做。姊姊對待她的方式，彷彿將艾莉絲當成寫下那封信、奪走她的未來、帶來膿瘡讓她毀容的人。從那以後，艾莉絲再也無法讓任何事情好轉，彷彿一夕之間她遺忘了該怎麼安慰或逗樂姊姊。她還記得昔日光景，那時她們一起設計夢想中的花店，牆上會有花朵圖案的壁紙和一幅幅玫瑰壓花。她愛姊姊，這是無庸置疑的。但是——

艾莉絲再試一次。「萬國博覽會十分壯觀——」

「應該說是萬國撒幣博覽會才對。」她父親說，噴出一陣笑聲，彷彿慫恿著聽眾對他的機智表示激賞。艾莉絲禮貌地露出微笑。

「沙爾特太太說，崇拜商品會讓社會衰敗。」蘿絲補上一句。

「她自己可是清楚得很。」艾莉絲來不及阻止自己就脫口而出。

「請告訴我，妳這話是什麼意思？」她母親問道。

艾莉絲沒有回答。她拿餐巾輕點下顎，褐色的肉汁沾在灰色的亞麻布上。

「艾莉絲剛才從我身邊跑走。」蘿絲突然說：「我好害怕。上一秒她還在，下一秒我就完全找不到她了。她就那樣消失在人群裡。我有時看不太清楚，因為我的……」她話沒說完，只是低垂下完好的那隻眼睛。

打小報告。

「真的嗎，艾莉絲？為什麼？妳以前可是很喜歡妳姊姊，現在居然從她身邊跑開，丟她在人群裡？」

艾莉絲一言不發。她知道這樣想很殘酷，可其實是蘿絲先疏遠她的。她試著回想十字型翼部懸在半空、盪過鋼鐵結構上方的景象，還有那一刻感受到的喜悅。但現在她胸口的緊繃感不肯消退。

她永遠也逃不了。她永遠無法獲得自由。她注定要靠這個可悲的生活勉強餬口，遭受沙爾特太太的巴掌和羞辱，忍耐她姊姊的嫉妒，最後替某個瘦巴巴的男孩懷上一個又一個孩子，整天以軋布機碾乾洗好的衣物，將腐爛的內臟洗乾淨，放進星期天吃的派裡，同時要照料染上猩紅熱和流感而嚶嚶低泣的嬰兒，以及天知道還有哪些差事，直到她也患了病為止。

她母親嘆口氣，艾莉絲試著忽略她灼人的瞪視。

「還要馬鈴薯嗎？」她父親問，下意識地拍拍口袋，每次當艾莉絲和蘿絲上繳大部分週薪之後，他都會這麼做。他低著頭，頭頂油膩膩的。

「不用了，謝謝。」女人們喃喃回應。

她母親輕咳一聲。

「艾莉絲？」母親的語氣細如一條拉得繃緊的線。她父親抬起頭來，前臂上的毛髮顫抖。「為什麼妳不能像妳姊姊一樣回答妳爸？對妳來說真的這麼困難？」

艾莉絲盯著凝結在盤子表面一層厚膜肉汁。她費了好大的勁才忍住不要一拳敲在桌上，抓住骯髒的桌巾，將所有東西掃到地上。她很想看到那隻陶瓷獵犬砸成碎片的模樣。

艾莉絲露出微笑。「不用了，謝謝。」她往嘴裡再塞了一大口食物。

時鐘傳出六下報時聲。

Prb

「一杯熱白蘭地。」希拉斯說，掏出一枚錢幣放在桌上。教堂傳來響亮的鐘聲，六點的晚禱時間到了。他坐在離壁爐最近的廂座，熱氣染紅了他的面頰。整個世界閃閃發光——壁爐裡蛤蜊形狀的金屬爐架、懸吊在天花板上的銀製啤酒杯，還有噴濺的火星餘燼在他腳邊地毯上閃耀光芒又熄滅。牆上掛了一個牌子，上頭寫著「酒是一切的解答」。希拉斯每次看到都要特意露出微笑，只為了證明他識字。他的酒送了上來，又熱又香。他啜飲一口，喝掉浮在表面的融化奶油。他再次想起那個女孩，她曲折的鎖骨和那對綠色的眼睛。

「你好久沒來了，先生。」老闆娘的語氣聽來很友善，但他很確定她的表情並不自在。「雖然你的那些畫家很常出現——我得說太常了。」

「最近有點忙。」希拉斯應道，雖然他也不懂怎麼會逃避海豚酒館的溫暖和喧囂這麼久。他喜歡這裡。這裡的啤酒十分甘甜，竊聽旁人的對話更是一大樂趣。

希拉斯對面的廂座有個年輕女孩，她的洋裝領口拉得極低，露出玫瑰色的乳暈。她放聲大笑，一掌打在一名灰髮男人的胸膛上。她一如往常在頭上戴著染成粉紅色的駝鳥羽飾。老闆娘匆匆走向她，「聽好，藍鈴，不許妳讓我們尊貴的客人丟臉。」

希拉斯緊握酒杯。連白蘭地的酒沫都讓他想起那女孩的髮色。艾比叫她艾莉絲。她的眼窩微微凹陷，散發一股教他備感熟悉的孤獨和渴望，彷彿一根將他們連在一起的隱形的線。

她多麼像長大成人的芙莉可啊，他差點以為那就是她。芙莉可，她從工廠消失之前，他才十五歲。他曾試著展示他的作品給她看，她曾跟著他一起奔跑過鄉間。他記得她紅髮閃爍的光芒，還有她骨節突出的雙手。他覺得當時自己就像一名紳士，初次將一位淑女領進他的書房：**這是我的世界**。他努力回想當他拿出兔子、獾和野兔的頭骨，以及將他的寶物——有著一副扭曲犄角的公羊頭骨——展示給她看時她臉上的表情。

他的心思時常回到她身上，想像她長大之後的模樣而感到安慰。芙莉可成了艾莉絲。她並未如他所想像的淹死在斯塔福德郡某條河裡，沒有被陶瓷工廠的繼承人折磨而死，也沒死在酒醉馬伕的馬車輪底下，而是逃往倫敦，逃向一間製作人偶的店，還有更好的未來。

「跳過去，路易斯。」有人叫道。希拉斯在座位上轉身，認出在吧檯旁邊的舞臺上大笑的三位畫家。自從路易斯．佛斯特與強尼．米萊上次來到他的店裡後，已經過了快三個星期，現在要再試著向他們販賣新的作品可能還太早了。第三個男人加百列．羅塞蒂[6]和米萊抓著彼此的手臂，像銜接兩人的橋一樣舉在胸前。路易斯站得離他們幾步遠，他的黑髮如波浪般飄揚，狂野得像株蒲公英。

「紳士們，拜託你們！」老闆娘開口責備，但路易斯早就助跑向前，飛躍他們的手臂。接著他砰一聲落地，天花板嘎嘎作響，他拍拍褲子，對酒客咧嘴一笑。有些人朝他們歡呼，其餘則是對手上的酒杯露出怒容。

「**Vive la PRB!**（PRB萬歲！）」羅塞蒂叫道。這一喊惹惱了希拉斯。並非因為音量太大，而是因為他們自稱的祕密縮寫隱含了自成小圈圈的意味。PRB？是什麼派系？

「**Vive la PRB!**（PRB萬歲！）」強尼．米萊和路易斯．佛斯特應和道。

路易斯順著這場喧鬧唱起了〈馬賽進行曲〉[7]。「**Allons enfants de la Patrie!**（一起走吧，祖國的子民們！）」

「**Le jour de gloire est arrive!**（榮耀之日來臨了！）」

「**Tais-toi!**（給我閉嘴）——你們的榮耀之日還沒到。」老闆娘厲聲喝斥，他們統統安靜下來。她將他們丟進希拉斯後面的木頭廂座。「照《泰晤士報》那篇嚴厲的作品評論來看，實際上還差得遠呢。」

「這話太不公平了——」

「真失禮——」

「我們的榮耀之日會來的，妳等著瞧，最最親愛的老母牛——」

幾位酒客竊笑出聲。但希拉斯沒笑，他盯著那些男孩看，他們個個都比他年輕十歲，渾身散發著他無法想像自己能夠擁有的活力和自信。他曾看過他們在街上「拖捕」他們口中的**尤物**。他們在人行道上抓住彼此的手臂，對每個經過的女人做出投出漁網篩魚的舉動，好的留下來，不好的讓她溜過去。倘若他是一名醫學生，也能有一群這樣的朋友。

他們對話的片段陸續傳來。

「圖騰漢廳路上根本找不到尤物——這樣我該怎麼畫完要參展的《吉爾瑪的王后受監禁》，如果還是找不到——」

「總比到貧民窟找麥德那樣的吉普賽人來得好。」

---

6 Gabriel Rossetti（1828-1882），英國畫家，前拉斐爾畫派創始人之一。

7 Marseillaise，法國國歌。

「這話是誰說的呀，這位**歪脖又痴肥的紅髮男孩**。」

「拜託，別讓我想起那篇愚蠢的評論。」

「哦，米萊，大家都知道狄更斯是什麼德性。」路易斯安慰的聲音響起。

「一個白痴人渣！」

他們笑了起來。希拉斯想著是否要靠過去搭話，試著向他們兜售填充麻雀標本，或一隻小貓，或一個頭骨，當他們畫作的背景。他最近花太多心思在連體小狗上了，以致賣出的蝶翅項鍊比他預期得少。

「看，是屍男！」羅塞蒂喊道。希拉斯認出了他們給他起的綽號。廂座之間的隔板是條狀的，希拉斯轉過身點點頭，舉起他的酒杯致意。

「請原諒他的無禮。」路易斯說，他跪在長椅上靠向前，因此他的頭看起來就像飄在希拉斯上方。這名畫家看起來比平常還要像個吸血鬼。他的黑髮凌亂，皮膚白得發青。「加百列，你這粗魯的豬。你肯定也不喜歡被那樣叫。」

「胡說，這是表達我的親愛之情。」羅塞蒂回道，他的臉出現在路易斯旁邊。

「我還被更糟的名字叫過。」希拉斯說。

路易斯在廂座扶手上敲著不知名的節奏，指甲縫裡還卡著顏料。

「希拉斯，我正好有事找你。你讓我省了功夫跑一趟你的店。」

我很快就會有一間博物館，希拉斯想道，**而不只是一間店**。他又啜了一口白蘭地，說道：「哦？你還想要另一隻動物嗎？」

路易斯擺擺手。「不是。我很抱歉對你說這個，但是關於你賣給我的那隻斑鳩——」

「怎麼了？」他想著那隻專門攻擊水芹小販的無賴，還有被他排成完美扇形的羽翼。那是他最好的作品之一，是展現超群技藝的絕倫範例。

路易斯嘆氣。「這個嘛，恐怕——嗯，牠腐壞了。」

「什麼？」希拉斯不自覺結巴。

「牠腐爛了。我只不過去了愛丁堡一星期，回來就發現整間屋子裡都是蒼蠅。」他渾身一顫，邊說邊比著手勢。「牠——哦，牠全身爬滿了蛆。我走進屋裡，差點吐出來。老天，強尼，還記得那臭味嗎？」

「我從高爾街就聞到了。」

「你確定是同一隻鳥？」希拉斯問道，手指不住摳著桌緣。他的胃湧現一陣冷意。「我很確定我已經好好弄乾牠。」

「他確定？」羅塞蒂咆哮：「他確定？不然呢？難道是他的畫筆長香菇了嗎？幸好是路易斯遇到這事而不是我，我的脾氣可沒他那麼好。」

「羅塞蒂，拜託。」路易斯邊說邊停下手，接著放緩語氣對希拉斯說：「我很不想提起這事，真的，只是——嗯，事情變得比較複雜。我的模特兒——我的王后——她氣沖沖地跑掉了，她說她不要待在這種臭烘烘的房子裡。依我目前的作畫進度，這樣真的讓我很不方便。」

希拉斯握緊手上的玻璃杯。「我很抱歉。」他說：「我想不通為什麼會發生這種事，我一定會賠償你。」路易斯揮揮手，回絕了他的提議。但他的寬宏大量只讓希拉斯覺得更難受。他真的過於沉浸在處理另一個標本——一隻蝙蝠嗎？——因此才沒好好弄乾那隻鳥？他會將那隻蝙蝠送給路易斯作為補償。他也可能堅持賠他錢。他一定會這麼做，他絕對不去多想這將讓他虧多少——

儘管他還是想了，並為此眉頭深鎖。但只要他願意補償，他們未來會更常上門光顧。他還有一點存款夠負擔房租。

「現在，多虧那隻爛掉的斑鳩，你要大難臨頭了。」羅塞蒂背向希拉斯，以大到連藍鈴都皺起眉頭的音量說道。希拉斯盯著酒杯，不敢面對旁邊酒客臉上的嫌惡。他是個失敗者，而且羅塞蒂一點也不在乎任何人聽見這些話。

「我不會說是大難臨頭——」路易斯開口。

「你的斑鳩成了長滿蛆的一場悲劇，丟在泰晤士河的臭水裡。」

「我已經快畫好了——」

「你的模特兒，那個老是動來動去的女店員——」

「她只是**有時候**動來動去——」

「——拋棄了你，因為你家聞起來就像發霉的地窖。」

「我敢說希德會來幫我，不然我再去貧民窟找個女孩來。」路易斯堅稱。

羅塞蒂嗤之以鼻。「莉茲・希德爾[8]？我可不這麼想，米萊正在用她。你畫了一幅女孩的畫，裡面卻沒有女孩，我看之後也不會有。目前你的畫只有個空空如也的輪廓和一隻小小的斑鳩。你試試送那樣的畫去皇家藝術學院啊。」羅塞蒂向後坐，雙手指尖輕碰。「而你居然說你沒有大難臨頭。」

路易斯皺眉。「但我看得到那幅景象，我的概念就在那裡。我可以看見它掛在皇家藝術學院的牆上，只要——」他結巴了起來，「只要有個女孩在畫裡就成了。」

「你看到的願景最重要。」米萊說，拍拍他的手臂。「其餘的細節都有辦法解決。」

「而這位屍男——」羅塞蒂繼續道，重新轉向希拉斯。希拉斯往後一縮。

「是希拉斯。」路易斯糾正他。

「希拉斯。」羅塞蒂邊說邊斜眼看他，「你答應要補償路易斯，那你要怎麼做？施法將那個被你腐爛的標本嚇跑、總愛亂動的小蕩婦變回來嗎？真是豈有此理。」

「這事實在不太好辦，希拉斯。」米萊也說道，希拉斯面紅耳赤。連米萊都對他感到失望。

「你真該看看過去幾天路易斯是什麼樣子。」

「他憂鬱的樣子超可悲。」羅塞蒂說：「身為一名專業人士，我還以為你很行。」

我還以為你很行。真是豈有此理。失衡的步態。希拉斯只想將臉埋進雙手裡。**失衡的步態。**這三人的臉似乎和基甸睥睨他的臉重疊，他們的上唇抖動，掩飾著內心的嘲弄。於是希拉斯得知了自己的一無是處、卑劣和無能。

接著路易斯開口說道：「拜託，紳士們，情況沒有你們說得那麼糟。希拉斯，請原諒他們，他們今晚的情緒有點過頭。我確定我會找到解決辦法。至少我在斑鳩腐壞前已經畫下來了。」他伸出手，希拉斯又畏縮一下，但路易斯只是拍了拍他的肩膀。

他的碰觸堅定又撫慰。在羅塞蒂發難之後，這份突如其來的仁慈令人無法承受。希拉斯抬不起頭來，甚至無法穩住自己的聲音：「我有辦法。」他抖著手喝乾白蘭地，覺得一陣暈眩。酒液嚐起來令人反胃，太過甜膩。他的情緒震盪不止。他想要討好眼前的男人，想要抓住這份萌芽的

---

8 作者注：這個故事所設定的年代裡，莉茲將她的姓氏拼為 Siddall，但羅塞蒂後來說服她改為 Siddal，因為發音聽上去更為優雅。

友誼，想要替那隻斑鳩做出補償——他還來不及阻止自己，就開了口：「我認識一位可以當你模特兒的人——那是你想要的王后，某個有莊嚴氣質的人，對吧？她在沙爾特的店工作。」

「人偶店？」

「我想是的，沒錯。」他停住口。他一手撫上臉，再移到脖子，彷彿想將剛才的話塞回喉嚨裡。她太珍貴了，**她是他的**。希拉斯不敢相信自己幹了什麼好事。

「她不適合當你的模特兒。」他試著改口：「我話說太快了。她身上有缺陷，她的鎖骨。你不會滿意的。」

「嗯，明天我會親自去看看。」路易斯拿出皮革筆記本和鉛筆，草草寫下：「沙爾特的店。」

一切都太遲了。

爭執

艾莉絲坐在椅子上，手裡拿著人偶的一隻腳。她伸伸懶腰，打了個哈欠，骨頭劈啪響了一聲，然後抬起頭。她驚跳起來。

髒汙的圓窗外露出四個男人的臉正緊盯著她。他們看起來年輕又英俊，其中一名黑色鬈髮男子的視線尤其熱切。她臉上一熱，低頭看向自己，同時湧現兩種怪異的衝動，既想要遮住自己的身體——雖然她的衣服穿得好好的——又想讓他們繼續看下去。她內心翻騰，再次想起內心出了差錯的那一部分——就是那個部分，讓她渴望以猥褻的方式畫下自己，或是從鑰匙孔偷窺姊姊，並為此感到興奮。

蘿絲低著頭，手上正拆開小巧的蕾絲衣領。

艾莉絲再次抬起頭，挪移手肘想推推姊姊，但那名一頭亂髮的男人豎起手指抵在脣上。艾莉絲瞠目結舌。真是無禮！他們竟敢盯著她，好像她是妓院的蕩婦或博物館裡的展示品！那男人看起來只比那些手推車男孩再年長一點，他甚至連帽子都沒戴。她坐直身體，下意識撫摸著自己的鎖骨。

「看！」她對姊姊說，事先確認沙爾特太太不在房裡。「看那些沒禮貌的——」

但男人們已經離開窗邊，而她發現自己正指著空蕩蕩的窗戶。

⁂

微弱的陽光從窗玻璃照進房內，直到夜幕降臨。油燈和蠟燭一一點上，壁爐也添了最後一次柴火。兩個女孩正在吃晚餐，沙爾特太太則像吮奶嘴一樣吸著鴉片酊的瓶子。用完餐後，她們各自回房休息。

躺在床上時，蘿絲將膝蓋塞到她妹妹的膝蓋下。艾莉絲向她伸出手，蘿絲讓她牽著。「對不起，我從妳身邊跑開了。」

「不重要了。」

「妳還記得我們的店嗎？」蘿絲的手掌在艾莉絲的手中發燙。「還記得我要畫的那些餅乾罐，還有妳要繡的手帕？」

「嗯。」

「我做錯了什麼？」

蘿絲沒有回答。

過了一會兒，艾莉絲發現姊姊已經睡著了。她靜靜躺著一段時間，蘿絲的手軟軟地放在她手中。接著她鬆開手，走出房間，穿過上了油潤滑過的門，走下樓梯，來到地窖。她脫下衣服，開始畫畫。她面前放著鏡子，畫作平攤在桌上。

隨著她畫下的每一筆顏料、每一道陰影、每一塊明亮處，她緊繃的喉嚨便逐漸放鬆。她一隻手向下探，觸碰自己的下腹，也就是稍早前她感到一陣翻騰的部位。那些男人——何等失禮！但她也記得他們的凝視中含有沉默的讚賞。她想著樓上沉睡的姊姊，她的大腿摩擦著她的紳士粗糙的羊毛褲子，還有他的手指在她雙臂上留下的瘀青。

她的雙手冰冷，手指滑過自己的肌膚，探向肚臍下方。

房門吱嘎一聲打開。艾莉絲驚跳起來，撲向睡袍，壓在自己身上。

「我、我——」她結巴地說，一頭霧水，連身體都還沒轉過來。她耳中傳來劇烈的心跳聲。她確信那是沙爾特太太，而她就要被開除了。她會被迫去縫製工作服，丟盡顏面，還得向家人解釋她做了什麼。她早該想過遲早會被逮到，她的悖德罪行會被揭發。

「妳在幹嘛？這是——」一道勃然大怒的聲音響起，但不是沙爾特太太。

是蘿絲。

艾莉絲克制不住心裡湧現的感覺，雖然她很快便擺脫掉那個感受——她居然感到一陣失望。姊姊站在她面前，拿起畫對著燭光，完好的那隻眼睛細細審視著。「妳到底在做什麼？這、這是**什麼**？」蘿絲抖動那張紙，她的雙頰泛起兩團紅暈。

「給我。」艾莉絲從姊姊手中抽走畫。她再也不感到抱歉，也不覺得羞恥。「這和妳沒關係。」

「這太下流了！妳還沒穿睡衣……是為了嘲弄我嗎？這是愛慕虛榮！妳還說和我沒有關係？如果我倆都被趕走，連推薦信也沒有怎麼辦？」蘿絲的聲音拔高。「妳明知道沙爾特太太會怎麼想！我們以後還能有什麼機會？有哪位夫人會接納我們？」

「我、我不認為妳會被牽連。」

「妹妹。」蘿絲的語氣急切，拉住艾莉絲的手肘，指頭落在沙爾特太太早前捏傷她的瘀青處。「妳得答應別再畫下去了——這幅畫，」她停住，吞回了嘶喊。「我就知道，母親也是，我們都知道妳有邪惡的地方。」

艾莉絲感覺到蘿絲的視線在她身上游移。她摟緊睡袍，掩住胸部。她姊姊很快就別過頭去，但足以讓艾莉絲注意到那副她早已熟悉的表情。嫉妒和苦澀。

「答應我，妳再也不會做這種事。」蘿絲催促道。

艾莉絲默不作聲地佇立原地。她一手拿著自畫像，畫中人的容貌同時也是蘿絲罹患天花毀容前的模樣。她另一手抓著睡袍。她不能答應。她不會答應。

「答應我。」蘿絲再說一次：「妳得照做。我堅持，否則我要告訴母親。」

艾莉絲沉默不語，感到她的震驚傳來一陣陣搏動。她的腳趾蜷起，抓著木頭地板。她和蘿絲之間怎麼會變成這樣？她倆以前到哪都形影不離，心甘情願，彼此雙掌上迷宮般的紋路只和對方相符，但現在蘿絲的存在卻讓她感到無法呼吸。

「如果妳不——」

「不然就怎樣？」艾莉絲質問，她聽著自己的聲音，覺得就像任性的孩子鬧起了脾氣。「妳要告訴沙爾特太太和母親？好啊，我恨她們！我恨這浪費生命的生活！妳只想讓我也困在這裡，讓我變得像妳一樣悲慘。我才不會答應妳。妳根本不在乎我想要什麼，妳從生病之後就再也不——」

「從我生病之後？」蘿絲說，一聲啜泣讓她的話音破碎。「妳——」

「我怎樣？我什麼也沒做！妳的病不是我的錯，我不想要妳染上天花，但妳卻為此懲罰我！妳老是對我道德訓話，但妳——」她試圖尋找正確的字眼。盛怒攫住了她，而她已經無法收回自己的話。「但妳才是犯錯的人。妳以為我不知道妳和查爾斯做了什麼？」

艾莉絲有所感覺之前，就先聽到摑在她臉上的巴掌聲。她的臉頰頓時染上紅色，爆出尖刺的痛楚。「妳怎敢！」她大叫，根本顧不了沙爾特太太可能會聽到。「我恨妳！」她一把將睡袍扔在地上，忘記自己什麼也沒穿，忘記自己看起來十足荒謬。

蘿絲似乎在她眼前崩裂開來，像嬰兒般哀泣，啜泣聲顯得絕望而刺耳。她張著嘴，一條唾液掛在齒間，臉龐痛苦地皺縮起來。

「別走——」蘿絲試圖說，但艾莉絲再也無法承受。她不會讓眼前姊姊軟化的態度動搖她的決心。她捲起畫作緊握在胸前，衝上冰冷的階梯，回到閣樓的房間。她轉動門上的鑰匙，這才發現她的睡袍還在樓下。她不會回去。她沒辦法承受。

她赤裸地躺在床上，心中怒火燃燒。

※

艾莉絲被聖喬治教堂五點的報時鐘喚醒。她身旁的床墊是空的。昨晚的記憶片段回到她腦海裡，她拉起床單蓋住頭。她不該那樣對姊姊說話的。她不該那樣失控發脾氣。她應該要安慰姊姊。

敲門聲傳來，艾莉絲打開門鎖。蘿絲肯定是睡在地窖的地板上。

艾莉絲不發一語。她口中吐不出道歉的話。**妳有邪惡的地方**。她們保持沉默，冷漠地更衣，只有幫忙繫緊彼此的束腹時才互動。

「妹妹，拜託妳。」蘿絲在拉緊繩線時低語。

艾莉絲沒有答應，也不會答應，雖然她心知肚明那幅畫已經不可能繼續下去了。蘿絲會讓她不得安寧，她會威脅、利誘、刺激她——一小滴眼淚從艾莉絲的眼角泛出來。她最後說道：「我很抱歉對妳說了那些話，我不是有意的。」

蘿絲的聲音寒澈如冰。「妳得道歉的是那幅畫。」

「很抱歉它讓妳有那種感覺。」

「這是兩碼子事。」蘿絲說，但艾莉絲沒有回答。

趁蘿絲轉身使用夜壺，艾莉絲從被單下拉出那幅畫，迅速來到地窖，打算趕在沙爾特太太醒來前收拾乾淨。

整間貯藏室一塵不染。裝著人偶各部位的籃子回到了架上，桌面被擦得乾乾淨淨。她腦中跑出一個念頭，然後急忙在籃子下方翻找。

她姊姊站在門邊，肌膚滿是疤痕，左眼是一片空洞的白茫。

「我的畫筆在哪裡？其他、我其他的畫在哪裡？」艾莉絲質問：「妳做了什麼？」

蘿絲拉起一束頭髮，在指尖上纏繞，像是上吊的套索。

「我花了好幾個月畫那些畫！它們在哪裡？若妳燒了它們……還有，我的顏料去哪了？」

「那些很重要？只是些工具罷了。」蘿絲的語氣顫抖，「妳得明白，我、我都是為妳著想。假使我們都被趕出去會有什麼下場？」

「說謊！妳只想要我變得和妳一樣不快樂。」艾莉絲激動高喊：「那些顏料是我的，我買的。是我存的錢，花了好幾個月存的。」

「那些錢應該要交給爸媽，那不是妳的。」

「婊子。」艾莉絲喃喃道。她從未這麼大聲說出這個詞。她覺得傷痛緩和了一點。「婊子。」

※

她倆在暴風雨般的沉默中度過了一整天。艾莉絲的身體傾斜，遠離姊姊。她弄錯藍色和綠色的顏料，畫歪了嘴脣的線條。

總算，到了接近傍晚的時候，沙爾特太太要艾莉絲親自將兩尊人偶送到伯克利廣場的一戶人家去。「我不放心將這麼重要的委託交給那個獨牙小乞丐。」

能有逃離店裡的機會，讓她大大鬆一口氣。艾莉絲跳起身，一把將人偶像一對鯡魚般塞進籃子裡。「別在外頭拖拖拉拉的。」沙爾特太太開口，但艾莉絲早已奪門而出，門鈴在她身後搖晃作響。

已經快要下午四點鐘，街上滿是買東西的客人和小販。每個人都在購物、交換、討價還價，就為了肥皂、廉價裝飾品、甜點還有性愛。一名獀犬販子將一只籠子高舉過頭，然而他叫賣的吆喝聲和狗的狂吠都淹沒在吵雜的馬蹄聲和車輪輾過地面的聲響裡。艾莉絲看向身後那鍍了金店名的綠色店面，暗自希望手上有根燃燒的火把和一瓶白蘭地。

「不好意思。」有人說道，碰了碰艾莉絲的袖子。

她跳開一步，舉起手臂，想拍掉扒手，但站在她面前的卻是一位有著長鼻梁的女人。

「抱歉，突然向妳打招呼。」

艾莉絲心想她應該認錯人了。

「我想我們不認識彼此。妳在人偶店工作。我是克萊麗莎・佛斯特。」艾莉絲試著在刺耳的車輪摩擦聲中聽清楚她的聲音。「妳呢？」

「抱歉，妳說什麼？」艾莉絲低下頭，好聽見她的話。

「妳的名字是？」

子。她沉下臉來。他還是沒戴帽子。

「哦，艾莉絲。」

「艾莉絲……？」

她為自己的失禮而臉上一熱。「艾莉絲．惠特爾。有什麼事？」

「希望妳能原諒我如此無禮地接近妳，惠特爾小姐。妳肯定覺得很唐突。」

艾莉絲望向那女子身後，看到一張局促不安的臉龐，正是昨天從窗戶窺視她的其中一名男子。她沉下臉來。他還是沒戴帽子。

「又是你。」她說。早晨的惱怒已經讓她很不愉快了，她發現此刻自己壓不下內心的惱火。

「哦。」克萊麗莎說，皺起眉頭轉向那名男子。「就我所知，你還沒被介紹給她認識？」

「介紹？哦，沒有。首先該學著別從窗戶盯著女店員看。」他大笑一聲，一點也不難為情。

「這並不好笑。」她臉上一紅，「我是個女人，不是展示品。」

「他是我哥哥。」那位女士說，在他看似要開口時打個手勢要他閉嘴。

「哥哥？」艾莉絲重複她的話。他穿著過短的長褲和沾了白色汙點的上衣，看起來就像個拾荒者，身上那件藍色外套的邊緣還脫線了。這男人和眼前這位穿著絲綢洋裝的優雅女子居然是兄妹，不禁令人莞爾。

「我必須承認他的服裝風格和我截然不同。」克萊麗莎說道。接著她看到艾莉絲被路人的手肘撞了一下，便提議：「也許我們到裡面比較好談？這些馬吵得厲害，真是討厭。」

她領著艾莉絲來到一間時髦的蛋糕店。店裡的天花板是拱形的，桌上鋪著熨燙平整的桌巾，銀製的茶具閃閃發光。艾莉絲一時忘了手上的籃子。她腦中閃過好幾種可能的解釋，但沒一種令人滿意。為什麼兩人要為她這麼鋪張？比起佛斯特女士頭上那頂淺沿小帽，她戴的破舊無邊女帽早就過時了。艾莉絲試著忽略門房的冷笑，而這位女子看起來什麼都沒注意到。她彈彈手指，點了一盤三明治和茶。「這次黃瓜不准切太薄，還有，我吃得出來奶油是否被稀釋過。」

這一刻，她才領悟到這女人是個老鴇，男的則是皮條客。他被派到街上尋找天真的年輕女孩，欺騙她們。

「我得走了。」她說，準備離開。「我可不是呆頭鵝，我都懂了。兩位日安。」

「等等，拜託妳。」女子說：「我哥哥是個畫家。」

「畫家？」艾莉絲疑惑地重複道。

「他是路易斯·佛斯特。」

他滿懷希望地抬頭看她，但她搖搖頭。

「好吧，那麼也許這樣說，他是一個兄弟會的成員，他們是一群畫家。PRB，也就是前拉斐爾兄弟會，聽過嗎？成員有霍爾曼·亨特、約翰·米萊、加百列·羅塞蒂？」克萊麗莎抱著同樣的期待提高聲音。

「我不……我從沒聽過他們。」

「哦，但妳會知道他們的，很快就會。」她說，急切地傾身向前。她的手比向椅子，艾莉絲坐了下來。「路易斯在皇家藝術學院受過訓練。他在學院去年的夏季展覽中展出兩幅畫。我確信他就快要有偉大的成就了。」她結巴起來，「雖然需要再多花點力氣說服藝評家。」

皇家藝術學院。展覽。藝評家。艾莉絲在心裡重複這幾個詞。它們聽起來好美味，像櫻桃一樣醇美。她想像從空中摘下這些字，在嘴裡咀嚼著那些聲音。也許他們透過某種方式看到她的畫，而他們想要她加入兄弟會——但那名稱顯然是專屬於男性的團體。

「找我做什麼？」她問道。那男人正盯著她看。她察覺到他的視線後，他也沒有立刻撇過頭去。他的瞳色很深，幾乎是黑色的，而黑色的中央是金色。她若想為一尊人偶畫上這雙眼睛，她可沒有這種顏色。

「雖然聽起來觀感不佳，但我向妳保證，所有過程會以最得體的方式進行。」克萊麗莎咳了一聲，「他正在找模特兒。」

「模特兒？」艾莉絲試著不露聲色。她撫弄袖子上的線頭。連她都知道，當模特兒只比賣身好一點點。而她姊姊絕對不會原諒她。她會將艾莉絲炫耀自己身體和臉孔的舉動視為輕蔑她。她父母絕不會再讓她踏進家門一步。她會失去人偶店的工作。

「有任何不妥當的地方嗎？我承認這聽起來——」

「不，沒什麼。」她說。

「這裡，放這裡。」克萊麗莎對著正將鑲金邊的盤子放到桌上的女孩說。盤中堆滿了切去麵包邊的三明治。克萊麗莎若有所思地咀嚼，一邊對艾莉絲比著手勢。「倘若路易斯獲得了他應得的名望，別忘記妳會在他的畫布上得到永生。想想看，過了一百年、兩百年後仍然受人稱頌！」她啜了口茶，小指翹起。「況且，妳的時薪是一先令，我相信這遠遠超過妳現在的薪水。」

「一小時一硬幣——我是說一先令？」

「沒錯。」

艾莉絲試著吞嚥，因為她忘了該怎麼做。她的食物在口裡推來移去。「然後我會，嗯，該怎麼說——？」

「我向妳保證整件事是體面的。」克萊麗莎輕快地說，而路易斯看著她的眼神則暗示了完全相反的答案。「我也讓他畫過。或是妳希望帶一位女性陪同……」

蘿絲。她想起兩人爭吵的片段。被偷走的顏料、被燒掉的畫作，還有那一巴掌。艾莉絲的嘴角一緊。

「我猜妳是否沒有適合的人選？若妳希望我在場，我十分樂意。」

「是不是因為……我的……」，艾莉絲比了比自己的鎖骨。她低下頭，「你想要畫這個？」

「妳說什麼？」路易斯終於開口。他的聲音富有教養且深沉，有如糖蜜。「不是這樣的！是因為妳本身。妳散發出一種明亮的莊嚴感，妳的五官既美麗又令人困惑，還有妳的頭髮！我敢說整座森林一樣多的髮夾都無法馴服，多麼**脫俗**啊。」

她感到一陣震顫，不知道是受到讚美還是侮辱。她試著專心吃三明治。

「而且，我想妳會是完美的王后。不，妳**就是**王后。」

克萊麗莎插話。「他正在畫一幅《吉爾瑪的王后受監禁》。但路易斯過於沉迷了，他老忘記我們其他人並非總是像他一樣對中世紀敘事詩這麼狂熱。簡單來說——」她抬起頭，換上一副因覆誦太多次而感到無趣的沉悶語氣，「一名王后被善妒的丈夫監禁起來，而名叫吉爾瑪的小伙子在附近遭遇船難，他們愛上了彼此。但這段戀情當然不可能長久，國王很快就發現了，於是吉爾瑪遭到驅逐。但她以一種唯有她能解開的方式在他的上衣打了一個結，而他也對她的裙子做了一樣的事。我這樣說對嗎？」

路易斯點點頭，嘴裡塞滿食物。

「後來，她從丈夫身邊逃走，發現自己來到了梅里耶杜王的城堡。這位國王試著引誘她，但被她拒絕了。接著她在騎士比武大會上再度遇見吉爾瑪，並解開他上衣的結，以此證明她的身分──我想應該是這樣──然後他圍攻梅里耶杜王，救她出來。這樣的故事大綱聽起來如何，路易斯？」

「還可以。」路易斯邊說指甲邊隨著音節敲打桌面，「我們前來正是要將妳從梅里耶杜王身邊救走。」

「誰？」

他哼了一聲。「那頭灰髮老母羊，一張嘴皺得像狗屁股一樣。」

「哦！你是說沙爾特太太。」艾莉絲作勢咳了一聲好掩飾自己的笑聲。她瞥向路易斯，然後以低如耳語的聲音對他說道：「你能教我畫畫嗎？」

「教妳？」

他不可置信的語氣刺痛了不安的她。她站起身。「我該走了。再怎麼說，我辦事都要遲到了。謝謝你們的茶。」

「再多留一會兒。」他伸出手說。他的手指觸碰著她袖口和手套之間柔軟的肌膚。

他的放肆讓她目瞪口呆。她抽開手。

「聽著，我很抱歉，但這事其實很簡單。妳得成為我的王后。」

「**得成為你的**王后？」

他不予理會。「看到妳的那一瞬間我就知道了。」

她感到愈來愈惱火。「嗯，看到你的那一瞬間，我就知道你很沒禮貌。」他笑出聲，而她想起姊姊說的話。**妳有邪惡的地方**。她揚起下顎。「很遺憾，原來我想學畫對你來說這麼可笑。」

他一臉正色。「請原諒我的無禮。我沒料到妳會提出這樣的要求，雖然另一位模特兒希德爾小姐確實也會畫畫。很好。當我的模特兒的報酬是一小時一先令，我也會一星期教妳一個小時的繪畫。」

「但我想好好學習，不只是做為消遣。」

他再次笑出聲。「妳真是個女生意人。那就這樣吧，每天上半小時的課。妳沒當模特兒的時候可以使用我的顏料。」他看出她臉上仍帶有疑慮，又說道：「哦，惠特爾小姐，答應吧。」

艾莉絲咬著嘴唇。她靠著桌子穩住自己。這是她最想要的——但她並不認識佛斯特先生和克萊麗莎女士。她從小就聽過無數天真女孩被無法遵守的承諾所引誘的故事，也一直被警告要小心那些如狼潛伏在暗影中的危險。見不得人的生意提供女裁縫高薪的工作；聲名狼籍的好色之徒僱來女僕，讓她們遭受慘絕人寰的虐待。但想想看，繪畫、教育、逃脫——如果這一切都是真的——

克萊麗莎拍拍她的手。「聽著，我哥哥有時會熱情過頭，就像小狗一樣。要不妳來畫室親自看看吧？當然，在那裡就沒有像我一樣反對不恰當舉動的人了。看完之後，妳再做決定。」

艾莉絲猶豫半晌，伸手扶好頭上的帽子。她拿起籃子，全身顫抖。

「我什麼時候過去比較方便？」她問道。

第二部

莉茲，莉茲，妳為了我
吃下了禁忌的果實嗎？
妳像我一樣被掩蓋了光芒嗎？
妳青春的生命也像我一樣凋萎了嗎？
妳也如我一樣破敗了嗎？
因為我，妳也毀壞了嗎？
如我一樣口渴、潰爛、被精靈糾纏迫害？

——克莉絲緹娜・羅塞蒂（Christina Rossetti），
《精靈市集》（*Goblin Market*，一八五九年）

嬌花盛開時，莫錯失採花的時機，
因時光老人的腳步並不停歇；
今日仍向妳微笑的花朵
明日將要凋零。

——羅伯特・海瑞克（Robert Herrick），
《致少女，莫誤青春》（*To the Virgins, to Make Much of Time*，一六四八年）

巨齒龍

艾比正在一艘運茶快船上。船身在微風中傾斜、因摩擦嘎嘎作響，船帆如心跳般鼓動。艙房的天花板裝飾了鑲板，也掛出吊床。他姊姊就在他身邊，他握著她的手，嘴裡還裝了新牙齒。他若閉上眼，就能感覺到咬嚙他臉頰的風和海水；他若閉上眼，就能從船頭一路衝到船尾，試試水手教過他的那些詞：**最低橫帆升起！後縱帆轉向迎風面！搶風換舷！進行換舷！**在他周遭，地平線無止盡延伸，海面構成的一條藍線觸碰著天空和雲。

船身更劇烈地咆吼著，他姊姊哀鳴了一下。船帆拍擊的聲響變得更大、更有力，在風中**啪噠、啪噠、啪噠**作響。他正在船上。他正在船上。姊姊握著他的手收得更緊。

現在，他待在甲板下，躺在他的吊床上，另一張吊床就掛在他正上方。風暴中，跳動的風每吹一下，都讓上方的床墊——不，那是吊床——壓在他鼻子上。他正在船上。他**在**船上。

風暴退去，最後一聲咆吼止息。姊姊的指甲陷進他的肉裡。他想要殺死那陣風，在吹拂的途中就掐死它、揍到它吐出最後一口喘息。

門砰一聲關上後，他爬出床底。他的手很痛，手背上深陷著四個新月形的指甲印痕。當他伸出手，將姊姊淺色的頭髮撥攏到耳後時，她畏縮了一下。

「他這次粗暴嗎？」艾比問道：「會嗎？」

她搖搖頭，數著枕頭上骯髒的錢幣。她張嘴咬了咬錢幣。艾比也算了一遍。六便士。這夜過去後，她會賺到至少五倍的錢。她會因為得了流感而生意興隆。艾比知道她假裝患上了肺癆，將自己的價碼調高了一便士，因為快死掉的女孩對他們來說最為珍貴。想到這裡，讓艾比不由得擠向姊姊身邊，將臉埋在她的髮間。「這比工廠活好多了。」

她站起身，而他留在床上，拿起針線，自顧自唱起歌來。老舊的貯煤室像鼻菸盒一樣小，艾比坐在床上，伸手就摸得到四面牆；若跪在狹窄的床墊上，還能摸到天花板。

我第一次看見小號
是在一個龍騎兵隊裡，
我給了他不喜歡的東西，
然後偷走了他的銀湯匙。

他的視野邊緣，姊姊正蹲在一盆醋上面，一手握著灌洗用的活塞，陰毛就像一團油膩膩的漩渦。他好想對她說：「我們走吧！偷渡到一艘船上，離開這裡！」但都是一樣的，不是嗎？不管他們在哪裡，都是一樣的。他恨死了。他突然間恨透這一切，體內湧現未經斟酌的怒火。雖然他早就接受了這一切，不以幸不幸福來衡量他的生活，而是視自己為倖存者，盡可能不落入濟貧院或棺材裡。但他還是好想衝出去，飛躍起來，雙腿狂奔逃離這一切。

「你的聲音怎麼聽起來像被掐脖子一樣？」

「這叫做唱歌。」他擺出就事論事的語氣，手上一邊縫紉。「況且我有武器。我會戳破所有攻擊者的眼球，就像戳醋栗一樣簡單。」

他繼續手上的針線活。他正拿著工作服的邊料製作玫瑰花飾，要給艾莉絲當作聖誕禮物，但他不敢告訴姊姊，怕她會叫他娘砲。他常常想起艾莉絲放在他手上的那枚錢幣，更加確信她是王后般的人物。他想起她做的其他好事：一塊偷塞進他縫紉包的麵包、一個她說是小時候玩的陀螺。

他姊姊回到被窩裡。「在更多人來之前，我要睡一下。」她說。

「喂！」他們頭上的窗柵喀啦喀啦響起。「喂，艾比！有隻狗——」

「別再帶臭死人的屍體回來這裡。」他姊姊喊著。但他已經跑了起來，穿過充當門板的布簾，衝上腐爛的階梯到街上，一手抓著他的死東西袋子。

「狀況多糟？年輕還是老的？」

「不知道。被小貨車壓到了。」男孩說道。

「死了嗎？」

「哦，沒有。但一直叫，都快吵醒了聖安妮教堂的屍體。動作最好快一點。」

日暮將近，隔著煤塵和煙霧看，太陽就像一顆朦朧的蛋黃。兩個男孩拔腿狂奔，在狹窄的巷弄裡如同彈弓射出去的彈丸，衝過老康普頓街、弗里斯街和羅米利街，直到他們能聽見狗的哀鳴。他們一邊跑一邊談判——一些甜食、一包豬皮——最後艾比同意買一包薑糖，當作他朋友的情報費。

那隻狗的後腿卡在小貨車的輪子下，血肉模糊，骨頭外露。獵犬扭動身體想脫身，但每動一下都只讓牠哀號得更加可憐。鮮血汩汩流進水溝。

「誰來讓這母狗解脫吧。」一個男人說道：「踢個幾下就好了。」

「讓我來。」艾比說，小心地接近那隻狗。「噓、噓。」他唯恐被咬上一口後發起瘋來、口吐白沫。那條腿毀了。這狗死路一條。傷處的血肉就和屠夫切好的肉塊一樣。艾比曾看過乞丐街童將那種肉塞到袖子裡，好騙取施捨的零錢。

「妳是個漂亮的小東西，對不？」他說，然後輕撫狗的背部。狗安靜下來，睜得大大的眼睛充滿了恐懼，渾身顫抖。「公主，噓、噓。」

他對朋友打個信號，男孩遞來一顆鵝卵石。艾比閉上眼。這樣做比較好，總比讓這隻可憐的動物痛苦而緩慢地死去，或是被一群男孩打死取樂來得好。況且，這麼做也能讓他從希拉斯身上再榨出一先令，離他的新牙齒又更近一步。他最好掐死這隻狗，但若他保全頭骨，就能拿到更多錢。但他狠不下心讓牠受到更多驚嚇，看著牠痛苦掙扎，脈搏逐漸微弱。

一聲重擊，一道破裂聲，狗便完全靜默了下來。艾比跪坐在地，喘著粗氣。狗的眼皮顫動，但他知道牠已經死了。他抬起手抹抹臉，將狗面目全非的腿從車輪底下拉開，手指不住顫抖。

「對不起，公主。」他說，真心誠意地說。

⁂

巨齒龍，巨齒龍，巨齒龍。

艾比想不起來是從哪裡聽到這個詞，也不知道那是什麼意思，但這個詞的音節給了他的步伐一種韻律。他輕聲覆誦，在人群街巷中衝刺穿梭，奔向希拉斯位在柯芬園的店。袋子裡的狗屍還是溫的。可憐的畜牲。他總有一天也會落得如此下場，屍體放在殯儀館，一文不值，不如放在外科醫生的解剖木板上。他不禁顫抖起來。他姊姊總是要他慢一點，別總在擾攘的馬車、直立起來的馬匹和馬伕銀製的鞭子間穿梭。他就是這麼失去大部分牙齒的。他四歲的時候，手推車從側邊猛力一撞，新牙就一直沒長出來。他伸著舌頭舔舔僅剩的那顆牙。

巨齒龍，巨齒龍，巨齒龍。

跑在斯特蘭德街寬廣的林蔭大道上，他穿過如螞蟻般列隊行進的辦事員，跑進一條幾乎不到一個肩寬的死巷——他吸一口氣，那味道可怕極了——然後小跑步到希拉斯的店。門口旁邊有塊小招牌。希拉斯剛放上那塊招牌時就告訴艾比，那塊牌子的用意是讓客人知道要先敲門、拉門鈴。於是，艾比拉了拉門鈴，再大力敲打門板。這裡幽暗無光，窗邊沒有蠟燭，通道間也沒有醉漢。有隻貓在嚎叫，邊抓著一面牆。

「幹嘛？」希拉斯前來應門後不悅地問道。他看起來比平時憔悴，視線無法聚焦。那雙眼睛掃視過艾比，再看向巷子，然後又移回來。他搔弄起一撮頭髮。

「我找到適合的珍寶了。」艾比說，雖然他知道這次的收穫並不是最好的。「我原本有顆鑽石的，只是我不得不拿它去砸一隻追我的雜種狗。」

「那是什麼？」

艾比抓抓頭。「我若沒記錯，那是隻巨齒龍，不過是隻小的，可現在沒了，我想您也只能認了。」他聳聳肩，但希拉斯似乎根本沒聽見。「等著看這個，先生——」

他停住口，害怕這隻狗會被瞧不起——他看得出來希拉斯的注意力愈來愈渙散。艾比依然以雙手抓起狗，從袋子拉了出來，然後眼中帶著希望抬起頭。海牛牙齒做的假牙要四基尼，但他目前只存了十二先令。照這個速度，他到三十歲之前都不會有一顆牙齒。

希拉斯一句話也沒說。他的視線直直穿透了他。艾比嘴上沒停下來，但他唱歌般的語調變得黯淡。「先生，這是最新鮮的標本，剛死而已，甚至還沒僵硬。想想看牠的骨架、整個結構，先生。皮做成手套、毛拿去做成鑲邊裝飾。還有骨頭。先生，您也可以將骨頭削成哨子和梳子等等，或是犬骨琴鍵，或是──」

「那女孩。」希拉斯打斷他，揮開艾比的手。

狗落到地上，艾比將牠撿起來。他心不在焉地撫摸狗的頭頂。「什麼女孩？」

「你知道的。」希拉斯碰觸自己的鎖骨，艾比試著露出困惑的表情，雖然他馬上就明白他在說什麼。

「我不知道您說的是誰，先生。」

「那個沙爾特太太的女孩。艾莉絲。」

艾比皺皺鼻子，作勢要抓癢。「我不認得這個名字，先生，不認得啊。」

「在萬國博覽會的建地，你介紹我們認識的，老天。」

「沒有吧。一定是您想像出來的。」他堅稱，希望能騙過這男人眼中扭曲的世界和他的妄想。「先生，我沒介紹您任何人，你一定是在做夢。我不認得這名字，沒人叫這個名字。」

但希拉斯的視線越過他，伸手緊抓自己的頭髮，咬著早已龜裂的嘴唇。

「拜託，先生，您什麼女孩也沒看到。」

沒有任何回應。

艾比知道事情不妙了。

信件

柯維爾巷六號，工廠
一月二日

致不屬於任何人的王后：

容我致歉，自我們見面以來，已經過了一個多月。期間我被召去愛丁堡兩次，還患了大病。但請別憂懼，妳可以取消黑駝鳥羽飾和全套哀悼服的訂製了，因為我親愛的關妮薇的照顧，我已經恢復健康。我妹妹是最殘酷的人，說我患上的是只有疑病症紳士才會得的感冒。如果妳聽到那震動我孱弱的身體、使人粉身碎骨的咳嗽，我確信妳就不會說出這種無情的話。

我寫信來是要告訴妳，立刻逃離囚禁妳的梅里耶杜王吧！我從未恪守安息日的戒律（肯定是我諸多邪惡中最輕微的一項），因此，若妳到時能不去教堂行屈膝禮、做禮拜等等，我會在本月十二日等待妳的大駕光臨。

帶一幅妳的畫作來，我會幫妳上一點簡單的課。

我會請克萊麗莎一同出席。

您忠實再忠實的，
路易斯・佛斯特PRB

攝政街，沙爾特太太的人偶商店
一月二日

※

親愛的佛斯特先生：

我很高興你恢復了健康。關妮薇是誰？

我可以在星期天的教堂禮拜結束後過去一個小時，最晚不超過三點。如同我們在喝茶時說的，我這次去只是出於興趣。我不能當你的模特兒。我的女主人和父母不會允許，因此我懇求你不要抱任何期望。

尊敬您的
艾莉絲．惠特爾

工廠

那棟房子比艾莉絲想像得還要破舊，卻也更高級。紅磚蓋的樓房又高又窄，外觀就像風華散盡的花花公子。眼睛般的窗戶直盯著她，其中一扇已經破了。蕨類和爬藤從每一個破口竄出，漫過窗臺花箱，從懸掛窗邊的陶土花盆和花架冒出來。馬匹拉著小貨車經過時，這條地面四處散落稻草的小巷幾乎無法讓人通行，艾莉絲差點整個人塞進一個花盆裡面，還有一株羊齒蕨搔著她的臉。

小貨車繞過轉角之後，她清清喉嚨，低頭看了看自己的連身裙。她在胸口別了一朵絲質玫瑰花飾，是艾比送她的聖誕禮物。她撫平玫瑰參差不齊的花瓣邊緣，摸了摸禮服袖子上的湯漬。這是她最好的一套衣服，曾是藍色的棉布現在是灰色的。她原本很喜歡腰部收攏的設計，還有讓手臂看起來更纖細的時髦袖子，但她現在覺得自己看起來就像個窮老處女，而不是那種會享受切成完美三角形的小黃瓜三明治、或油膩得讓她肚子疼的奶油的仕女。

她的手懸在門鈴前，讀起下方的牌子。

「工廠。PRB（請拉門鈴）[9]。」

她露出微笑。這牌子巧妙地將知道這組縮寫真正意思的人與不知道的人區隔開來。前拉斐爾兄弟會。她內心升起一股短暫的驕傲，因為她也成了這個小圈圈的一分子。因為克萊麗莎告訴了她，她才會知道，而她姊姊毫不知情。只有那些說著「藝評家」、「皇家藝術學院」和「展覽」這類詞潤飾言談的人，才會知道這個縮寫的意思。但話說回來，她其實沒資格和這些事扯上關係。

她將手上抓著的畫紙塞進從沙爾特太太那裡偷來的布料做成的套子裡，那張畫紙已經被風吹得彎皺凹折。

「妳是要拉鈴，還是妳比較想在街上上課？」

艾莉絲往後一跳，絆到花盆後方，撞到了腳趾。火燒般的痛楚竄過。她環顧四周。

「在上面，惠特爾小姐。」路易斯叫道，從二樓的窗戶向她致意。

「我、我正要拉門鈴。」

「正要？想了整整五分鐘嗎？我得承認，那輛小貨車衝過去的時候，我差點就露餡了。妳剛才看起來就像在吃那盆植物。」

「你監視我？」她面紅耳赤。

「我會說**觀察**，這對畫家來說是項重要的技能。我這就下樓。」

她已經想好要說什麼了。**我還不是你的模特兒！不是你能一聲不響盯著瞧上五分鐘的對象！**但當大門打開，路易斯對她露出微笑時，她的怒火頓時消退。她吸進松節油、蠟和亞麻仁油的氣味。屋裡的地毯已被磨得破破爛爛的，水晶燈上大部分的水晶塊也不見了。牆上掛滿了畫——有些尚未完成，有些才剛開始畫沒多久。門廳的牆刷上了驚人的沼澤藍綠色，孔雀羽毛勻稱地排列在護牆板的飾條和天花板之間。觸目所及之處都鍍了金：踢腳板、門框、樓梯的欄杆和支柱。

她想更仔細觀察環境，但路易斯催促她繼續往前走。

「你妹妹在嗎，佛斯特先生？」

---

9 PRB也是「請拉門鈴」（Please Ring Bell）的縮寫。

「克萊麗莎？哦，她不在。她還要顧著她那墮落的女人事業，馬里波恩協會。那裡有些可憐的小鬼需要照料。還有，請直呼我的名字，我實在受不了這些愚蠢的禮節。」

「但是——」

「我知道、我知道，我原本也請她陪同，但我可以向妳保證，妳離開這裡的時候，還是那尚未獻祭給愛神維納斯的清白之身。」

艾莉絲胸口一緊。她想找個委婉的說法，要他別再這樣對她調情。她是來學畫的，除此之外沒有別的目的。其他模特兒可能表現得像個妓女，但**她**不一樣。她會好好讓自己維持體面，那是最讓她驕傲的特質。接著她意識到這就像她已經同意要當他的模特兒了。她沒有同意。她不會同意。**可能**不會。

「你的僕人呢？」

「僕人？」路易斯擺擺手。「我不能忍受旁邊一直有人小題大作。在現代，紳士只需要每週來一次的清掃女傭就夠了。」他指著狹窄的樓梯。「來吧，我來為妳導覽，好好參觀整間畫室。」

艾莉絲從未見過他這樣的人。她不知該說他是自由奔放還是咄咄逼人，兩者只有一線之隔。她看得出他是那種習慣隨心所欲的人，也喜歡提出自己的觀點和看法嚇壞別人。艾莉絲不禁心生一股故意和他作對的愉悅感：**她**不會順著他的意，不會讓自己被他激怒。她會以阻撓他為樂，還要假裝對他說的話毫不在意。

「無論如何，我注意到你已經脫離鬼門關了。」她說。

「我必須將這麼快恢復健康的功勞，歸功於關妮薇的照護技巧。」

「她聽起來十分樂於助人。」艾莉絲說，發現自己很高興知道他已經結婚了。如此一來，事情就不複雜了。

「她確實如此。但她吃掉我所有的聖誕布丁，所以她離理想的女人還差得遠。事實上，妳很快就會見到她。」

「哦？」

路易斯領她上樓，穿過一道門。「女士，這裡是畫室。我特別收拾過了。」

「收拾？」艾莉絲腳下踩到一個淡菜殼，噁心地縮了一下。整個房間看起來像是被當成地球儀一樣旋轉，直到每個抽屜和書架上的物品都被甩出來。一隻幼熊的填充標本躺在角落，身上覆蓋著報紙。牆上掛了一對凸面鏡。整間畫室堆滿各式各樣的雜物。

「當然，我和母親對這個字詞的定義從來就沒有達成共識。收——拾。這個詞的發音聽起來已經夠無聊了！每樣東西都放在該放的位置時，就變得了無生氣又乏味，妳不這麼認為嗎？我從來就不相信分類的好處——書放在這裡，餐具放在那裡，諸如此類。這恰恰顯示出品味和想像的極度貧乏。」

他說話的時候，艾莉絲試著將一切盡收眼底。她看向他的畫架，上頭沾滿了一條條顏料的痕跡。

「熱愛整頓之人的腦袋令人憂鬱，就像機器一樣，根本工廠腦袋——」

角落傳出一陣騷動，艾莉絲尖叫出聲。「那、那隻熊是活的！老天——」

路易斯隨即狂笑起來。他笑到抓住門板，張著嘴卻出不了聲，雙眼瞇成一條縫。「一、一隻熊？」

「這一點也不好笑。」艾莉絲說道，同時嘗試在那頭生物向他們漫步而來時不顯得退縮。她不想再讓路易斯找到機會嘲笑她，但又擔心那隻動物發動攻擊。路易斯看起來就是會買危險動物來開玩笑、然後被動物殺掉的那種人。她慢慢後退。「你拔掉牠的牙齒和爪子了嗎？」

這句話終於讓路易斯直起身，擦去眼中的淚水。「沒有，我怎麼可能這麼做？那太殘忍了。這位是關妮薇，她是一隻袋熊，正在守喪中。」

「哦！唔，我懂了。」艾莉絲說：「她不是你的——」她幾乎要說出**妻子**兩個字，但阻止了自己。她試著說出那個陌生的詞：「一隻袋熊。正在守喪。」艾莉絲注意到那隻動物的脖子上綁了一條黑色小手帕，不自覺抬起手遮住臉上的笑意。

「這一點也不好笑。」路易斯說：「聖誕節時她失去了蘭斯洛特，雖然我得承認他倆從來稱不上是朋友。他都在樓上活動，她則在樓下生活。但失去他我很難過。」

「他年紀很大了嗎？」

「若是那樣就好了。」路易斯低下頭，「羅塞蒂覺得讓他抽雪茄會很有趣，但蘭斯洛特吃下了整盒雪茄，還有旁邊的一片巧克力，第二天就斷氣了。我現在不和羅塞蒂講話了。」

「我很遺憾。」艾莉絲不太情願地伸手想拍拍袋熊，卻連牠的毛也沒碰到。關妮薇看起來就像一顆毛茸茸的棕色砲彈。「她友善嗎？」

路易斯抱起這隻生物作為回答。她的重量讓他呻吟出聲，然後他伸手搔了搔她的下巴。

⁂

路易斯撫摸他的寵物時，艾莉絲在畫室裡走來走去，試著記下每個細節。路易斯的畫架放在遠處的角落，那裡被顏料噴濺得到處都是，和她畫畫的小桌子截然不同。她很想看看他正在進行的畫作，但不敢踰矩。能有這樣的房間——專屬於畫畫的空間，真是不可思議！但若她家人看到她正和一名未婚畫家獨處，還思考要不要成為他的模特兒……她映在窗中的倒影跟著她移動，讓她感覺自己彷彿被監視了，有那麼一瞬間，她覺得蘿絲也在這裡。

她走近櫃子觀察，看到架子上塞滿了各種稀奇古怪的物品。艾莉絲想一個個拿起來，感受它們在手心的重量，發現所有藏在其中的寶藏。珍珠貝殼、頭骨、抽掉蛋黃的蛋、一個鳥巢。還有尺寸更大的：一件騎士的盔甲和鎖子甲、一尊滴水嘴獸石像，還有巨大的石膏軀幹模型和半身像。她的手指撫過一個古羅馬參議員像的鼻子，然後拿起一隻大理石手。

「哦！妳最好放下來。」路易斯說，從她手中拿走那隻手。

「它很脆弱？」

「一點也不，但它價值不菲。我是從大英博物館借來的。」

「我不曉得居然能向大英博物館借東西。」

路易斯不安地挪動著身子。「唔，我其實沒有真的問過他們。」

「你偷的？要是當場被抓怎麼辦？」

「我確信我不會被抓到。事實上我想的話，我會是個優秀的專業小偷。我讓羅塞蒂分散他們的注意力，因為米萊絕對不會答應幫我。」他邊說邊高興地揮著手。「而且假使我還給他們，那就不叫偷竊了。」

「你真是個優秀的邏輯家。」她邊說邊拿起一根附著細小茸毛的孔雀羽毛，盯著藍、綠、紫交織的葉狀尾羽。其中的黑色和金色讓她想起路易斯的眼瞳。

「我看得出來妳並不贊同。」

「我？倒不是……」

「妳不會偷東西。」

「你又知道？」她回道，但沒有對上他的視線。

「證明給我看。」他走近一步。

「為什麼？」

「好吧，這只證明了妳有多一本正經。」

「我才沒有！」她將手臂交疊在胸前。她突然感覺到他站得離她多近，聞到了他衣服上油彩的味道。一陣顫動傳來，但她分不清是出於恐懼還是興奮。

「嗯，除非妳能證明我是錯的，恐怕我只能當妳是個不偷竊又嬌弱的小東西了。」

「嬌弱的小東西？你根本不了解我。」她說，試著不要上勾。

「一些女士覺得這是種稱讚。」

「我不是**那些女士**。」艾莉絲回嘴。他站得好近，有一瞬間，她以為他就要親吻她了。他若真這麼做，她會立刻撇過頭去，雖然她的心臟跳得飛快。但路易斯只是咬了咬嘴脣，轉身走向窗邊。

「我可以看看妳的畫嗎？」他問，在角落的桌子旁拉出兩張椅子。「來，坐吧。」

「我畫得不好。」她遲疑地說。她從布套中拿出畫紙，攤平後放在路易斯面前的桌上。這是唯一一張從她姊姊的怒火中救回來、她藏在床底下的畫。她將下顎以下部分裁掉了。她以嶄新的眼光看著這幅畫，她覺得很滿意，並希望路易斯能刮目相看。

她等著他的評語。

「嗯。」他說，看得更仔細，「這畫很純樸。」

「純樸？」她一把將畫抽回來。

「啊，冷靜點。這不是羞辱。雖然我得說妳的解剖結構、比例、透視、明暗和構圖都不夠好。」

艾莉絲不確定自己想尖叫、哭泣還是打他一巴掌。她的怒火來得太快，讓她無法阻止自己。

「我想我也不會喜歡你的作品。」

「很可能，妳也不會是唯一一個。我相信狄更斯注意到我畫裡的——」，他以熟練的愉快語調說，彷彿早已習慣憑記憶背誦，向別人炫耀這個評論。「『噁心、惹人厭的羅密歐，還有簡直和濟貧院醜老太婆的屍體沒兩樣的甜美的茱麗葉』。妳瞧，這就是我的作品。如果妳想得到讚美，那妳最好回去那間人偶店。」

「我還沒離開人偶店，而且我也沒打算這麼做。」她說，但她結巴了起來。「那個藝評家，唔，他真的這麼說？如果我是男人，我可能會揍他一頓。」

「嗯，我的確不開心了好幾天。但我們致力於新的藝術，本來就需要花點時間。他喜歡那些堅定的老派分子。他們都是一群蠢蛋，沒有想像力，也沒有任何火花。」

他再度拿起她的畫。

「我剛才說這很純樸，是認真說的，但我不認為這個詞帶有任何貶義。事實上，」他說，將小小的肖像畫拿近眼前，「我得說我沒預料到這其中的潛力。我原本以為只是些無聊的小花畫，而不是這麼毫不做作的東西。妳的技藝確實不夠好，但妳也從未學過畫——更重要的是，這幅作品很**誠實**。」他的手勢愈來愈有活力。「妳瞧，妳忠實呈現了妳的臉型，而不是理想的橢圓形。雖然妳的鼻子確實和葫蘆的輪廓一樣，破壞了獨一無二的美感。不過妳的用色……唔，就像裝飾手抄本一樣，看起來**栩栩如生**。」

艾莉絲將手塞進臀部下方，好讓它們不要顫抖。他對她揮揮手。「來，椅子拉近點。妳很快就得回去妳親愛的人偶工廠了，但我答應過要幫妳上點課。」他從牆上拿起一只凸面鏡，放在艾莉絲面前。鏡子映照出這間凌亂又壯觀的房間，彷彿完美呈現一幅嶄新生活的肖像。「我有時很討厭這些鏡子，就像個扭曲的替身站在眼前。但當我畫畫的時候，我就能透過鏡子，從不同角度看一個物體，讓它看起來就像擁有魔法一樣。」

「哦。」

他的語氣放緩了，她瞧見之前沒從他身上注意到的溫柔。「看妳的鼻子下方，妳犯了業餘畫家的第一個錯誤，妳將這裡的陰影畫成了深粉紅色。」看到她的倒影讓艾莉絲臉上一紅。他們的雙眼在鏡中對視。「妳瞧，那不是深膚色，而是有一些藍、一點紅，還有些黃色。而妳的眼睛不只透著綠色，妳看那深處的顏色，妳的眼簾在雙眼投下陰影，但眼睛的顏色仍然濃豔。」她眨眨眼。「妳介意我加強一些地方嗎？」

她搖搖頭。路易斯調了淺藍色，點在她的鼻子和下顎下方。他加強她雙眼的綠，簡單幾筆就修正了她鼻子的隆起處。

「你怎麼辦到的？」她問道，幾乎無法相信這是同一幅畫。它現在看起來更加栩栩如生，變得好像真正的她，彷彿路易斯表演了一手魔術戲法。

「憑練習。如果妳願意當我的模特兒，妳就會有時間練習。當我不需要看著妳畫畫或素描時，妳就能在這張桌子上工作。妳可以借我的顏料和畫布，我會在每天結束之前幫妳上課。」

她默不作聲。

「我可以教妳怎麼調油畫顏料，也許明年妳就能在皇家藝術學院的夏季展覽中展出一幅畫，當然妳也有可能被他們拒絕。」他聳聳肩，「我活著就是要畫畫，如果不能畫，我不知道還能做什麼。對藝術，妳要不就是抱著這種態度，要不就是沒有。我從妳身上看見了和我們相似的氣息。但我怎麼想不重要。這件事交由妳全權決定。」

艾莉絲左顧右盼，決定在表明拒絕之前盡可能拖延時間。「能告訴我關於你，呃，關於前拉斐爾兄弟會的事嗎？」

他點頭，起身走向他的畫架後方放著畫布的位置。她跟隨在後。畫布的織工極為細密，看起來就像木板一樣。整張畫布塗滿白色顏料，背景是一圈圈不同顏色構成的粗略色塊：五葉地錦黃褐色的葉子，還有代表石頭的黃色。唯一完成的部分是一隻鴿子，正飛過素描線勾勒出的窗子前。牠的鳥喙和羽毛呈現了豐富的細節，淺藍和白色以細微的筆觸構成了鳥眼的反光。牠嘴裡正啣著一根泛著銀光的橄欖枝。

黑色的石墨描繪出一男一女的輪廓，中間仍是一片空白。男人跪在站著的女人腳邊，正親吻她的手。「米萊會當吉爾瑪的模特兒。」路易斯解釋道：「這幅畫呈現的是吉爾瑪從梅里耶杜王手中救出王后的時刻。」

到時可能就是由艾莉絲的臉來完成這幅畫。

「我們的技巧和皇家藝術學院教的不一樣。我們在未乾的白底畫上鮮豔的顏色。」他滔滔不絕地說著。艾莉絲豎耳傾聽。她此生沒有如此專心聽一個男人說話。從未有任何一個男人以這麼坦白、富才智的方式對她說話。他的談話中彷彿他認為她都聽得懂，而非看待她為孩子或寵物。她希望能找到方法儲存他的話語，這樣日後還能再聽一遍，思忖他分享的每一件事。

路易斯告訴她，他們兄弟會希望以畫筆如實呈現自然最原始的樣貌。曾是皇家藝術學院最年輕成員的強尼．米萊，如今雖遭受輕蔑冷落，但他毫不在意，因為他相信他們的繪畫運動終會成功。路易斯也告訴她皇家藝術學院夏季展覽的重要性，以及一幅畫掛的位置有多關鍵——就掛在對齊觀者視線的水平線上——還有他們覺得學院的學習有多無趣，以及那些永遠也畫不完的石膏模型和雕像畫。他告訴她米萊的天分讓他遭受其他學生鄙視。有一次，他的雙腳被綁上兩條絲襪，整個人倒掛在窗外，路易斯正好經過，這才救他下來。艾莉絲聽了大笑。路易斯拿出一本記錄比薩聖墓中各個雕刻的書，對她講述其中的美——那是拉斐爾讓藝術變得不再誠實及過於理想化前的時期。「現在的藝術是一堆謊言。我們想要畫出耶穌有一雙髒腳、聖約瑟的下巴上有顆疣——那都是**真實**的——而不是那些毫無特色又無聊的黑背景畫。我們讓作品擁有生命。」

「倘若你想讓事物栩栩如生、想畫出翔實的場景，為什麼還選擇畫這些理想化的場景？」

「恐怕我沒聽懂妳的意思。」他說。

艾莉絲指向一幅一名騎士獻花給傻笑的赤腳女子的畫。「你看，騎士和這種完美的愛；可你不是該畫出真實的場景，以符合你要的風格嗎？你應該要畫出真實的愛，也就是那些被愛人拋棄的可憐女孩，」雖然她百般不願，但她還是想起了蘿絲，「或是在街頭挨餓的孩子。倫敦根本就不缺**真實**，不缺生命力和誠實。」

她注意到路易斯截然不同的目光正投向她，下顎昂起。「嗯。」他回道，而艾莉絲感覺到她的脖子都紅了。「亨特正在嘗試這條路。但我想我懂妳的意思。」他看著她，「妳願意當我的模特兒嗎？」

她咬著嘴脣，暗自希望雙脣能自動給出答案，如此一來，她就不用自己下決定。她想像蘿絲和父母正站在身後，催促她說出該有的回答。但她開口說道：「我不確定。我很想，但是……」

「妳不能一邊當模特兒，一邊替沙爾特太太工作？希德——也就是常去羅塞蒂那裡的模特兒莉茲——就繼續做她的工作，她家人也不介意。」

「沙爾特太太不可能允許這件事，我的家人也永遠不會原諒我。」

「好吧。」他撥開額上的一撮鬈髮。「這樣的話，妳會有足夠的錢擁有自己的閣樓。夏綠蒂街上有間頗為體面的女子公寓，租金是一星期兩先令。妳只要花兩小時就賺到了。不用多久，妳可能就會靠妳的作品賺到更多錢。但也許這些事妳都不會答應。」

她的腦海閃過片段的思緒：蘿絲、被燒燬的畫、陶瓷獵犬、她姊姊的尿液落在夜壺裡的聲響。

接著，她想像一間小小的閣樓房間，以及專屬於她的夜壺，還能夠擁有少許隱私。還有更多——每天畫畫，身邊圍繞的盡是藝術家，她的畫作還會掛在皇家藝術學院裡。艾莉絲從架子上拿下一根羽毛，在手上把玩。

「我明白，」路易斯最後說：「不是每個人都在乎藝術到能夠為它犧牲，我不能苛責妳。我會找到另一位王后，雖然我確實為妳的繪畫生涯感到惋惜。」

「不！」艾莉絲叫道，身體的每一方寸都渴望留在這裡。她體內彷彿有個錨將她定在原地，讓她想要懇求：**別讓我走！現在不要，永遠都不要！就讓我留在這裡。**

「妳願意？」

她從未享有自己做選擇的機會，從未覺得自己有權掌控自己的生活。她感到一陣噁心。她想著那名油嘴滑舌的搬運工，想著未來等著她的那些無窮盡的燉菜，還有因勞務而紅腫乾裂的雙手。然後她想著眼前的機會：另一種人生，畫畫，還有路易斯。

她幾難察覺地點點頭，然後雙手合十。「對、對，我願意。你**會**教我畫畫吧？」

「我保證。」

兩人討論起進一步的細節：她的辭職、克萊麗莎會替她向女子公寓詢問空房，還有暫定一星期內上工的日期。路易斯幫艾莉絲整理好披肩和女帽，她的手指顫抖得無法扣上手套的鈕釦。

她步出大門時，屋外的空氣冷冽，她的呼吸凝結成霧。她聽到一扇窗打了開來，她抬起頭。

「再見，親愛的王后！」路易斯叫道，艾莉絲笑了出來。

她沿著街道向前走，試著掩飾她的駝背。那隻大理石手實在是太重了，她很難不在走路的時候歪向一邊。至少他不會再認為她是**嬌弱的小東西**了。她壓下一抹微笑。

「**À bientot!**（很快見！）」

艾莉絲揮揮手。

「哦，不好意思。」她說，不小心撞到路上的行人。

艾莉絲內心洋溢的溫暖愉悅瞬間凍結成冰。

「蘿絲，我——」

憤怒讓她姊姊渾身僵硬，讓她揚起平時暗自壓低的下顎。她的雙手蒼白，因為站在寒冷的戶外等待而鼻子泛紅。

「希望妳的**紳士**付了妳不錯的酬勞。」她說，語氣尖銳如刃。

兩封信

倫敦，貝爾格雷夫廣場三十二號
一八五一年一月五日

親愛的利德先生：

本人謹代表萬國工業博覽會委員會之倫敦地方委員會，特此回覆您於六月十六日、七月二十七日、八月十八日、九月八日、九月二十九日與其他日期寫給我們及特倫河畔斯多克地方委員會的信。您一定能理解我們收到了數千封申請信，以及考量到我們這個大都市不斷擴張的規模，還有特倫河畔斯多克同樣也是優秀的重要工業都市，還請原諒此份回覆的延宕。

倘若您能證實您是「鱗翅目之窗」的創作者及製造者，也願意出借該作品予萬國博覽會，我們便有興趣在十九區「織錦、蕾絲與刺繡」展示您的作品。為了確認其合適性，您必須在本月八日午前攜帶您的作品至本人——倫敦地方委員會的成員——的住處，地址是倫敦的貝爾格雷夫廣場三十二號。之所以提出這項急迫的供應要求，是因為許多創作者都無法在時限內完成作品。

除了提供您作品的樣品之外，也請攜帶一份製作者的簡介，內容須概述作品的工序與任何意欲表達的主題。舉例來說，第二一八號展品的敘述為：「桌巾，由兩千塊布料構成，織就成二十三位歷史與虛構人物。本作品的設計與製作皆由參展者獨立完成，耗時十八年以來所有的休息時間。」

尊敬您的
湯瑪斯·費里格利
倫敦地方委員會成員，萬國工業博覽會委員會

希布萊特街
一月七日

親愛的艾莉絲：

妳昨天的來訪，以及離開沙爾特太太的店裡良好職位的決心，讓我們極為難過。我們對妳的決定感到相當遺憾，也請求妳（以最強烈的措辭）重新考慮，現在還不算太遲。我們相信妳被邪惡矇騙，誤入一條妳不可踏上的歧路。

我們的決定絲毫沒有動搖。我們已經為妳竭盡所能付出，給予妳超過妳身分地位的教育，毫無怨言地資助妳的學徒訓練，養育妳成為正直、充滿基督徒精神的人，還替妳介紹擁有體面工作的對象（不用我們說，妳也該知道對方發現妳自我毀滅之後就會停止追求），而妳回報如此善意的方式，著實傷害了我們。

試問，當妳身敗名裂之後，妳該向誰求助？我們替妳感到悲痛。我們為妳的姊姊悲痛，因妳帶來的恥辱會使她未來的機緣更為不利。至少替她想想吧，她已遭受這麼多磨難。

若妳明天以前能改變主意，我們保證會盡釋前嫌，再也不談及此事，永遠不會提起妳差那麼一點就毀了自己、殃及妳的名節與未來。但若妳選擇另一條路，這個家就沒有妳的容身之處，妳也不得再回來。

我們在此歸還妳的「新僱主」預付的薪水。妳可以留著這些髒錢。「因為我這個兒子是死而復活、失而復得的。[10]」我們祈求，妳能找到道路，再次成為我們的女兒。

愛妳的
父親與母親

10 出自聖經：路加福音 15:24。

知更鳥

「求求妳，妹妹。」蘿絲說。艾莉絲要離開的前一晚，蘿絲的臉龐因努力不哭出來而顫抖。艾莉絲摺好僅有的幾件衣服，放進角落的小旅行袋裡，冷酷地提醒她們這是相聚的最後一晚。

「求求妳。」蘿絲再次說道。

眼看艾莉絲心意已決，蘿絲終於拋開傲慢，向她懇求起來。**住口**。艾莉絲想要這麼說。她渴望挑起爭吵，如此就能減輕離別的痛楚，以及導致她食欲全消的罪惡感。她注意到姊姊的指甲被咬到出血。蘿絲盯著旅行袋，彷彿認為意志力能讓袋子自行打開，讓艾莉絲的備用襯裙自行塞回抽屜裡，灰色亞麻裙自動掛回門邊的鉤子上，回到蘿絲的裙子旁邊。

「我會買給妳新的顏料，只要妳……」

艾莉絲默不作聲，只是扭緊了最後一圈髮辮，然後爬上床，躺到雙胞胎姊姊身旁。那根馬毛搔著她的腿。她手摸過床墊。「到底在哪裡？」她低喃著，不自覺煩躁起來。「那根該死的毛每晚都搔著我的腿，每個晚上！它在**哪裡**？」她捶打床，驚訝自己的眼淚幾乎要奪眶而出。

蘿絲俯身向前，抓住那一小撮毛，拉了出來。

「哦，謝謝。」艾莉絲尷尬地說，但她那瞬間情緒的爆發讓憤怒變得較能忍受。接著，蘿絲突然開口，語氣如此熱切、充滿情感，艾莉絲知道這必定是她隱忍已久的話。

「妳不懂。」蘿絲說。

「不懂什麼？」艾莉絲回以同樣的語氣，而她發現自己很享受這場最後的對質，甚至想進一步煽風點火。

「我希望讓妳了解，」蘿絲激動地說，但她的話語中仍流露出懇求和悲傷，而艾莉絲遲遲才明白過來，這場爭執將帶來完全相反的影響——不會減輕她的自責，而是更嚴重。「妳不懂**被毀掉**是什麼感覺，不懂虛擲光陰、對某樣事物全盤付出之後又失去它，究竟是什麼感覺。心中還懷抱著希望，就算他現在——」她的話音破碎。「我就是知道，我知道他會毀了妳，就像——」

「他不會的。」艾莉絲打斷她。她不懂，為什麼姊姊就是不明白，她的渴望有多麼單純。「我只是想畫畫。」

「但他**會**毀了妳。然後妳就會變得像我一樣，然後——」

「哦，蘿絲。」艾莉絲在被單底下伸出手，這次姊姊回握了她的手，拉了過去，在她手上烙印一個個灼熱的吻，一下又一下，一次又一次。這個唐突又展現強烈情感的舉動，和兩人過去數年來的相處截然不同，她不禁試圖躲開姊姊的碰觸，畏懼那些落在她指節上的吻。她縮回了手。

「不會一樣的。我是為了畫畫，而不是他。」

「妳說謊。」蘿絲說，翻身背對艾莉絲。「妳騙人，就像萬國博覽會那天妳說找不到我一樣。我**知道**妳想逃離我。我看到妳轉頭往後看，試著擺脫我。妳現在也是。」

「但我沒有說謊。」艾莉絲堅持地說：「我希望妳能明白這對我來說有多重要，妳明知我一直以來都想畫畫。」

蘿絲使勁搓著她泛紫的臉頰。「畫畫比我還重要。妳倒是**相當**明確表達了這一點。」

「不是這樣的。」艾莉絲試著說出她內心所想，卻語無倫次了起來。「這不必改變任何事。我們可以去散步，瀏覽梅費爾那些時髦商店的櫥窗。我們不會每天見到彼此，但也許這樣就能回到從前。哦，蘿絲，還記得從前的時光嗎？」

蘿絲倒抽一口氣。她將拇指移近嘴邊，牙齒撕扯著皮膚。艾莉絲想叫她住手，她無法忍受。

「我都想過了。妳不能兩邊都選，妳就是不能。妳離開我，我就再也不會見妳。」

「妳不是認真的。」

蘿絲哽咽著，張嘴好像想說些什麼，又再度閉上。

已經沒什麼好說的。

艾莉絲盯著天花板，看著紋路如貝殼般的灰泥牆面。兩人沉默不語。十分鐘過去，三十分鐘過去。最後，她聽見蘿絲的呼吸因入睡而平穩下來。蠟燭仍在燃燒，但艾莉絲沒有熄滅它。她翻過身，凝視姊姊緊閉的眼簾，還有下撇的嘴角。

她在夜裡兩度爬下床，執筆寫信給路易斯。**我懇請你原諒我改變心意**。但每次她都停下筆，回想起畫室裡散發藥鋪氣味的油彩與樹脂，以及彷彿能夠從中看見全新的人生、如窗口般的凸面鏡，然後她又一把揉掉信紙。

晨光照亮了房間，艾莉絲親吻姊姊的面頰。她不能叫醒她，否則她可能會改變主意。她躡手躡腳地安靜更衣，束腹的帶子不斷從她手指滑落，裙子的鈕釦也扣錯了。她檢查那隻大理石手是否還在。

她背起行李袋，回頭看蘿絲最後一眼。她看到姊姊的眼睛迅速閉上。原來她醒了。艾莉絲在門檻躊躇，最後一次吸進甜得令人作噁的氣味，然後轉身關上門。

⁂

艾莉絲走到大英博物館附近時，大理石手的重量已經讓她的背隱隱作痛。她咒罵自己當初為何蠢到從路易斯畫室偷走它。這個惡作劇現在看來好似屬於另一段人生、一種她已遺忘該如何展現的輕浮。她不再確信該怎麼做。她想像自己將那隻手還給門房，但如果他質問起來、認定是她偷走的怎麼辦？

圍欄的欄杆十分粗實，裝飾華麗，比她要高出三倍，頂端綴有黃金，好似連上帝都無法動搖它們。這些欄杆告訴她這個地方屬於私人研究，屬於知識分子、金錢和男人。不僅如此，這些欄杆看起來還像監獄的柵欄。

她想像傳來一聲叫喊：**小偷！抓住那女孩！**還有警察的騷動、新門監獄的牢房。她會將入監當作她應得的懲罰，因為她犯下了背叛的罪行。她讓父母大受打擊，還棄她姊姊於不顧。

她突然對腦中峰迴路轉的思緒感到羞愧，於是拿出了布套裡的大理石手。她從欄杆間將那隻手塞向庭院，盡可能往前推到最遠。她希望它別被當成垃圾丟掉。它留在路易斯那裡是不是比較安全？她知道他會有足夠的勇氣返還那隻手。

沒人發現任何不對勁。

她離開的時候，艾莉絲再次打開母親寫給她的信，忍不住想再感受一次痛楚，就像擰著自己的手一樣。**身敗名裂、傷了我們、毀了自己**。字句彷彿從紙上飄起，與煙霧和炸銀魚的熱油脂交雜在一起。接著她猛然撕碎了信紙，將碎片撒向街道。她看著馬車駛過沾滿泥巴的殘破紙片，試著壓下內心湧現的欣喜。她**自由**了，她正在做自己想做的事。她姊姊說對了，她被賦予了一個選擇，而她抓住了它，緊緊握在手中。她衝過一名魚販，放聲大笑，跑向路易斯的房子、**她的**閣樓。袋子在她背上彈跳。數個月、數年以來，或許是這輩子第一次，她的胸口不再覺得緊繃。

一隻知更鳥站在破碎的雞骨頭堆上歌唱，翅膀油膩膩的。她伸出手，但牠蹦蹦跳跳地遠去。

棺材

穿著深藍色制服的男人替希拉斯開了門。他的神態就像一隻驕傲、挺起胸膛的知更鳥。

「下午好，」管家說道，故意停頓了一下。「先生。」

希拉斯碰了碰身上那件藍色大衣的領子。這料子雖然便宜，但作工細緻。他想要予以反擊，卻想不出能說或做點什麼。他低頭匆匆走出門口，來到鋪著淺綠草坪的廣場。四周盡是潔白的灰泥牆，整齊的欄杆，修剪過的樹木——一切都如此清新，就像一排娃娃屋。希拉斯比較喜歡城裡的這一區，還有裡頭那一排排呈勻稱幾何圖形的排屋。他厭惡斯皮塔佛德和蘇活烏煙瘴氣的小巷，那裡雜草叢生，男男女女的衣著髒皺，街道上閃動的光影倒映於混雜尿液的水灘，而非擦得光潔明亮的門鈴。

他雙手環抱的木盒裡裝著雙頭犬的剝製標本和仔細接合的骨架。他和湯瑪斯．費里格利會面時，說了一個事先準備好的笑話，聲稱他是從狗的棺材裡挖出了屍體，但對方並沒有笑。他的口袋裡放著封著蝶翅的圓形墜飾。這三件作品都將在萬國博覽會展出。想到這裡，希拉斯的步伐愈加雀躍。他原以為費里格利先生會拒絕那隻狗——那是他賭上委員會同意展出的可能性而做的孤注一擲的嘗試。

但費里格利先生很欣賞這件標本，還特別注意到那副微小骨架的細緻之處，如蛛網般精巧的胸廓、脊椎和骨盆，以及火柴大小的腿骨。他啜吸著菸斗說：「是的，我看得出它非常適合動物區。有傳聞說——我得補充，只是一些流言蜚語——六個月展期過後，整個展覽會移到新地點。

我向你保證，我會強力要求設立古生物專區。想想看那個畫面：這件標本和你的其他作品放在擒龍和翼龍的骨骸旁邊。」

希拉斯壓下自己的心跳。

他們接著討論起鱗翅目之窗。他身上戴的墜飾只是樣品。完整的作品長寬將各達兩呎。希拉斯會將蝶翅壓在兩片玻璃之間，將翅膀排出美麗的圖形，幾乎就像彩繪玻璃窗一樣。他會需要一百五十隻蝴蝶，也許要更多，還得是各式各樣的品種——孔雀蛺蝶、優紅蛺蝶、蕁麻蛺蝶。他得趕在五月初前完成，不只是因為四月前的天氣對蝴蝶來說太冷，而是因為他可以先準備好窗框。他會在天氣轉暖時，派艾比拿網子去公園捉蝶。能從他這位好主顧手上接到更多工作，那小鬼可會有多開心。

他走在林蔭大道上，經過車身熠熠生輝的馬車、毛皮光潔的馬、戴著假髮的浪蕩子，還有臉上撲粉的僕人正遛著肥碩的狗。他的成功讓他想起第一次得到認可的時刻，還有手中握的第一枚基尼硬幣。最美妙的是，這一切的推手是他母親。雖然她唯一感興趣的是將他的臉壓在地上，但他很希望她能知道她的所作所為反而讓他得以逃離。

某天晚上，喝得酩酊大醉、東倒西歪的母親發現了他藏在麻袋裡的蒐藏品，就放在他們與其他三個家庭共居的農舍後面。當她搖著袋子，質問他到底有什麼毛病時——他到底想施什麼巫術——希拉斯滿心害怕。袋裡的頭骨傳出清脆尖銳的碰撞聲。他一把從母親手中搶走麻袋，輕而易舉地擺脫她的追趕，儘管他飛奔的腳步和他沉重的心緒形成對比。他藏起袋子。深夜回到農舍的時候，他的步伐就像知道自己做了壞事的小狗一樣畏縮。他希望母親已經睡了。

隔天，他坐在正拿著砂紙打磨熱瓷盤的芙莉可旁邊，雙頰紅腫瘀血。如果他有錢的話，就可以帶著她逃走。他母親早已扯著男人般低沉的嗓子向工廠工人四處宣揚，大聲嚷嚷那些頭骨，還有她那腦袋有問題的么兒。她說得天花亂墜，讓那些男人既感到噁心，又笑得開懷。

「一整袋發黃的頭骨全對著我笑。他就像可怕的死神。肯定是他父親的影響，我總說是他第一年夏天讓他摔在地上撞到頭造成的。」

當工廠主人的手放到希拉斯的肩上時，他畏縮起來。他只從遠處看過他，身邊還有他難以取悅的妻子與六個跺腳吵鬧的孩子。

「你是那個蒐集頭骨的男孩？」那男人問。希拉斯的視線從燒窯的磚頭竄向眼前還未燒製、表面覆著一層薄灰的瓷盤，再彈往芙莉可和一籃用來上釉的刷子上頭。

他不知道回答「是」的話，會有什麼後果。

「你是利德太太的小兒子？」

「我……」

「跟我來。」他說，領著希拉斯走進凌亂的辦公室，裡頭有張桌面包著皮革的桌子。

工廠主人告訴他，他聽見希拉斯的母親提及他的頭骨蒐藏品。你瞧，他妻子有個珍奇櫃[11]，裡頭有隻蝴蝶，還有知更鳥的填充標本、一隻糞金龜和一些莫名其妙的玩意兒。他實在無法理解這檔事，他寧可她去做針線活，而不是這種**病態**、令人不安的蒐集癖。他確信這女人哪裡不對勁，但看來這種嗜好現在挺流行的，是吧？而那些她花了大把時間耗在一起的女士們擁有更好的蒐藏：來自印度殖民地的人魚，雖然連白痴都看得出來那不過是將猴子和乾掉的魚尾縫在一起。

---

11 curiosity cabinet，流行於十五到十八世紀間的歐洲，用來放置私人收藏品的儲物櫃或房間。

但這不是重點，是吧？他能考慮帶幾個頭骨給他妻子看看嗎？如果她喜歡就會付錢給他。

他願意，但工廠主人得守口如瓶，不能告訴他母親或任何人。

十五歲的希拉斯賣出第一顆頭骨的那一天，是他人生中最艱難也最棒的一天。他每完成一筆交易，每賣出一個他逐漸產生感情的泛黃同伴，他都會感到懊悔。但隨著每一枚塞進他口袋的硬幣，他就更靠近帶著芙莉可逃離工廠的那一天。那個笨手笨腳的希拉斯，居然是特倫河畔斯多克諸多人家客廳裡的寵兒。他的家人毫不知情。他的頭髮經過整理，身上的衣著精心打扮，成為眾人目光的焦點。每次他上門，總會有僕人替他抹淨髒汙的臉。他做起了販賣骨骸的好生意，一邊準備自己的逃跑計畫。

※

現在，穿著紅褲子的僕役從他身邊推擠過去，他腦中正在想像，當他告訴艾莉絲萬國博覽會的好消息時，她會做何反應。他常常在腦海裡與她對話，想像她的臉因愉快微笑而凹陷的紋路，勾著他的手溫暖了他手肘內側。她一如往常不多話，也鮮有動作。他在腦中精確編排他們的對話，而她或坐或站，如痴如醉又充滿敬畏。

「再告訴我一次他說了什麼。」她對他說：「湯瑪斯．費里格利！住在貝爾格雷夫廣場的！你要好好描述，我才能想像自己站在那裡的樣子。」

於是他一五一十地告訴她。而她睜大雙眼，聽到棺材和小狗的笑話時仰頭大笑。他能看見她嘴裡粉色的肉。他握住她的手臂，領著她參觀他的店，向她解說每個標本，而她每次都停住腳步，拿起每一件物品，彷彿單純以手掂測著重量。

她說：「希拉斯，自艾比介紹我們認識那天起，我時常想起你——深情地想。現在你的友誼，」她擦了擦眼睛，「對我來說就是一切，比我的生命還重要。」（不，這樣太超過了，他刪掉這句話，也刪掉她淚汪汪的雙眼。）「對我來說就是一切，你彷彿我的親兄長般親密。」（這樣好多了。）

希拉斯眨眨眼，環顧四周，驚訝地發現他正站在皮卡迪利的岔路口。他本想往東走回自己的店，卻發現自己走上了往西邊的路——走向攝政街。如果他的能力足以受萬國博覽委員會青睞，那他肯定也配得上她吧？他確信她正在等他，一直期盼著他的到來。

他會和艾莉絲說話。他會和她分享他的好消息。他們不是在博覽會的建地見過了嗎？那麼，跑去告訴她自己也將參展的事，可就一點也不突兀。況且，她不是說過想看看他的作品？他心跳如雷。他會給她看那隻小狗，送她封著蝶翅的墜飾。「哦，希拉斯，我常常在想，究竟要上哪兒去找到你。」她會說。

他走在攝政街東邊的人行道上，街上的喧鬧在他耳裡聽來就像脈搏的節奏。（「哦，多麼令人開心的驚喜！」然後她會將一撮頭髮撩向耳後，讚賞地看著他。）

過去幾星期來，他路過她的店好幾次，每次都以極其薄弱的理由做為繞路的藉口。他經過時拒絕看進店裡，只是低頭直直盯著人行道。

而現在，他走了進去。

他看到艾莉絲坐在桌前，正俯身處理手中的布料。她縫得多美啊！一小撮蕾絲花邊散開在她面前。他悄悄靠近，想要她抬起頭來，等著她認出他的那一刻，等著她投來一眼、嫣然一笑。

她抬起頭，他差點絆倒。她的臉滿是恐怖的疤痕。這個人不可能是她——她不可能在這麼短的時間就變得如此醜陋，但他認出了她的頭髮、她的身型，整個人——這怎麼可能？她的左眼是一片朦朧的乳白色，另一隻眼彷彿哭過一般，滿是血絲。她的表情散發出強烈的悲傷。

「艾莉絲，妳怎麼……」

那女孩的嘴皺了起來。

「我不是艾莉絲。」她說，語氣和乳酒凍一樣冰冷。「你要找的是我妹妹，她已經不在這裡工作了。她今天早上離開了。」

「什麼？她去了哪裡？」

「這對我來說重要嗎？對**你**又有什麼意義？」

希拉斯放下裝著小狗的盒子，努力不讓自己被她的態度激怒。她和她妹妹真是天壤之別！

「我得找到她。這事非常重要。她是我的好朋友。」

那女孩輕蔑地冷笑了一聲。「我一點也不意外。看來她在我不知道的時候交了很多**朋友**。」

他不明白她的意思。「妳有任何地址嗎？我可以找到她的地方？妳得了解，我一定要找到她。」

「為什麼我要告訴你？」

「我無意對她做出任何不利之舉。」希拉斯說，但他看見她臉上的表情變了。她嫌惡地瞇起雙眼，他明白過來——她認為他和她妹妹是一對戀人。他感到一陣興奮，無意糾正她。「我和她相當**熟識**。她頭也不回地離我而去，我現在得去見她。」

「我就知道。」那女孩說，手上扭著一塊布料。她的誤會讓他暗自欣喜。「儘管去煩她，我才不在乎。讓她嚇一跳。去給她最新的**inamorato**（姘頭）一個驚喜。」

希拉斯聽不懂這個詞的意思。他盯著她桌上一堆人偶頭髮，希望她能透露他需要的情報。

「在哪裡可以……」

「柯維爾巷六號。」她說：「你可以在那裡找到她。」

希拉斯拿起他的盒子。「謝謝妳，妳是？」

「蘿絲。」

「蘿絲，謝謝妳。」

⁂

柯維爾巷的路幅狹窄，房子緊貼在一起。這裡的建築高大，有四層樓高，但每棟都不到一個房間寬。其中幾間屋子是蠟燭商和木工坊的店面。

他本想伸手敲門，最後改變主意。他猜艾莉絲在這裡做的是廚房女傭或類似的工作，被某個老寡婦從旁監督，因此她可能不被允許客人來找她。「工——廠。P R B。請——拉——門鈴。」他仔細讀道。**這**就是海豚酒館那群畫家口中喊的那組縮寫的意思。但為什麼他們要大聲嚷嚷拉門鈴的事？肯定是那些年輕花花公子的街頭黑話。

希拉斯坐在階梯上等待，就在某間廢棄商店的外頭。他的雙膝併攏，盒子放在大腿上，手指把玩著一顆釦子。他坐的地方幾乎正對著艾莉絲工作的房子。他仔細觀察商店的破窗，好讓自己轉移注意力。他在腦海裡練習自我介紹。她一定會對希拉斯居然能找到她而感到佩服，這點他很肯定。

有人彈起了鋼琴，是首憂傷的曲調。希拉斯有時會溜進教堂，聆聽管風琴的磅礡樂音，以及小提琴和合唱團的和鳴。他想像艾莉絲是那種聽了安魂曲會為之動容的人，擁有一個柔軟敏感的女性靈魂。他猜想彈琴的人可能就是艾莉絲。他想像她的纖纖玉指在冷冽的象牙琴鍵上舞動，脊椎隨著身體的擺動左右搖曳。

他等了又等，等了又等。每次聽到腳步聲，就手足無措地站起身來。但都不是她。當他因寒冷飢餓快受不了、盤算著該去買個烤馬鈴薯或布丁時，她終於出現了。她正繞過轉角走進柯維爾巷，比他記憶中還來得高，看起來也不像無家可歸的人。她挺著雙肩的姿態散發著一股力量，他不禁感到驚訝。

希拉斯拍拍盒子站了起來。她直直走過他身邊。他喊住她。

「艾莉絲小姐？」

她轉過身，臉上不帶微笑，沒有一絲認出他的表情。他舔舔嘴脣，嚥了口唾液。

「你是？」她問道，但眼神飄移了起來。（「希拉斯，你終於來了。」）「我很抱歉，但我不記得……」

他完全沒想到她會拋來這些話。他先前是多麼篤定她也在想著他。「我、我叫希拉斯。」她還是皺著眉頭。她很快會笑出來，假裝她只是逗著他玩。但他繼續說下去，以免她真的不記得。「我們在萬國博覽會見過面。我的朋友艾比——」

她又蹙了一下眉。希拉斯低頭瞥了一眼裝著狗的盒子。她真的不是開玩笑。

「是，當然，我想起來了。」她等著他繼續說，而他無言以對。最後她開口：「嗯，我能幫你什麼？艾比生病了嗎？」

「哦，沒有，是這樣的，萬國博覽會剛接受了我的參展。」他對盒子點點頭。「或者該說不是我，而是一具骸骨和狗的填充標本及一扇窗——我是說蝴蝶做成的窗子。那些小狗在這裡，是連在一起的。」他清清喉嚨，「它們在棺材裡——我是這麼叫這個盒子的。當我打開盒子時，就像我正在掘它們的墓。」

她一臉困惑。

「那只是……只是我的一個小玩笑。嗯。」他繼續說，語氣略顯動搖。

「我得走了。」她說，對著六點的晚禱鐘點頭示意。「我只是出來買根蠟燭。很高興能——」

他連忙開口——太快了。「我們見面時，妳曾說過想看我的作品，我想知道妳什麼時間方便來訪？」

她環顧四周，然後緩緩地回應。她很有禮貌，她的禮貌無懈可擊。而他現在明白了，她根本不記得他。希拉斯突然想到，她可能根本就不想來拜訪，她會答應只不過是為了不讓他難受。若真是如此，那該怎麼辦？一個想法掠過他的腦海，如玻璃般清澈。那個聲音說道：這樣的話，你就得殺了她。他幾乎要對自己笑出來——他未免也太荒謬了。

「唔，如果我碰巧經過的話——」，她摸了摸連身裙上的玫瑰花飾。

他不安地晃動著身體。「妳明天會來嗎？」

「明天？」

「五點左右。」他伸手進口袋，拿出蝶翅的墜飾遞給她。「妳可以收下，這是要給妳的。」

她看著藍色的翅膀和棕白相間的眼紋斑點。「這是你做的？」

「對。」

「哦。」她沒再說話，看起來並不在意延續的沉默。她的拇指撫著蝶翅玻璃墜飾，但似乎沒有意識到自己的動作。他能看見她的鎖骨從衣服底下透出的形狀。他想知道她肌膚下的骨頭摸起來的觸感。

「妳願意的話，我可以給妳看我是怎麼做出那些蝴蝶的，但我其他的展示品更加出色。我的店叫做『希拉斯．利德的珍奇新物骨董行』，就在通向斯特蘭德街的一條安靜巷弄底端，妳可以向任何辦事員或代筆男孩問路。」

她點點頭，但看上去沒專心聽。「你是利德先生？」

「妳可以稱呼我的名字。我是希拉斯。」

「希拉斯？」

「是的。」他說，試著壓下心中的苦澀。艾比曾替他們介紹過彼此，不是嗎？而且他才剛說了他的名字，但她一丁點都不記得。

「**希拉斯．利德的珍奇新物骨董行**，明天五點。」他再說一次。

「很好，謝謝你的禮物。」

「沒什麼。」他回道，但她已經轉過身去，而希拉斯腳下的地面彷彿掀起狂瀾，彷彿他正漂流在黑暗的波濤中。

藤黃與茜草紅

「試著別動。」路易斯說，手上的鉛筆敲著牙齒。

「我在試。」她回嘴，一隻手臂舉起，另一隻手則在身前做出懷抱的動作。她穿著一件綠色長裙，一條腰帶鬆垮地繫在腰上。「如果現在幫我照相，我的影像絕對不會糊掉，還可能會被誤認為是死亡紀念照。」

「最親愛的屍體小姐，拜託，妳的下顎——對，好多了。」

他的畫架離她站的地方只有兩步遠。他的顴骨上有一個小小的斑點，她曾以為那是顏料。他的睫毛襯在蒼白的肌膚上顯得烏黑，而他的嘴唇就像女孩一樣豐滿。

這樣看著他，可以讓她不去想備受折磨的雙臂。沒人告訴她擺姿勢的時間會這麼長、這麼無聊、這麼不舒服、這麼深刻地屬於身體上的勞動。她的雙腿就好像被沙爾特太太刺了一千根針。她本來想像自己會慵懶地躺在躺椅上，身後有軟墊支撐，而不是沒完沒了地站著，直到四肢都變了色。

路易斯正在看著她。他正全心全意地看著她，好像她是某種值得被研究、珍視、欣賞的事物。他的雙眼專注在她臉頰上的一小塊區域，手上的鉛筆仍在紙上滑動。他的凝視如同撫觸一般強烈。

他覺得她美麗嗎？他會挑剔她稍嫌不對稱的鼻子，還有她額頭上的斑點嗎？還是他只關注輪廓與五官投下的陰影？他稍早曾對她說過，在真正的畫家眼中，這個世界就像是一幅靜止的活人畫（tableau），由一連串不同的角度和形狀所構成，是可以被暫停、捕捉下來的一系列動作。她有好多問題想問，覺得自己彷彿再度成為一個小女孩，拽著母親的手，詢問鴿子為什麼有翅膀？為什麼糖是從甘蔗榨出來的？她母親總是斥責她：**坐下，安靜，不要動，少說點話，多學學蘿絲**。她總是被要求閉上嘴，也得不到任何答案。

想著路易斯，會比想著她家人容易，所以她的心思再次轉到他身上。她想知道他是否都以同樣的方式看著他的模特兒——臉上帶著柔和的表情，好像他正在說笑話一樣。他是否曾將女人拉近自己，解開他的褲頭，緊抓住她們的大腿，在狂喜中扭著嘴，就像她姊姊的紳士一樣？她想像路易斯親吻她的手、他的雙唇抵在她的手指上。她眨眨眼，趕走腦中的畫面。她改為想像藝評家在她的畫作前停下腳步，她家人的態度從輕蔑轉為驕傲：「畫了**我們的艾莉絲**的畫，就掛在皇家藝術學院！賣了——」（畫可以賣多少錢？二十鎊？她不確定。她之後得問問路易斯，但或許這問題太低俗了。）

路易斯的鉛筆在紙上移動。她能聽見房間另一頭傳來米萊的畫刀刮動的聲音，提醒大家他也在房裡。從眼角模糊的視野中，她瞥見他正在畫的白色人類頭骨。當她第一次看見時，她想像起曾經覆蓋其上的臉：下顎張開、懸在晚餐桌上，露著牙齒大笑。她全身一陣顫抖。現在，那人的頭骨只是一個拿來作畫的物品。

房子外頭，馬車車輪嘎嘎地滾過夏洛特街，將地上的融雪攪成爛泥。落雪堆積在窗戶邊緣。有個男人在歌唱，另一個女人叫喊著：「檸檬一便士！檸檬一便士！」她姊姊想必正待在店裡，猛力將手上的針穿過僵硬的絨布。每個人都過著自己的生活，而她人在這裡。她和藝術家在一起，她一點也不後悔。

自從昨天將大理石手還給大英博物館後，她直接前往路易斯的妹妹替她在夏綠蒂街上安排的閣樓，就在柯維爾巷的轉角。女管理人替她打開房間的門，交給她一把鑰匙，那一刻，艾莉絲再一次意識到她擁有自己的房間、自己的床、自己的梳洗臺和衣櫃。

她去找路易斯借了兩根蠟燭，隨後克萊麗莎和她一起回到閣樓，替她小小的鐵製壁爐帶來煤炭和引火柴。她們一起刷淨髒汙的窗子，拖洗木頭地板，拿著布配上點口水擦亮黃銅床架。克萊麗莎稱自己很習慣女僕的工作，而她一開口就停不下來，喋喋不休地說著路易斯和他的藝術、她母親、她的慈善工作——教導那些曾經**蒙受恥辱的女人**縫紉和家務。克萊麗莎離開後，艾莉絲試著別當自己是情婦，試著不去想她姊姊看到現在的她臉上可能流露的輕蔑神情。**只比妓女的房間好一點**。她往裙子上抹抹手，向前跨出一步半，就到了房間的另一頭，來到窗前。她看著一名年輕女孩領著一個穿著長大衣的男人走過小巷。到底什麼是**體面**？女房東堅持這裡不准有男性訪客，因此她根本稱不上是住在妓院裡。她根本從未親吻過男人，但她姊姊和她的紳士——蘿絲的虛偽讓她憤怒起來，推開了她的罪惡感。艾莉絲倒向床上，睡到天黑才醒來。

⁂

「好多了。」路易斯說，拿起一根炭條。「我知道這些只是草稿，但妳動也沒動一下。」

艾莉絲故作天真地回答：「我盡力模仿你的大理石手，像它一樣靜止。」

他什麼也沒說。

「那隻大理石手比我的手大還是小？」

還是沒有回應。

「或許我們該直接比比看？」

「妳可以自己試試。」路易斯從畫布後方說道：「那隻手就在架子上。」

艾莉絲轉過身。它就在那裡——那手指曲起的大理石手看起來好像隨時會自行動起來跑走。

「怎麼會？」

「妳的把戲不錯。」路易斯說：「我為了找它，一開始差點將整個房子翻過來。我讚許妳——當我明白過來到底是怎麼一回事時，我非常開心。妳真是狡猾。但我早知道妳會還回去，而且最有可能的時間就是昨天早上，於是我去博物館旁邊等妳。等妳在街上撒完紙後，我就從柵欄間撈回那隻手。」

「你——」她開口，但路易斯的臉藏在畫架後面，她看不到他的表情。

⁂

下午三點，陽光減弱了，畫室內幾乎靠爐火照亮。路易斯放下鉛筆，結束了今天的進度。艾莉絲轉動肩膀，她的四肢僵硬，因靜立不動而酸疼。米萊癱坐在織錦軟墊上，將闞妮薇當作靠枕。

「我們來上課吧。」路易斯對艾莉絲說道，同時領她到角落的桌子前。他將大理石手放在她面前，摸來一張紙和一枝鉛筆後說：「畫下那隻手，畫出妳眼中所見的手。」然後他向後一靠，翻閱著手上的雜誌。艾莉絲讀著書脊上的字：《萌芽》[12]。

艾莉絲在紙上畫了幾條線。半圓形的線條是指尖，一條直線是手的掌緣。

「米萊，這首克莉絲緹娜的詩——」

艾莉絲看著窗外的雪變成冰雹。她放下鉛筆，雙手托著下顎。

「怎麼了？」路易斯問道：「為什麼停下來？」

「我以為你要教我。」

「妳只在紙上畫了兩條線，我要怎麼教妳？」

「你根本沒在看。」

「妳希望我怎麼教？」

艾莉絲看著厚厚沾附在畫架上凹凸不平的顏料。「你可以教我怎麼畫油畫嗎？」

「妳該先學會爬——」

米萊哼了一聲。「我們的老頭老師就是這樣說的。**先學會爬！**你明明就討厭得要死，路易斯。你不記得你是怎麼罵他的？路易斯．佛斯特，變成和老波基如出一轍的導師。我從沒想過會看到這一天的到來。」

路易斯站起來，拍拍他的褲子。「哦，好啦。只要能讓他閉嘴，我願意替妳上一堂油畫課。但我警告妳，明天妳就得回去畫素描。」

米萊對艾莉絲點點頭，而她露出微笑。

「兩個同謀在交換眼色啊。」路易斯說。他坐到畫架前的艾莉絲身旁，拿起裝著顏料的豬膀

---

12 *The Germ*，拉斐爾兄弟會為宣揚藝術理念而於一八五〇年發行的期刊。

胱袋將油彩擠到瓷調色板上。「我們的把戲是先以鋅白塗滿整張畫布。我們幾乎不混色，而且會將油彩畫得非常透明，這樣白色就會從底下顯露出來，能讓整張畫變得加倍栩栩如生。」

她瞥向眼前的顏色：祖母綠、群青色、茜草紅與藤黃。這就像吃了幾個月的稀粥後，有人端來了一碟太妃糖布丁。「來，」路易斯說，遞給她一枝貂毛筆。「拿這個練習。」

艾莉絲將畫筆浸到深紅色的顏料裡。「要怎麼做？」

「妳想怎麼做都可以。」

「我該畫什麼？」

見她的手遲遲沒有動作，他溫柔地說道：「犯個錯也好，畫畫看感覺如何。天知道我已經犯過多少錯。」

艾莉絲抓緊筆刷，使勁向下畫了一筆勝利的線條。她再次輕塗畫布，畫出來的東西只比孩子的作品好一點，卻帶著喧鬧歡快的氛圍。她被允許將畫布搞得一團糟。她不時偷看路易斯，看著他的深色鬈髮在火光映照下閃著赭色的光芒。他的手指比大理石手還蒼白，正指向畫布上的某塊地方。她應該要好好聽他說話，但她什麼也聽不進去。她記得在那間茶館初次見面的那一天，他的手握著她手腕的觸感。她的手掌撫過臉頰，感受手上的記憶。

門鈴響起，路易斯起身應門。回來時，他手上握著一封捏皺的信。

「剛才是誰？」米萊問道。

「不重要。」路易斯說，一把將信扔進火裡。艾莉絲看著紙張的邊緣起火燃燒，蜷曲的字跡被火焰吞噬。她想起那封信：**親愛的艾莉絲……我們極為難過**——

「妳會再畫一張自畫像嗎？」路易斯問。

「我的第一張畫會是大理石手。」

「啊，那個失竊的老東西。為什麼？」

那隻手讓她想起人偶店，以及艾比那隻掩蓋偷竊行為的石膏假手，還有讓她胸口緗緊的那段時光。她不想忘記那些歲月。那隻手就像接起她兩段人生的橋。但她只是聳聳肩說道：「沒有特別的原因。」

艾莉絲的畫筆滑過畫布，各種顏色跳躍騰飛。房裡的寂靜如床單般柔軟，只有貂毛在畫布上滑動的聲音，還有火舌跳動的聲響。路易斯打了個哈欠，像貓一樣伸了伸懶腰。屋外的冰雹轉成落雨，雷聲隆隆。他們三位畫家都安全地待在屋裡。她短暫地想起昨天下午向她搭話、邀請她到他店裡拜訪的男人——他叫伊利亞斯？還是西賽爾？——她想知道那人究竟試圖要向她兜售什麼東西。

她聽見一聲口哨聲和悶哼聲。是米萊，他睡著了。他朝天仰躺，嘴巴大開，鼻子像豬一樣揚起。路易斯和艾莉絲無聲地大笑，直到他們都忘了一開始到底是什麼事這麼好笑。她閉上眼想著：**我不想要這種生活結束。**

如果她還在人偶店，代表她將繼續畫著無數的嘴巴、靴子和指甲，她蒼白的手臂內側將再次被沙爾特太太擰得發疼。

蘿絲——

不要去想。

房間角落的老爺鐘傳來四點半的鐘響。

獅子

希拉斯的手指跟著時鐘指針一起移動。再過三十分鐘就五點，她到時會出現在這裡。他會像此刻一樣坐在扶手椅裡，就在鱗翅目展示櫃旁邊，臉上掛著練習過的博學表情。門會喀嚓一聲打開，他會抬起頭，扶一下臉上的夾鼻眼鏡，收起手上那本《刺胳針》，看起來像他讀到一半被打斷。他調整了姿勢兩次、三次。他將黑髮梳往腦後，肥皂和油讓他蒼白的臉增添了亮澤。他的鼻子有著如同古羅馬元老院議員般的線條，是他最得意的部位。他點上蠟燭，而不是油燈，為的是凸顯最好的光影效果。

「艾莉絲。」他會說：「真是太令人高興了。我剛才太沉浸在《刺胳針》裡，沒注意時間。」她會伸出沒戴手套的手（和他在餐廳看到那些富家子弟吃的水煮鮭魚一樣粉紅），而他會鎖上門，確保沒有其他上門的客人打擾他們。

「現在，妳擁有我的全副心思了。」他會說，而她會溫柔一笑，雙眼發光地欣賞他的寶物。她會拿起獅子的頭骨——或許他需要幫她，因為那很重——雙手撫過粗糙的頭蓋骨。

「我一直以為骨頭是光滑的，」她會說：「我從沒想過它們是這種觸感。對我這樣的人來說太可怕了。」

她會伸出手掩住自己的咯咯笑聲，然後說她想和他分享一個祕密。他會露出憂心的表情，然後說他希望她一切安好。

「哦，我很好。」她會如此堅持，然後向他坦承那天她只是假裝不認得他，只是想開個小玩笑。「我承認，看到你那麼失望實在讓我不好受。」她會說：「難道你沒有從我眉毛的弧度看出我只是在逗你嗎？」

「妳真是個殘忍的朋友。」他會嘆息，然後對她搖搖手指。

她會坐在他腳邊的小凳上，叉起他從斯特蘭德街那間麵包房買來的醃漬草莓。她會將溼潤鮮紅的果肉懸在嘴前，然後慢慢地咀嚼。她會將水果含在口中，懇求他談談製作小狗骨架標本的方法。（「那個蝴蝶墜飾是我現在最珍視的物品。我在你身上看到了無比的慷慨，還有一個善良的靈魂。若我能做出和你的禮物一樣好的東西送你就好了！」）她說話的時候，他會瞥見她嘴裡的草莓果肉。她的牙齒就像燒好的陶瓷一樣白皙，和貓牙一樣小巧。

他在腦海中描繪她的過去，想像她擁有一對十分寵愛她的父母，但在她八歲時雙雙身亡，而她和殘廢的姊姊（雖然仍對她很慈愛）被迫投靠一位仁慈的阿姨。

她會向他坦承，她一直以來都很寂寞，身邊沒有朋友。他則會告訴她，自從上次見面以來，他就無心工作。他們之間的友誼發生得如此迅速、如此強烈。他會和她談自己的童年，告訴她那些充滿挨打、煙霧、熱氣、手指與脖子都疼痛不堪的日子。倘若他沒有逃離的話，他不知道自己現在會是什麼模樣。還有那無盡蔓延的寂寞，以及那些鄙視他的孩子。他會告訴她芙莉可的事。她在他們採完黑莓的隔天早上就失蹤了，再也沒有被找到過。他想像她死在一條河裡，紅髮飄盪身旁，猶如一具狐狸的屍體。他一直懷疑是她父親下的手。她當然可能還活著，但不知道為什麼，他**就是知道**她死了。

時鐘的指針繼續向前走。再十五分鐘就五點了。他應該要請她早點過來的，這樣她現在就會在這裡了。每一秒的流逝和希拉斯的心跳同時發出聲響。

喀嚓。

喀嚓。

喀嚓。

他起身伸懶腰，將蠟燭從櫃子這一頭挪到那一頭，然後思考半晌，決定還是原來的位置最適合。他仔細審視鏡中的自己。鏡框由細小的扇形鱒魚肋骨構成，是希拉斯一個月前黏好的。他無法想像自己此刻會有這般的耐心，雙手還能如此鎮定。他的倒影正微微顫抖。他的手梳過頭髮，再將髮油擦在衣服上。

時鐘指針幾乎一動也不動。

還有十分鐘。

他看著指針晃動前進。

還有五分鐘。

他再度回到椅子上，小心地調整膝蓋的角度，讓他看起來嚴肅但不失和藹。她隨時都可能腳步輕盈地走進門內。

他再次拾起《刺胳針》。

「嚴重——雙腳——內翻足。」他喃喃唸道：「因長期未、未使用雙腳與錯誤姿似——姿勢——所導致。腱、腱切斷術及斷、斷裂——」

文字在他眼前游動，而他無法理解任何一個詞彙的意思。他將期刊丟在地上，確定她還沒抵達後又撿起來，雙手壓平書頁。他假裝繼續閱讀。他可以從耳朵和喉嚨感覺到脈搏的跳動。

五點鐘。

她會故意戲弄他，讓他等久一點。他的身體因努力維持姿勢而肌肉抽動，而他發現自己直盯著門口。屋外大雨如注，從窗戶奔流而下。雷聲隆隆。她抵達時會全身溼透。他會像溼布一樣擰乾她。

「好大的暴風雨！」她會說：「但值得冒著風雨過來。」

五分鐘過去。

她會躲雨，等待雨停的空檔一路跑過來。「我不能全身溼透地來！你會讓一個淑女毀了她的裙子嗎？」

十分鐘過去。

屋外的雨停了。但她不會想弄溼鞋子。她會閃過一處處水窪，彷彿閃躲地上的兔子洞，一邊暗自竊喜他正在等她。

十五分鐘過去。

她在途中遇上不得不處理的緊急狀況：有個孩子從小馬上摔落，或是有隻貓困在高聳的窗沿下不來——某些略為英勇的行徑，能讓她維持優雅的打扮，但仍需要她出手相助。她正加緊腳步前來，憂心他還在等她。

半小時過去。

她出了什麼事。她被馬車撞到了。她倒在路上，血流如注，她請人捎訊息給他，要他過去。

他等了又等，等了又等，如同影子般靜止。

時鐘敲出六點、七點、八點的報時聲。他還是紋風不動。他陷入恍惚般坐著。她會來的。她會捎來訊息。她可能已經死了。她可能和他玩遊戲，看他究竟多重視她。

夜幕已深，斯特蘭德街上的喧鬧聲已然消散。希拉斯很清楚她不會來了，她根本沒有遇上意外——雖然他假裝自己沒這麼想。她昨天根本沒認出他，她早已忘了今天的約定。她並不是和他鬧著玩，不過就是一點也不在意他罷了。

他彎曲手指，站起身，穿過房間，走到放著獅子頭骨的櫃子旁（**我一直以為骨頭是光滑的**——你這傻子、你這白痴——她像基甸一樣大笑），然後將頭骨如同嬰兒般揣在懷裡。

他打開門——他整天都等著這道門閂開啟的喀嚓聲，如今聽來就像一聲無情的嘲弄——然後喘著粗氣步出門外。建築的邊角覆上一層厚厚的泥濘，地上潮溼的卵石映射著他店裡的燭光。他在水窪中看見一張怪誕扭曲的臉孔。他將頭骨高舉過頭，猶豫了一瞬，然後將它砸向地面。頭骨裂成三塊：一塊是下顎，頭蓋骨的接縫處則整齊地裂成兩半。它就像乾透的陶土一樣，輕易就分崩離析。

他撿起其中一半頭蓋骨，將尖刺的邊緣壓在脖子上。溫暖的痛楚傳來。他更使勁推擠，感受皮膚被壓迫後綻開的彈性觸感。他的呼吸平穩下來。他只要再稍微用點力，就可以刺穿喉嚨。

他將碎塊擲向卵石路面，再一一拾起所有裂片往地上砸，一遍又一遍，直到獅子的頭骨粉碎成指甲大小的碎末。他氣喘吁吁，汗水從背上汩汩流下。

墜飾

一聲巨大的碎裂聲驚醒了艾莉絲。她的閣樓寒氣逼人，爐火早已熄滅。她對雙手哈氣，好暖和它們。她看向窗外的一片白銀。新的雪花從天上飄落，彷彿掃帚般俐落地抹平腳印和車轍。從她的閣樓房間裡望去，整個世界縮小成一座模型。腳步輕快的馬匹猶如老鼠形狀的糖果般胖嘟嘟的，沿街叫賣的蔬果小販看起來像上了發條的錫人偶。她看見一個男人正劈開柴火，手上的斧頭只比一根火柴大不了多少。

「老實人現在想睡覺了！」對街的房子傳出一道女人的叫喊。

「就和這雪一樣老實，被十幾個男人的髒腳踩過！」那男人吼回去，然後再次舉起斧頭。

艾莉絲起身更衣，全身肌肉因昨天沒完沒了地站著而變得僵硬。她滿心期盼見到路易斯，還有繼續畫那隻手的素描。過去一星期裡，她每天都會畫一張手的畫，每一次都比前一張進步。急忙中，她不小心將某樣東西從架子上撞落在地。她撿起來。那是一只頗為美麗的蝴蝶翅膀，就夾在兩片小小的圓形玻璃之間。她想起那個奇怪的男人，還有他如何將這個墜飾塞進她手裡。

當她整平被褥時，不小心又讓那墜飾掉到地上去。這次，她沒有費心撿起來。並不是說她不喜歡，但這墜飾讓她不太舒服——這一定是他的銷售伎倆，透過送贈品來吸引她光顧他的店。至少還算令人開心的是，他誤以為她是那種有餘裕買小玩意兒的有錢女士。

這讓她想起她和蘿絲夢想中的店，芙蘿拉，有著藍色的天蓬和無數燦爛的油燈，如魔法洞穴般從倫敦的漫天大霧中浮現。那場夢當然永遠不可能成真，只不過是打發時間的異想，而且她們永遠不可能存夠錢逃離人偶店。艾莉絲想，等她現在的收入增加，就能攢下一點錢，給她姊姊開間自己的店。只要蘿絲願意接受。

蘿絲日復一日縫了又縫、縫了又縫，但她的未來就這樣一針一線愈縫愈小。她會逐漸成為一個沒結婚的老女人，日漸凋零，仰賴別人的照顧。蘿絲有一星期的時間適應沒有她的生活，艾莉絲會盡早寫信給她。她昨晚走去攝政街，在人偶店的對面人行道上站了十五分鐘，可能還更久。燭光從她以前住的閣樓房間透出來。

艾莉絲打了個冷戰。現在再生一爐新的火就太浪費了，她最好趕快出門。路易斯總是讓他的房子暖得像烤爐一樣，而且他也很早起。

但當她拉響門鈴時，應門的人是一名穿著俗豔圍裙的女孩。

「佛斯特先生在家嗎？」艾莉絲在清掃女傭向她行禮時問道。

「能告訴我您的大名嗎，小姐？我會上去傳達。」

「艾莉絲，艾莉絲．惠特爾。」

「您是他的親戚嗎，小姐？要不我拿您的名片上去？」

「不，我是他的模特兒，而且——」

女傭立時露出輕蔑的表情。「那妳自己去找他。」她說，然後彎身將一堆髒衣服塞進籃子裡。

艾莉絲愣在原地。一個女僕、一個清掃女傭，居然這樣怠慢她，視她為臭蟲般嫌惡。她繞過那女孩——聽見她發出像是**呿**的聲音——走上通往畫室的樓梯。她一路維持抬頭挺胸的姿態。她不會向路易斯告狀，不會讓那女孩發現自己成功打擊了她而洋洋得意。

路易斯短促地鞠了個躬。「啊，王后！」他站在畫前，在一堆雜物和寶藏中央，一邊搓著自己的臉。她想像自己的手撫摸上他的面頰。

「發生什麼事了？」

「很不好的事。」他說：「我沒辦法工作。為什麼我不當個辦事員或律師，或是隨便哪種戴黑帽的專業人士，就算抬棺人也好。我為什麼要選擇作畫來**折磨**自己？」

「到底怎麼了，親愛的小王子？」

「這可是正經事——」他還是露出了微笑，「我畫不好吉爾瑪。他看起來還是太理想化——我不知道，太老套了？妳那天說到繪畫的**真實**的確震撼到我了。我想要這幅畫看起來有趣、和別人不同。現在卻只看見一個男人跪在一個女人的腳邊，然後呢？」

艾莉絲盯著畫中站在小牢籠裡的人物。吉爾瑪的一隻手抓著王后那件被解開結的裙子，另一隻手執起她的手親吻。

「或許你只需要畫出王后，捨棄吉爾瑪。」

「什麼？」路易斯顯得有些驚訝，她突然發現自己打斷了他。「那我們要怎麼知道她被拯救了？」

「那重要嗎？」艾莉絲說：「你可以表現出磨難和希望，還有她在絕望中仍然懷抱的愛，這些難道不是更有意思？還有那隻鴿子，」她指向啣著橄欖枝飛過窗前的鴿子，「牠象徵救贖和逃離。若鴿子和吉爾瑪同時出現，你不覺得變得太多了嗎？」

路易斯皺起眉頭。

「你可以換另一種方式描繪她，或許是讓她的手伸向鴿子？場景可以是吉爾瑪被驅逐、她被嫉妒的丈夫囚禁之後，就在她逃出來以前。而不是她後來被梅里耶杜王抓住、吉爾瑪前來拯救她的時刻。」

「那我得重畫了。」

「你還有時間。你也不用重畫，只要蓋掉吉爾瑪跪著的地方就好。」她的手幾乎要碰到畫布。路易斯吼道：「住手！顏料還沒乾。」她收回手，他的表情變了。

「我沒有打算——」

「是了，就是這樣。」他說，緊盯著艾莉絲。「妳說的對。我可以在她身後放一個鏡子，讓觀眾看到她牢籠的門是開啟的，而她並未注意到門打開了。」他披上一件被蟲蛀過的斗篷，然後將艾莉絲的披風扔給她。她跟著他下樓。「來吧，我沒辦法在這個牢籠再多待一秒。我們去散步。」

她笑了出來。「你瘋了嗎？」

「我想我確實瘋了。我可是病得不輕啊。」

「有康復的希望嗎？」

「藥劑師向我保證過。」他說，將她的手塞進自己的臂彎裡，一起經過臭著臉的清掃女傭，走上門外的街道。「他說我唯一康復的機會就是有個好心朋友作伴。」

艾莉絲綻開笑容。她喜歡手放在他手臂上的感覺。他們之間的相處這麼快就變得如此自在，讓她十分驚訝。一個女人挽著一個紳士的手走在街上，是既正常又體面的事。她以前不也是勾著父親一起上教堂嗎？隔著手套，她只感覺得到微弱的擠壓感，還有裙襬不時傳來他長褲拂過的觸感。

他們走過覆滿落雪的街道，鞋子吱吱嘎嘎地踩在雪上。路易斯伸出手，兩手的手指比出畫框形狀，告訴她要怎麼以畫家的眼光觀看世界。「看到那一帶屋簷垂掛的冰柱嗎？妳可以想想要怎麼畫下來，可以指涉什麼意涵。它們可能代表危機，也可以看成鏡子，映照出畫面以外的事物。例如那女孩的裙子閃爍的反光，」他指著一個孩子，那孩子手中正搖晃著裝有白色粉末的小玻璃瓶，「她手臂彎曲的角度構成一個三角形，想想這可以怎麼引導觀者的視線，看向畫作裡更重要的元素。」

「老鼠藥一便士。」那孩子叫道：「獨家祕方，一便士，一便士！」

「妳可以送妳親愛的沙爾特太太禮物。」路易斯提議：「讓她的藥品收藏再多添一樣。」

「你真邪惡。」

「啊，看看這個，這才像話嘛。」走到攝政公園外，他在抱著一大束溫室花朵的小男孩面前停下腳步。「我要一枝報春花。」

「一先令，先生。」

艾莉絲正準備拉他的手——一朵花居然要一先令！但他已將硬幣塞進男孩的拳頭裡。她想起自己之前為了買顏料，一星期也才存了兩便士。他的奢侈讓她不安，卻也讓她感到興奮。

「雖然不是鳶尾花，但這個也可以。」他說：「可以讓我幫妳戴上嗎？」

她點點頭，讓他拿著花塞在她的髮間，手指輕拂過她的耳朵。這一切太難以招架——發生得太快、太令人陶醉，她想要放慢一點。她來不及消化所有的事，來不及適應，沒時間好好思索她所做的是對或錯。這一切來得太過輕易，不可能不是騙局。不過才一星期前，她還待在人偶店。

我們相信妳被邪惡矇騙，誤入一條妳不可踏上的歧路。

她的喉嚨流過一股油滑稠膩的觸感，彷彿剛大口吃下滿滿一匙肉汁。那是她和蘿絲以前每天的午餐，她還記得那白色黏稠的質地。她們會挖起冷掉的脂肪，塗在麵包上。凝固的油脂會黏在她的上顎，形成一層厚厚的膜，接下來一整天她都能在口中嚐到那個味道。

「妳今天很安靜。」他說。但她只說她累了。

他們穿越攝政公園時，路易斯坦然地告訴她許多自己的事，她感到十分驚訝。他的法國裔母親不久前才過世。（「從我有記憶以來，她就一直是寡婦，而且過得相當怡然自得。她不覺得有必要在父親死後改嫁，也沒理由非得那麼做。我也不覺得自己需要一個繼父。」）接著他試著哄她說自己的故事，但她就像顆閉得死緊的牡蠣，不肯透露一絲細節。她並不是想故作神祕，但她的過去怎麼有辦法和他相比呢？她以前的人生猶如一幅炭筆畫，現在才一筆筆塗上油畫顏料鮮活的色彩。她要怎麼告訴他，除了人偶店四面的牆壁，她其實沒見過世面？除了每天早上五點起床，如夢遊般度過她一天的工作之外，她其實什麼也沒做過？她敢說他從未聞過清潔用的醋，也沒轉過軋布機的轉輪。經過了那一切，她覺得自己十分幸運。

「妳母親是個什麼樣的人？」

「我們還是別談她了。」艾莉絲回道，她覺得好像有個老虎鉗緊緊夾住了她的喉嚨。她張開嘴，一片雪花在她舌上融化。「看你能不能接住那一片。」她看到一片像蒲公英般大的雪花後對他說。

他跑過去，像隻獵犬啣住雪花。「我的獎品是什麼？」

「永恆的榮耀。」

「永恆，是嘛。」他說：「我還真不知道永恆來得這麼容易。」

他們漫步走向結凍的湖，站在賣冰人的小屋旁邊。她看著那些在湖上溜冰的人，他們的速度和她不停轉動的思緒一樣快。

湖上溜冰

艾比在原地單足旋轉，持續了很長一段時間，他的外套衣襬在冰上散成扇形。他每天早上將縫好的衣物送去沙爾特太太的店之後，幾乎都會過來溜冰。但今天湖上很多人，有錢人家的小孩穿著隨風鼓動的絲綢衣物，和麵包學徒及屠夫學徒一同溜冰。他環顧四周，看向賣冰人的小屋、低掛天邊的冬日垂陽，還有地上那片肺癆病人痰液般的褐色泥濘。他腳下的冰如竊笑般碎裂出聲。艾比加入男孩們玩「開火車」的長隊伍，一起飛快地繞著湖轉，嘴裡一邊「噗—噗—」地喊著。

當艾比的雙腳溼透，因寒冷作痛了起來，便搖搖晃晃地走向湖畔，解開腳上那雙借來的溜冰鞋。他想著為姊姊買加了琴酒的穀物粥。

「艾比！」有人叫喚他，艾比轉身，臉上露出微笑。「我就想你在這裡。我像個瘋子一樣一直揮手。」

艾莉絲伸出雙臂，他跳進她的懷裡。

「告訴我，」她立刻說道：「蘿絲今天早上好嗎？」

「她不太喜歡我。我在旁邊時她都會捏住鼻子，說我很臭。」他吸吸鼻子。

「你可以……你可以告訴她我很想念她嗎？」

艾比聳聳肩，然後指著她胸前的玫瑰花飾。「妳戴著我送給妳的禮物。」

他想著要不要告訴她希拉斯的事，還有他打探她消息的詭異舉動。艾比曾看過希拉斯勒住一個女人的喉嚨，將她按在牆上，但他不知道前因後果，也可能是那女人試著要詐騙他也說不定。向艾莉絲提出警告會不會顯得怪異或過於偏激？若他對她說「有個男人在打探妳的事」，她一定會笑出來吧？

他仍躊躇不決，艾莉絲就轉移了他的注意力。「艾比，你得見見佛斯特先生。」

「你好。」那男人說，然後靠近正對他微笑的艾比。「老天，你的牙齒怎麼了？」

艾比伸出拳頭遮住嘴。「大的牙齒都沒長出來，先生。我想要一副假牙。」

「那可要花你很多錢。」

「一副要四基尼。」艾比說，接著他注意到那男人的眼神變得銳利，艾比覺得自已彷彿正被層層剝開。他猛然往後一縮，就和她姊姊在某個臉龐浮腫、布滿斑疹的男人來找她時會有的反應一樣。艾比叫他馬鈴薯男，因為他凹凸不平、長滿黑點的臉就像馬鈴薯的芽眼。

「該死，王后，他很完美。」路易斯說。

「什麼意思？」艾莉絲問，艾比也想問同樣的問題，還有他說的王后是誰，但他的舌頭正忙著摸索稍早抽菸斗時燙到的上顎。

「他對我快要動工的牧羊畫來說很完美。」那男人說：「妳看不出來嗎？」

「我想是吧。」艾比說：「如果有錢可賺，牧羊其實並不需要特殊技巧。我學得很快。是要賣去斯皮塔佛德肉禽市場嗎，先生？」

王后

數把個月匆匆流逝。

一月下旬，路易斯完成了草稿，依照艾莉絲的身型畫出王后的輪廓，接著描繪她紅銅色頭髮的陰影。

艾莉絲學會如何靜立不動（「我現在是個模範女人了[13]。」她淘氣地對路易斯說），也學會了繪畫的技巧——除了疊加和厚堆油彩的技法之外，還有在增添更多精巧細節的同時，不讓貂毛筆的筆觸變得明顯，以及理解一張臉或一隻手的幾何結構和透視角度。她將大量的亞麻仁油調進油彩，讓畫作看起來幾乎像水彩般透明。（「很像羅塞蒂的風格。」路易斯說，艾莉絲不禁想知道她是否也展現了像他一樣的天賦，但她沒問出口。）她以油彩覆蓋一切；筆下所畫之物稍縱即逝，她根本不需要將先前畫錯的地方放在心上，她為此欣喜不已。她每天畫一張素描，逐日累積，而她只讓路易斯一人看，不給霍爾曼・亨特或米萊看到。大理石手是她最常畫的物體。她觀察它手指的歪斜角度，以及位於掌根處的瑕疵。

到了夜晚，她會替克萊麗莎那些**改過自新的女子**縫製連身裙，將無數深藍棉布剪裁出腰線和下身裙，還有讓她們能自行扣上釦子的背部設計，以及不致妨礙做家事的寬鬆袖子。她想像那些女孩像她一樣展開全新的人生，就算上流人士可能會認為她選擇了自甘墮落，與這些被拯救的女

13 原文為model woman，可解釋為「擔任模特兒的女人」或「模範女人」兩種意思。

人恰恰相反。

亨特說《吉爾瑪的王后受監禁》裡的監獄實在太像他最近剛完成的《克勞第奧和伊莎貝拉》，還有這場營救行動根本是模仿他的《瓦倫丁從波羅修斯之手救出西維亞》，兩人吵了一會兒。路易斯後來指出，亨特倒不如也去譴責米萊，因為他的《瑪莉安娜》抄襲了在閨房愁苦地等待戀人到來的主題，再加上路易斯給亨特買了一盒他最喜歡的硬糖，兩人便握手言和。最後亨特笑了，並同意他們的畫似乎都圍繞著囚禁、拯救和等待的痛苦，他們不如將這些當作前拉斐爾兄弟會一八五一年的年度主題。

每天晚上，路易斯會送艾莉絲走過街角，回到她的公寓。他們在街上的道別拘謹又安靜。在無法成眠的夜晚裡，她的指尖會沿著壁紙上的圖案滑動，一邊想著：**我是活著的——直到此刻之前，我的人生從未真正開始**。她感到體內的血液彷彿流過了新的力量，讓她擁有快樂、愛和笑語。她有生以來第一次害怕死亡。她盯著自己的手，無法相信有天她的靈魂會脫離身體、她的火花終將熄滅。她在畫作中的臉將比她活得更久，讓她的樣貌原封不動地保存下來。

她充滿無比的歡愉，彷彿這些快樂不會有休止的一天。

到了二月，清掃女傭對艾莉絲低下身分的不屑依然絲毫未減，她父母也並未對她敞開家門。艾莉絲已經不再那麼在意了，但她對蘿絲仍懷抱不同的情感。蘿絲還是沒有回覆她任何一封信。她還記得她們十三歲的時候，她替父親的鼻菸盒畫了一張素描，蘿絲痴痴地盯著看。「這真的是妳畫的？妳沒有騙我？」她說，然後拉著她去國家藝廊，大大地展開雙手，告訴她將來她會比這些畫家都還要厲害。「等我們有了自己的店，妳就可以**同時**是店員，也是知名的畫家。這樣也能幫到我們的生意，對吧？」另一段記憶冒了出來，壓過這段回憶：待在地窖裡的那個晚上，姊姊臉上痛苦的表情。

每當她將顏料擠到瓷盤上、她的鉛筆觸碰畫紙時，她就會想起蘿絲。但這些思緒很快就輕拂而去，堆疊色彩和描繪形狀帶來的緩慢愉悅取而代之，讓她心滿意足地專心作畫長達好幾個小時。她畫下那隻手的每一個角度，描繪出將來她正式作畫時所需的輪廓線。她從霍本高街的布朗商店買來一張織工精細的小畫布，平滑的表面就像上了漆的桃心木板。路易斯給了她一枝纖細的畫筆，她要就著光才能看清刷毛的細節。

她練習在郵票大小的面積上作畫。路易斯讓她幫忙畫《吉爾瑪的王后受監禁》的背景。她畫了牢房中的兩塊磚、五片蔓延過牢窗鐵條的常春藤葉，還有王后頭上王冠的兩顆紅寶石。他完成了王后腳邊放食物的銀托盤，裡頭有被螞蟻大啖的熟梅（「暗示她的美貌在等待中凋零。」米萊向她解釋道）、一條麵包、一杯酒。路易斯使用柯巴樹脂清漆加強亮澤，讓王后身上那襲鑲著毛皮的綠色連身裙像彩繪玻璃般閃耀。「如果是這種囚禁方式，我會很享受的。」艾莉絲說，從一串葡萄上摘了一顆下來。但路易斯一直畫不好王后的表情，總是顯得太過疲倦、笑容痴傻。他決定先不管那張臉，等過了一個月之後再說。

路易斯和艾莉絲仍會聊個沒完，談論詩、抱負、米萊、春天和家庭，艾莉絲不免懷疑他是否只將她當妹妹看待。他的細膩心思也讓她十分驚訝。當她提起想要的顏料，隔天早上那東西就會出現在她桌上；當她聊起去公園的路上聞到了板油布丁美味的香氣，他就會在前拉斐爾兄弟會的聚會結束後帶一包糖蜜蛋糕回來。他總是揮手打發她的謝意，說這不過是他會幫克萊麗莎做的事。而她相當確信，如果他想要她，早就試圖勾引她了，雖然她絕對不會答應。

她聽見福特．布朗和他的模特兒艾瑪．希爾的戀情八卦，還有他們的私生女嬰凱薩琳。米萊也說他觀察到加百列．羅塞蒂和莉茲．希德爾互相吸引，雖然羅塞蒂完全不承認。艾莉絲猶豫地問了米萊一些問題（對她來說他再也不是「米萊先生」了），但太過隱晦，他完全聽不懂她究竟想問什麼——他皺著眉向她保證，是的，路易斯當然畫過其他模特兒。艾莉絲不知道該怎麼問得更清楚。

一天午後，路易斯問艾莉絲她是否願意給米萊看她的素描。她同意了，坐在角落撫摸睡著的關妮薇的頭，一邊拉長耳朵聽見每一個字。「天啊，你居然藏了她這麼久。」米萊說，看得更仔細，「有一種莊重的簡約感。」

「你懂我的意思了吧？」

艾莉絲突然意識到路易斯曾和米萊聊過她的作品。她真希望知道他們談了什麼。路易斯對她的作品少有稱讚，只告訴她要怎麼改善。

「我原以為只是女孩常畫的愚蠢素描。這些星期以來，我都想你為什麼要浪費那麼多時間教她。」

路易斯點點頭。「看她這裡是怎麼畫那些手指的。當然還不夠熟練，但你不覺得潛力無窮嗎？」

米萊翻到下一頁。「確實如此。如果我們不小心點，她就要追上我們了。」

艾莉絲費了好大的勁，才沒有抓起關妮薇的爪子，在房間裡跳起華爾滋。

⁂

三月，路易斯和艾莉絲經常外出長途散步。她每走幾步就要跳一下，才能跟上他。他一步的距離甚至比她還長。他替她摘來一束藍風鈴草，它們枯萎後她仍捨不得丟掉。她開始將世界視為一張畫布：她將漁婦挑去鯡魚內臟的敏捷手指靜止在她的畫紙上。些許凹痕的刀身反射著漁婦身後的炭火火光，一點茜草紅混合藤黃就能呈現；再加入一點群青色，即能展現銀色的金屬質地；她靈巧的五隻手指的指甲則是白色，就像一張張磨損的鏡子——還有她繃緊的手臂肌肉與在風中飄揚的頭髮所蘊藏的動感。即便如此，艾莉絲害怕畫出如此**真實**、活生生的事物，於是她一遍又一遍畫著大理石手。

她和路易斯在攝政公園和綠園中散步。他們在海格特墓園肩並肩坐著素描天使石雕。她覺得她一天比一天脫去學生和模特兒的角色，逐漸成為共事的畫家，以及一位朋友。她珍惜他每一次的碰觸，不論是握著她的手引導她手中的鉛筆，或是走過墓園大門時，彼此手指無心而短暫的輕拂。

她外出時穿著更鬆的束腹和更簡單的連身裙，也不再將頭髮編成辮子。任何不贊同、不懷好意的目光投過來時，她都會擺出無動於衷的冷酷表情回敬對方。有一次，她甚至抽了路易斯的菸斗。

「我的天。」某次他們走下海格特陡峭的山坡時，艾莉絲對瞪了她一眼的紳士怒目而視，路易斯見狀便說道：「妳那種瞪視已經練得得心應手了。我希望妳永遠不需要對我露出這種表情，不然我會神魂顛倒而死。妳一點都不是嬌弱的小東西。」

她正式作畫時，路易斯從旁協助。她以石墨描出構圖，塗上第一層白色，再加入一點祖母綠與群青色，畫出手掌細緻的線條。她時常作畫到深夜。就連為路易斯擺姿勢的時候，她都思索著晚上怎麼調整畫作，要畫出什麼樣的邊線、要延長哪部分的陰影。整幅畫只有那隻放在木頭平面上的大理石手，後方平滑的背景是一片略微泛紅的粉紅色。

當她完成後，雖然離完美還差得遠，但她仍引以為傲，想著是否能將畫送去參加皇家藝術學院的夏季展覽。路易斯說學院不太可能會接受，勸她再等一年。「想想妳到時候會進步多少！還有好多年在等著妳。」但她迫不及待想要成功。

他們去了萬國博覽會的建地，看著鑲嵌玻璃的附蓬滑車沿排水槽移動，將數百片玻璃板接合在一起。

他們一路上不停談天說地。他告訴她自己旅行的見聞，遊歷過奧斯坦德、巴黎和威尼斯，在那裡，肥碩的貢多拉船夫差點壓沉了船，還有那些通宵達旦的舞會，以及最為壯觀的哥德式建築。他在城市中找到活力和啟發。他讀了拉斯金的《威尼斯之石》，在路易斯眼中，他對藝術自由與真理的重視與前拉斐爾兄弟會的準則相去不遠。他希望這位藝評家能注意到他的作品。

他向她描述愛丁堡那些喬治王朝時期風格的廣場。克萊麗莎接下來會待在那裡度過下半年，照料一位病倒的朋友，他也會離開一星期，陪同她乘船前往。

在他出遠門的那個星期，她借走了一些他的畫筆和顏料。頭兩天，她十分享受在閣樓房間獨自工作的清靜，心無旁騖地作畫。她從未擁有過這種平靜，世界只剩下她和她的作品。到了第三天，她渴望起陪伴，想要時間趕快過去，盼望有人能陪她聊聊她的畫作，說些軼聞趣事娛樂她。第四天，她給姊姊捎了一封信，懷揣著前所未有的焦躁不安等待回覆。但她姊姊杳無音訊。孤寂重新震懾了她，她對路易斯全然的依賴讓她感到害怕。他是她僅有的一切。艾莉絲時常想著他，不斷回想他們之間的對話，想著他的手拂過她的觸感。她得將他拋在腦後。但她愈這樣告訴自己，就愈被他占據了心思。

路易斯回來之後，她在他面前奇怪地彆扭起來。他們的話都變少了。兩人之間的熟悉感似乎一夕之間蕩然無存。

路易斯照著艾莉絲畫下《牧羊女》的素描，而她的雙腿因每天長時間跪坐而刺痛酸麻。每當他問她會不會不舒服，她總是說謊。晚上他幫她上課時，他擺出專業而冷淡的態度，讓她懷疑是否在愛丁堡發生了什麼事，或是有人說了什麼，讓他拉開了彼此的距離。他只和她聊藝術，隻字不提克萊麗莎、家庭或是自己的感受。

「不對。」他的手敲著她的畫，「這樣違背了透視的基本原則。妳要畫出眼中所見。我知道妳能做得更好。」

艾莉絲從他手中拿回畫紙，只發出單音來回答他的問題，而他也沒有嘗試逗她開心。

⁂

不久之後，時日來到四月上旬，夏季展覽的送件截止日也近在眼前。《吉爾瑪的王后受監禁》就在畫架上，除了路易斯仍奮力將那張王后的臉修到完美，其他部分的油彩都已完全乾燥。

「妳非要這樣嗎，王后？」路易斯在艾莉絲打哈欠時說道，她看見他眼中閃現出自愛丁堡回來後初次流露的喜愛之情。「拜託，就是那樣，現在請別亂動。」

離日落已過了好幾個小時，馬車就停在門外，等著裝載完成的畫作。艾莉絲可以聽見馬匹的噴息和嘶鳴，還有馬蹄抓扒石子路面的敲擊聲。

「老是拖到最後一刻，還熬夜趕工。」米萊說。

「真是大有助益的建議。」路易斯說道：「我知道你幾星期前就送過去了，還塗了上光漆。我們的工作速度不可能都和你一樣快。」

「別忘記他們去年可是勉強接受我。」

「如果《瑪莉安娜》被拒絕，我就替你燒掉那個地方。」路易斯蹙起眉頭，「或是讓關妮薇吃掉。拜託，別再讓我分心了。」

艾莉絲感覺另一個哈欠又要冒出來，但她吞了回去。時鐘敲出十一點的報時聲。路易斯正咬著嘴唇，頭髮蓬亂如麻。他不時來回踱步，在米萊試圖開口的時候舉手要他安靜。

「你確定現在做這個是好主意嗎？顏料來不及乾，也可能會糊在一起。」

路易斯噓聲回應。

路易斯繼續奮戰，有時露出微笑，有時對著畫架咆哮：「統統不對！他們一定不會接受！」艾莉絲則想著自己那張大理石手的畫作，其中玫瑰色的茜草紅背景。她知道那幅畫還有進步的空間，不太可能這次就順利展出，而且原因不只是出在大拇指較奇怪的比例，而是委員會對女性畫家並不友善。但瑪莉．桑尼克羅夫特[14]的作品已經被展過好幾次了，艾莉絲至少能夠提交作品吧？她會等到最後一刻，再決定要不要將作品塞進馬車，放到路易斯的畫旁邊。關妮薇蹭著她的腳，而她克制自己不要伸手撫摸這隻袋熊。

最後，路易斯終於摔開畫筆。「我完成了。」她走到他的畫架旁邊，以嶄新的目光看著那幅畫。「妳覺得如何？」他問，畫刀一邊敲著手腕。「會不會太……俗豔？」他在她脣瓣之間的空洞塗上沒有混合過的祖母綠。「太平庸、太——哦，我不知道。我不覺得他們會接受。」

她想說點什麼，也許是一些戲弄他的話：「至少這幅畫看起來很有潛力。」但她什麼也沒說。某部分的她替他感到快樂，但另一部分的她則心懷嫉妒。

路易斯幾不可見的筆觸無比精準，讓她幾乎能聞到囚牢牆壁散發的溼氣，摸到常春藤葉，感覺到纏繞在獵物身上的蛛絲。靜立的王后看起來就和艾莉絲一樣鮮明，她的手伸向啣著橄欖枝從窗外飛掠而過的鴿子。絲帶繞著她的腰打了個結，豐盛的食物散落在她腳邊。她側著臉，但朝著觀者的方向傾斜。她的脣露出一小抹微笑，雙頰紅潤。路易斯捕捉了她彷彿做好準備、即將逃出生天的姿勢。那是救贖的時刻。

這幅畫也呼應著米萊的《瑪莉安娜》，因此路易斯在畫作下方題上相同的語句：「他沒有出現，我的生命愁雲慘霧。」還有出自《吉爾瑪敘事詩》的三行中世紀法文詩句。

「怎麼樣？」路易斯逼問，畫筆不停敲著調色盤。「怎麼樣？」

「很——很完美。」她說。

「非常出色。」米萊說：「拜託，如果這幅畫不能掛上去，那就沒有一幅符合資格了。」

「好吧。」路易斯說，然後一把將畫從畫架上拿起來，打包進木箱裡。他在蓋子寫上了「顏料未乾」和「小心運送」。這時艾莉絲下定決心，要將自己的作品也送去夏季展覽。他們可能會拒絕，但至少她試過了。

---

14 Mary Thornycroft（1809-1895），英國女性雕塑家，為英國重要藝術世家桑尼克羅夫特家族的成員。

「我的畫在哪裡？」

「和我一起下去馬車那邊，我會陪妳回家。」路易斯說。

「但我的畫去哪兒了？你說過你會幫我拿去裱框。」

路易斯望向米萊。他們在門口停下腳步，兩人合力抬著木箱，看起來就像送葬的抬棺人。

「艾莉絲，」他開口。

「你不認為我的畫有資格送過去？」她緊咬著嘴脣。「我知道我畫得沒有你好，我還有進步空間。可是——」

路易斯再次望向米萊。

「我應該要先告訴妳……」

她的喉嚨傳來一陣痛楚。「你認為，」她憤恨地說：「我根本一點潛力也沒有。」

「哦，艾莉絲。」路易斯說：「別這樣，我不是那個意思。」他避開她的視線。「是、是關妮薇。這完全是我的錯。我將那幅畫留在畫室的餐具櫃上。亨特就在附近，我想讓他看到那幅畫。但我沒注意到她也在房裡——我知道我應該先檢查過的——然後她肯定是自己拿到了那幅畫。妳也知道她的爪子多尖銳。嗯，整張畫差不多全毀了。」

妓院

希拉斯已經將艾莉絲拋在腦後。每天早上醒來時，他都會如此告訴自己。那天下午她爽約之後又過了兩個半月。他知道她還活著，因為隔天他去了柯維爾巷，在那裡等到她出現。她沒有捎來任何隻字片語解釋她為何失約，也沒有在隔天下午的五點出現，再隔天也沒有。

因此，他已經將她拋在腦後。

若在街上巧遇她，她會吃驚地摀住嘴。她會為了失約而道歉，而他會試著想起她到底是誰。「哦。」他最後會說：「妳是那個本來要來找我的女孩。很抱歉，但我不記得妳的名字了。」接著他會愉快地回絕她擇日再訪的懇求。

或是他在萬國博覽會欣賞自己的作品時，會看見一個有點眼熟、逆著光的身影站在鱗翅目之窗旁邊。她會匆忙走向他，鞋跟在磁磚地面敲出聲響，手中則緊握著蝶翅墜飾，但他一點兒也不在乎。「我那天有去找你就好了。」她會說：「但我那時太害怕了。」或是「我忘了你的地址。」而他會回道：「哦，妳是伊索貝兒嗎？別放在心上。但我現在很忙，抽不出時間帶妳參觀我的小博物館。」

他日夜不停趕工。連體小狗分別裝進了附襯墊的盒子裡（上頭寫著「非常吹弱」），再由他親自送去委員會。鱗翅目之窗就快完成了。艾比已經捉了超過六十隻蝴蝶，裝在陶罐裡活生生地帶回來，男孩心腸太軟，說他下不了手殺死這麼美麗的東西。希拉斯不知道艾比是否一直如此多愁善感，但似乎是最近才出現這種態度，而這些只讓他感到厭煩。

希拉斯每次都會拿走陶罐，照數量付給艾比一枚四分之一便士或半便士硬幣，然後到地窖才放出昆蟲。一、兩隻蝴蝶會在他打開塞子時撲翅逃脫，他來不及抓住。現在他更小心了。有一次，他拔下了一隻鉤粉蝶的一只翅膀，看著牠飛不起來的軀體在桌上爬行繞圈，像一條細長的古巴雪茄。他看了一會兒覺得無聊，便用夾鼻眼鏡將牠壓死。

他拿到翅膀後便依照顏色排列，讓地窖的地板彷彿撒落了整片秋日落葉：藍色、白粉色和玳瑁色。他使用膠水將翅膀在玻璃板上黏成對稱的圖樣。整扇窗由九塊正方形玻璃構成。他每完成一塊，就將另一片玻璃放到上頭。這些工作出人意料地撫慰了他。

但隨著日子一天天接近月底，希拉斯只完成五塊玻璃。他發現還未填滿的地方需要蛾的翅膀來完成。夜色降臨時，他在店裡點上一盞油燈，然後打開店門。蛾群飛撲而入，狀如泥醉，四處撞擊天花板和櫃子。希拉斯小心地拿網子捕捉牠們，因為只要輕輕一敲，牠們的雙翅就會化為粉塵。

一天下午，希拉斯將六隻豹紋蝶的翅膀黏成斑橘色的圓弧後，忽然覺得自己需要來一杯酒。他揉捏著緋緊一整天而酸痛不已的肩膀。海豚酒館的老闆娘在他坐定後問道：「老樣子，奶油白蘭地？」一邊擦去杯緣上客人殘留的胭脂口紅。

「我要兩杯。」希拉斯說，將硬幣滑向她。對星期四下午的酒館來說，今天很安靜。現在是天氣要熱起來的時節，酒鬼肯定聚集到公園裡了。

「先生，今天有同伴？」

「沒有。」

「天哪，好吧，兩杯白蘭地，先生。好好寵一下自己吧，我老對客人這麼說——當自己是吃薑糖和海龜湯長大的。」她笑道，但他早就聽過她賣弄這段臺詞，因此回應她的微笑看上去更像是鬼臉。

他拿起兩杯熱酒，將其中一杯一口飲盡。酒液燒灼他的胃。他瑟縮了一下，但感覺真好。他最近**真的很忙**，過著好似發了狂的生活。他瘦骨嶙峋，衣帶寬鬆，到了夜晚，他的雙手會撫過肋骨間的凹溝。他忘了進食。他需要女人的撫觸。若他在萬國博覽會中出了名，接到建立一間**真正的**博物館的委託時，他就有錢僱一名女僕了。他想像一名年輕女子手忙腳亂地打理他的衣領，將骨髓舀進他的盤裡，來回替他添加蒸騰著熱氣的牛肉布丁。她會聽他說話，讚嘆他的聰明才智和技巧，稱他是「這個世代最聰明的人」。

希拉斯瞥向桌子對面正撫弄一名老律師胸口的藍鈴，她正在把玩他懷錶的鏈子。她讓鏈子纏繞著自己的手指，將那位紳士像上鉤的魚般拉近自己。她的吻讓律師滿布皺紋的臉漲得通紅，眼簾半閉。她帽子上的粉紅鴕鳥羽飾在爐火的熱氣中顫動。

紳士站起身，藍鈴大聲叫道：「夫人，給這位紳士拿個水桶尿尿吧！」

那男人走開後，藍鈴朝希拉斯靠了過來。他面紅耳赤，渴望著她的碰觸。他想，她若在此刻抱住他，他的眼淚就會落下來。

她低聲呢喃了些什麼。

「妳說什麼？」他說。

「我說，把你那髒舌頭塞回嘴裡去。你就像頭發情的母狗，令我作嘔。」

「我？」

「對，就是你。別人管你叫窺視狂希拉斯是有原因的。」

「窺、窺視狂希拉斯？」

「哎，滾回你那噁心的巢穴去，好嗎？」

他內心感到一陣劇痛，低頭看向杯中打轉的酒液。他那來回擺動的倒影正瞪著他。他感到一陣血流衝上脖子，仰頭灌下第二杯酒，周遭的世界似乎搖晃了起來。他重重放下杯子，站起身來。「妳該學學什麼是禮貌。」他說：「有一天我會成為傑出的紳士，妳會後悔曾經這樣對我說話。」

她聳聳肩，臭著臉看向手上的折疊小銅鏡，補上第二層口紅。

希拉斯垂頭走向吧檯，試著讓腳步保持平穩。眼前的房間變得一片模糊。他真該吃點東西的。「那個妓女，」他說，指向藍鈴。「妳最好教教她什麼是禮貌。」

老闆娘傾身向前，手肘靠著桌子支撐上身。「教教她？」她質問他：「在你對她做了那種事之後？還真是一點也不意外。」

「我對她做了什麼？我這輩子沒和這蕩婦說過話。」

「真是像初生的羔羊一樣無辜呢。」老闆娘說，隨即旋過身，招呼另一名客人。

※

希拉斯的腳步重重踏在人行道上。他沒有閃避街上叫賣的小販，也沒有讓路給孩童、淑女或身著禮服大衣與晶亮靴子的紳士。**他們**才該尊敬**他**，嚐嚐不同的滋味。他走得飛快，無人能擋，腳步如同衣物的縫邊一樣筆直。

他站在牛津圓環的交叉路口，看著馬匹馳騁而過——有些上了銀製的馬勒，有些則是身形瘦削、嘴吐白沫。他想像自己躍入牠們的行進中，躍入紛飛交錯的馬蹄、四輪大馬車轆轆的鐵輪底下——躍入毀壞、死亡。到時，他的身體不過就是具屍骸，橫在路中央肚破腸流。

他前後擺動身體，記憶中的畫面在他的視野邊緣閃現。**窺視狂希拉斯、失衡的步態**；他一把將藍鈴的頭髮向後扯，她的頭皮傳出一道撕裂聲；芙莉可嘲弄的嘴角；還有艾莉絲——失約的艾莉絲。他緊閉雙眼，向前靠了一點，離紛沓的馬車又更近了一點。

他驚跳起來，將自己拉回現實。他不會讓他們得逞的。他會功成名就。他想要的不是幾乎都達到了嗎？這一切不就是他一直以來嚮往的嗎？他試著想像他的鱗翅目之窗和連體小狗的骨架與填充標本展示在萬國博覽會。主辦人估計在六個月展期中，觀展遊客至少會達到五百萬人次。至少五百萬人會看到他的作品，讚嘆他的巧技。

但他眼中只看見了艾莉絲的臉。

他拉扯著臉頰的皮膚，然後邁步往聖吉爾斯區的方向前進。當一名披著白金色頭髮的女孩抓住他的手時（從柯維爾巷走過來不用多久），他讓自己被那女孩拉走。

「很遠嗎？」他問，而她吱吱喳喳地閒聊，讓他分心。

「我們的店很棒——」他們轉進一條髒兮兮的巷弄，地上有一灘老鼠正熱烈啃食的排泄物，散發的惡臭比南岸的製革廠還要難聞。「別讓這條街騙了你，先生——」他閃過成堆的馬糞，「我們的女孩很年輕，像鴿子一樣清純——」她停在一棟搖搖欲墜的妓院前。由一根木梁支撐的房子看起來就像患了痛風的肢體。「價格便宜，先生，但很實在。啊，小心臺階——」他看到有個女人正舉起金屬桶將裡頭的液體向外傾倒，沿著窗戶汩汩流下。他縮了一下身子，然後走進門。

她領著他拾級而下，來到一個小房間，天花板低矮得讓他直不起身，房裡散發著醋和汗水味，還有精液那青草般的氣味。香菸燻得汙黃的天花板膨脹鼓起，就像染黑的肺葉，被溼氣的重量拖曳而下。連牆壁也是黑的。他這才明白過來，這房間以前是輸煤槽傾倒煤炭的地方。

女孩掀起髒兮兮的睡衣，露出一對和蝨子咬的腫傷差不多大的乳頭。他第一次正視她的臉。她身上有著無比稚嫩的氣息，某種非常──

「不行，」他說，話音嘶啞，「妳不行。我要紅髮的。」

「哦，先生，試試我吧。我敢說我會合你口味，或者我該說你會正好『合我的口』，先生？」她咯咯笑，而他瞪著她發黑的牙齒。他無法直視她的雙眼。他看到角落放著一頂帽子，立刻認了出來。**艾比**。

「不用了。」他說完就轉身背對她。

「等一下。」女孩啞著嗓子叫道。

「這裡有紅頭髮的？」

女孩低頭，語氣中的挑逗已經蕩然無存。她漠然地說：「茉兒。她的房間在正上方。」

希拉斯一步跨兩階奔上樓。他感到褲襠一陣蠢動，為了等在前方的事物而震顫。他沒敲門就走了進去。

一位紅髮女孩正坐在床上。她的睡衣沒那麼髒，雙眼沒那麼年輕，胸前則更加雄偉。這房間的天花板比較高，牆上有扇小窗，雖然下面那塊玻璃早已破損。餘火在壁爐中悶燒。這裡的氣味比剛才的房間好聞多了──廉價香水和走味的酒掩蓋了酸氣。

「啊，總算。」希拉斯說：「好太多了。」他盯著泛黃的床單，「上一次清洗寢具是什麼時候？」

「一分錢一分貨。」那騷貨嘶啞地說，聲線低沉刺耳，「你想要高級妓女就去乾草市場，只要花大把銀子就可以用她們。但親愛的，你想要普通的只需付六便士。」她伸手拍拍他鼓脹的褲襠，「而且我看得出來，我們簡陋的環境沒有真的讓你掃興，先生。」

「確實。」他喃喃道：「妳的頭髮——真是**紅**啊。」

她動手摩挲起他的下體，他閉上眼，遞出錢幣。他在她旁邊坐下。床墊的彈簧尖銳的呻吟著。在昏黃的燭光下，他仍看得見床單上的點點血跡，還有一處蛆狀的凹痕，肯定是那女孩每晚蜷著身子睡覺留下的印記。他透過她的雙眼看著自己：他的大駕光臨是多麼仁慈，比她平常服侍的那些工廠粗人好太多了。他甚至在兩天前費心洗了個澡。

「你喜歡我們這種野女人，先生。」她說：「我看得出來，先生。」他想要她別再說話，想要猛力捂住她的嘴，直到她安靜下來。他厭惡她粗啞的聲音，她刻意的親密語調聽起來既生硬又疲倦。她的紅髮——他至少可以專心在她的紅髮上。

她搔抓起自己的手肘，乾裂剝落的皮屑在燭光中片片飛舞。他試著不去想自己正吸入這女孩的氣息，正嗅著她的皮膚、汙垢和疾病。當她解開他的褲頭，將它握在手裡時（「好棒的棍子啊，先生，你真懂得該怎麼寵壞我們這些壞女孩。」），他只想讓黑暗一口吞噬自己。他想要奮力撲向她，操遍她全身上下，直到他什麼也感覺不到——直到他的羞恥、悲傷、憤怒和寂寞全數消失。他想要操她到腦中和艾莉絲有關的思緒一丁點也不剩。**艾莉絲**。

他揮開她的拳頭，攫住她的頭髮，然後推倒她。她短促地「哦」了一聲。接著他迅速撕開她的睡衣，指甲刮著她的胸口。布料輕而易舉就裂了開來，她嘶聲說：「你得付衣服的錢。」但他再次擰住她的頭髮，無視她的喊叫。他穩住身子，一手握著她的喉嚨，另一手按住她鼓槌般細瘦的手臂。他迅速瞄一眼她被蝨子咬滿傷痕的身體，還有她的陰毛——是黑色的。

「什麼！假的！」他大喊，一把推開她。他的陰莖變軟下垂。他注意到她頭髮虛假的色調。她喘著氣脫身，手忙腳亂地逃離他。她的枕頭早已被滲出的染劑浸紅。他的腹部隱隱作痛，睪丸發疼。他笨拙地摸索長褲的鈕釦。他想要遠離她，想要再次獨處。他跌跌撞撞奔出房間，衝下樓梯，忽略每扇門後傳出的呻吟，還有一名嬰兒的低泣。這地方——真是噁心！這裡是邪惡的溫床。

他跑到街上，一手摀著嘴。他發現自己正沿著來時路奔跑，先是蘇活區，然後是海豚酒館。他坐在外頭等待，等了又等，等了又等，他顫抖的手逐漸平靜下來，接著，一陣寧靜籠罩他的全身。

海牛牙齒

架子上擺滿了玻璃罐，裡頭裝著黃色的牙齒，就像一顆顆髒掉的珍珠。展示櫃裡的牙齒鑲嵌在石膏模型中，關節咬合的位置裝了附鏈子的金彈簧。艾比想知道那些牙齒曾經是誰的。他想起妓院裡的一名女孩死於肺癆後，牙齒就被拔走了。他們是怎麼說的？滑鐵盧牙齒——從滑鐵盧之役中死去的士兵口中拔下來的牙齒。

他想像這些牙齒就棲在他的嘴裡。他可以露出閃耀的微笑，還可以咀嚼軟骨。他現在只靠著軟爛的食物過活：軟馬鈴薯、水煮豬耳和肉汁。只要裝上牙齒，他就可以像姊姊一樣以臼齒咬開胡桃殼，拿洋蔥當蘋果來啃。

店主和學徒還沒發現他，他躲到櫃檯下，髒兮兮的手指往玻璃匣上抹。學徒背對他，手裡正揮舞一把恐怖的鉗子，他面前的椅子上綁著一個男孩，他正像被放血的豬一樣尖叫。艾比心裡湧上一陣滾熱的嫉妒。他心想：這臭豬只要受點疼就得到一副牙齒，而且還是他那粗心的母親掏腰包付錢。如果這樣就能夠得到假牙，艾比肯定毫不遲疑地一拳打掉僅存的那顆牙齒。

店主正在和一個有錢的老頭說話。「一副海牛牙做的假牙四基尼，」他說：「顏色比滑鐵盧牙齒還白——但老天，那些勇敢的士兵真是費盡心思保養這些珍珠，是吧？陶瓷假牙只要三基尼，但值得多花一點小錢換更好的，畢竟陶瓷容易碎啊。」

四基尼！聽到這個價錢，再次提醒艾比離那些假牙有多遙遠。他永遠只能和他光禿的牙齦作伴，還有那顆讓他像隻笨兔子般的獨牙。他姊姊總說還有更重要的事要擔心、說他和那些時髦公子哥一樣愛慕虛榮。

他考慮打破玻璃，搶走其中一副假牙，或是割開那男人的口袋摸走一點硬幣；或者他也可以扮成女孩，到車站偷行李，然後買個一打假牙，如果他想的話——但他知道這不過是個遙不可及的夢。他的膽子只夠讓他偷手帕。而且若他的裝扮被識破，他可沒法承受和姊姊分開、讓姊姊獨自面對那些男人。

店主看到他了，對他喊著：「喂，你！我說過不准在這裡亂晃，快滾！」那男人朝他走來，準備抓住他的外套。艾比大喊：「放開我！你這地獄土狼！酒醉母豬！」然後一躍而起，跑到街上，轉進沙爾特太太的人偶專賣店。

蘿絲正等著他。她醜陋的白眼正轉來轉去。艾比納悶她究竟知不知道只要花一英鎊就可以裝個玻璃眼，才不管別人看不看得出差別。

他將袋子交給她，然後她一件件檢查小小的絲絨裙子和上衣，大聲點著數量。

「三件上衣，四條裙子，四件上衣，五條裙子——」

艾比啃著鬆動的指甲。

「艾莉絲說——」

「請別再說了。」蘿絲回道。

「她說——」

「夠了。」艾比聽見她顫抖的語氣，並在她抬頭顧盼時看見她臉上認命的悲傷。「我懇求你別提起她。」

「妳想念她嗎？」

「不干你的事。」她冷冷地說道。

「她要我告訴妳，她想念妳。」

「你能不能別——」

「她說妳是她姊姊，她從來就不想離開妳，小姐。」艾比來不及阻止自己就脫口而出，「她很快樂，她真的很快樂，她說妳也可以逃走。」

他等著她勃然大怒，等著她如蜘蛛般飛快地出手擰住他的手肘內側，這招是沙爾特太太的絕技。或至少她會嘶聲說：**我叫你閉上你的嘴！**

但蘿絲一言不發。她泛紫的臉龐流露出無比的悲傷，艾比別過臉去。

※

艾比拖著腳步前進，就像一輛耗盡蒸汽的火車。他已經沒有玩鬧的力氣，便踏上回家的路。他好想看到姊姊，想逗她笑、躺在她身邊入睡。

他來到家門外，希拉斯從他身邊狂奔而過。艾比滿腹狐疑——聖吉爾斯區的妓院雖然離那男人的店很近，但不管從哪個角度來說，他和這裡都不屬於同一個世界。那男人是來找他嗎？但接著他注意到希拉斯沒扣好的褲子，還有他臉上的表情——一手摀著嘴——死東西袋子從艾比手上掉落。他衝進屋內，腐爛的階梯在他腳下碎裂。**不要**，他心想。**不、不、不，拜託不要**——

他狂奔過聚集在大廳的女人身邊（「他褲子著火了嗎？」），經過站在樓梯口流淚的紅髮茱兒，南西正緊握著她的手（「沒有人受傷，對吧，親愛的？只不過是嚇到了。我們都被嚇到過。」）然後他躍過她們，幾乎要摔下樓梯。他推開老舊髒汙的劇院布簾，而他姊姊正坐在床上，盯著牆壁看。一根蠟燭正沉入流出的獸脂中。

「哦！妳沒事！我還以為……」他在她身邊坐下，牽起她的手。「有個男人——邪惡的男人——如果他來這裡，妳不能見他，絕對不行，妳得大叫，然後拒絕他。我才不管南西高不高興。」

「你說什麼呀？」他姊姊說，撫亂他的頭髮。「你說的是誰？誰很邪惡？」

艾比深吸一口氣。「剛才來過這裡的男人。他有一頭黑髮，身上的味道很怪。妳不可以見他，絕對不行。他給我的感覺很不好。」

「他來過了。」他姊姊說，語氣平板。「我見到他了。」

「而妳沒有——？」

她搖搖頭。「他說我不合他口味。他想要紅髮的。南西很不高興，說她受夠老是有男人不喜歡我，說我的債務現在提高到兩英鎊了。但萬國博覽會應該能招徠更多客人，對吧？」她拉扯自己的頭髮，「艾比，有時當他們不想要我的時候，會比想要我時還來得糟。」

袋熊哀歌

工廠
四月九日

最親愛的王后：

謝謝妳稍早前的短暫來訪，想必妳今天也一定不會不方便前來吧。我很高興妳今晚還是能和我們一起用餐。我很抱歉妳的畫發生了那種事。我知道妳一直都心胸寬大，但我實在太不小心了。我會好好補償妳，更別說我們蒙羞的朋友得想盡辦法讓自己贖罪。

事實上，這封信的主旨正是如此。今天才吃完早餐，我便發現了這首詩，上頭還有一個爪子形狀的墨水印，和妳那位贖罪中的剋星驚人地相似。她會是這首詩的作者嗎？我承認，她的文筆並不成熟，但她是隻肥胖的動物，喜歡在所有智慧的結晶上打瞌睡，因此我們實在無法責怪這隻淘氣的野獸。

妳誠摯的
路易斯

⁂

袋熊哀歌

第一章

唉，我啊！什麼樣的悲劇能使
一位繆思與一隻袋熊分離？讓這首蹩腳的詩引領
兩個溫柔的靈魂和解
哦，女神，求您垂聽！鼓舞我達成這個目標。
細說這個陰鬱的故事，要從
柯維爾巷說起，一位站在門外的女孩，肌膚乳白
她會進門來，走入這位詩人的寒酸住所
還是轉身逃走，回到她熟悉的生活？

第二章

看哪！在太陽幾乎升起之前，
三個月已然過去，我們的女神嘆息著，
卑微的畫家、袋熊、最親愛的女主人
這三位生活在無上喜悅之中。

每天早晨，太陽以柔和的光芒
點亮她的髮絲，就連雲朵都迴避了視線。
無比忠貞的僕人，袋熊關妮薇
她對蘭斯洛特的哀痛日漸撫平。
但是，哦！災厄與狂風暴雨步步逼近
因為那頑皮的獸沒被餵飽。

第三章

飢腸轆轆的袋熊近乎昏厥
攫住了一小塊佳餚——但那是幅畫！
她舔舐嘴唇，渾然未覺
正孕育中的梁子——她並無惡意。
但親愛的艾莉絲——那甜美的花朵，綻放出傷痛，
她怒斥哭泣，嚎啕尖叫：「可惡的袋熊，滾開！」
她咒罵畫、畫家、袋熊，大發雷霆，
哭泣怒號不絕於耳，以淚洗面。
那袋熊呢？我聽見妳的哭聲，
從未有過活物的嘆息如此響亮。

第四章

可憐的袋熊在畫室辛勤工作
直到臉孔滿布皺紋，皮毛灰白。
籠罩她的陰影永不消散：
「是我，艾莉絲！」她殘酷的聲音響起。
但她辛勤工作，築起一座宮殿
向她的女主人展現她無比的愧疚。
世上再找不著更為精巧的廟堂——
由袋熊所建造，那隻遭受深惡痛絕的袋熊。

第五章

經歷如此殘忍的暴行之後，她會獲得原諒嗎？
我們的故事停在這裡——轉折尚待揭曉。

月光

「艾莉絲。」路易斯打開門說道。他半露出微笑，但她沒有理睬他。她今天去了水晶宮的建地閒逛，還到國家藝廊看了她最喜歡的畫——《阿諾菲尼的婚禮》。她暗自竊喜錯過了路易斯的邀請。他請她一起去布朗商店買新的畫布，但她沒有回覆。

艾莉絲想著她費盡千辛萬苦完成的畫。她仔細薄塗油彩，好讓底層的白色從大理石手的後方透出來。路易斯將他的畫放上馬車後，便給她看了她的畫，而她努力不讓自己哭出來。畫布的織線被撕扯得七零八落，顏料片片剝落，而她知道做什麼都救不回來了。在路易斯來得及阻止之前，她一把就將畫扔進了壁爐。火焰變暗，煙霧冒出，路易斯不得不拿毯子包住火鉗撲熄火。

他抬著手抹抹臉。「進來吧、進來吧。聽著，艾莉絲，我很抱歉。」

路易斯身後傳來聲音，接著關妮薇漫步走進門廳。

「滾開，妳這討厭的生物。」路易斯邊說邊揮動他的手。袋熊以悲傷的眼神看著他，然後搖搖晃晃地爬上樓梯。「這裡不歡迎妳。如果妳待在這，她可能就要找妳決鬥，妳那柔軟的爪子對上她銳利的機智又有什麼勝算？」

「這對你來說只是一場笑話，是嗎？」艾莉絲說，跟著他走進客廳。為了參加米萊舉辦的晚宴，她向同住公寓裡的一位女孩借了件藍色絲裙，穿在身上就像嬰兒的襁褓一樣緊，這種不適感讓她更加煩躁。「換作是你的畫，你才不會覺得有趣。你若真的在乎我的作品，就不會像垃圾一樣丟在桌上。我原本留在畫架上，她根本碰不到。我知道你不怎麼在意——」

「我**在意**。所以我原本想向亨特炫耀。」

「那你也用不著開玩笑。」

路易斯看著她。「對不起。我真的很抱歉。我會這麼不正經是因為——嗯，是因為我不知道還能說什麼。這樣很令人心煩。」他將頭髮撥攏到耳後。「我真的很抱歉。」

他靠得好近，她聞得到他氣息中的薄荷茶香和他衣服上的雪茄味。她感到內心的怒氣消失無蹤。

「妳會原諒我嗎？」

「哦，我想不會。你還得再懺悔半個世紀。」

「我會找人在我的墓碑刻上最後的道歉。」

「死於自責。」她重新看向他，這才注意到他穿了一件緊身花樣背心，戴了一只懷錶，頭髮還上了油，梳成線條分明的髮型。「老天，你穿的是什麼？」

「米萊的舊衣服，好像我是他的管家一樣。」路易斯拉拉袖子，「言歸正傳，關妮薇——我想妳讀過她的詩了吧？」

「是的，她真好心。」

「妳不想看她替妳蓋的宮殿嗎？」

「你說什麼？」

「就寫在詩裡啊。」路易斯說：「老實說，她居然費盡心思以她那隻肥爪握住鵝毛筆，真是令人驚嘆。我敢說這對她來說絕對不容易。當她這麼努力展現贖罪的誠意時，妳卻什麼也沒注意到，渾然不覺。」

「你胡言亂語什麼？」

「來，我們應該去調查看看。」路易斯說，然後捏了兩下自己的耳垂，這是他緊張時會有的小動作。

她跟著他來到畫室，身上借來的衣服讓她渾身僵硬，就像洋娃娃一樣。

「告訴我，妳這頭丟臉的生物。」路易斯一邊說，慢慢走近在墊子上睡覺的關妮薇。他側耳靠向袋熊的嘴。那頭動物的毛皮沾滿了髮油。「那座應許的宮殿在哪裡？妳蓋在哪兒了？」

「最好別是她那些泥巴窩，不然我們的友誼恐怕就到此結束。」

路易斯抬起關妮薇的爪子，指向樓梯。他聳聳肩：「我想我們最好跟著她的指示走。」

艾莉絲不知道該作何感想。路易斯是不是買了什麼要送她？可能是火柴屋或雪花裝飾球。她跟在他後頭，經過了肯定是他臥房所在的樓層，來到最頂層的女僕用閣樓房間。她從來沒有這麼深入這棟房子過。

「這裡稱不上是座宮殿。」路易斯吸了吸鼻子，然後對她露出微笑，毫不造作又燦爛的笑容。「我希望這不會讓妳感到失望。」

門上有塊牌子，上頭寫著：「警告：畫家埋頭苦幹中」。

「這是什麼？」艾莉絲問。

路易斯推開門。她呆立原地。

小小的閣樓被改造成了畫室——角落有張畫架，上頭放了已經展開在畫框上的繃帶色畫布，架子上擺放著排列整齊的顏料和畫筆。小小的窗戶面向西方，屋外的夕陽正從倫敦市數百座尖塔上緩緩落下。眼前的景象就像餅乾盒上的圖案一樣清新怡人。向晚的光線中，路易斯的臉龐轉向她時閃爍著金光。

「看來這是關妮薇要給妳的，雖然沒人知道她怎麼會有買顏料的錢。也許她兼差去當煙囪刷了。」他輕輕笑了笑，但看起來不太自在，眼中沒有笑意。他望著她。

「給我的？」她問。她走過房間，拿起一個罐子。罐子上黏著標籤，上面寫著：「艾莉絲的畫筆」。她的手指撫摸著標籤。

「妳喜歡嗎？」他問：「我知道這沒多好，但我真的為妳的畫感到難過。」

「喜歡？」她重複道。

他碰了碰一個銅鉤。「妳的第一幅畫可以掛這裡。妳不用幫我擺姿勢的時候，就可以在這裡工作——我不會來吵妳——這樣妳就不用繼續在樓下房間角落的小桌子上作畫，也不用忍受我煩人的嘮叨。」他望著她，而她無法解讀他臉上的表情。「我再次向妳道歉。我真的很抱歉。妳可以明年再送件一次——想想看，到時妳的初登場將會多驚人！藝評家的墨水很快就會不夠用了。」他很快加上一句：「當然都是因為寫了太多讚美之詞。」

他離她不到一個手掌的距離。她可以伸出手，將他拉向自己，感受他的重量。她突然不安起來，便輕快地說：「哦，關妮薇，她真是太壞了，居然做了這些事情。」

「妳開心嗎？」他再次問道。

「我很開心。」她說，而她也很高興他給了她獨處的空間。她站到窗邊，雙手握在胸前，然後大笑了起來。她轉起圈來——房間大小正好夠她轉動身體，雖然身上的裙子緊得讓她抬不起手臂。這是她的！這房間是給她的，**她的**畫室。她開心到握起雙拳，在空中揮舞。她要畫什麼？那張畫布比起她之前小小的畫大好多——至少三呎高。她緊握住畫布邊緣，直到布料在她手中凹陷。只有這樣她才能阻止自己撕碎它、往牆上砸玻璃瓶，在狂喜中摧毀整個房間。

她聽見門口傳來敲門聲，路易斯說他們得下樓了。

「米萊在等我們。」他說：「也需要有人將他們從煩人的羅塞蒂先生手中救出來。」

她讓自己鎮定下來，手掌撫平頭髮，克制想放聲狂笑的衝動。她不想出席晚餐了，只想獨自留在她的畫室。「我很期待見到他。」

「我敢說他更期待見到妳。」

「什麼意思？」

路易斯聳聳肩，在她前頭走下樓梯。

「米萊和亨特都很喜歡他。」艾莉絲說，努力讓自己專注在對話上，但她的思緒一直竄回那房間，縈繞在畫架和畫筆上。

「那是因為他沒用一盒雪茄毒死他們的寵物。可憐的、親愛的蘭斯洛特。」

「一天前我還希望他毒死關妮薇呢。我差點就要剝了她的皮當作補償，拿來做為我下一幅作品的畫布。」

「妳不是認真的。」他說，在門廳角落逮住正扒抓著地毯的袋熊，牠的指甲就和杏仁一樣圓鈍。路易斯悶哼一聲抱起她，在她胖胖的身體後方唱著歌，他的雙手握住牠的爪子，故作憂傷地往前甩動。

Voi che sapete che cosa è amor,（妳們女人知道什麼才是愛）
Donne, vedete s'io l'ho nel cor,（請聽我傾訴，將心扉敞開）

Donne, vedete s'io l'ho nel cor!（請聽我傾訴，將心扉敞開）
Quello ch'io provo vi ridiò,（我感受到的一切如此奇怪）
È per me nuovo, capir nol so. Sento（它是那樣陌生，讓人無法釋懷，當我）
un a etto pien di desir,（感覺到它，熱情突如其來）
Ch'ora è diletto,（讓人愉悅起來）
ch'ora è martir.（不久便心潮澎湃）

艾莉絲完全不知道他唱些什麼，也不知道那是法文還是哪種歐洲語言。

「莫札特寫的。」他說：「《費加洛婚禮》。」

「我知道。」她說謊。

「妳聽過歌劇嗎？」

「我——」

「我會帶妳去的。」

很多時候，她真希望自己的見識再廣一些，擁有關於旅行、詩、藝術和建築的知識，好讓他刮目相看。但她沒有錢或家世背景，唯一熟悉的只有布料和低下的買賣：她只知道針繡花邊和梭織花邊的差異，或是櫥窗陳列的重要性。她很清楚除了踏在思納爾綠地到攝政街間街道的疲憊腳步、鍍金裝飾已腐蝕剝落的人偶店，還有她的閣樓與地窖房間的衰敗牆壁之外，其他的事物她都一無所知。她過去的生活是個牢籠，而如今擁有的自由嚇壞了她。她不時會渴望過往生活熟悉的禁錮感，因為眼前遼闊的自由似乎要將她吞噬。她到底該拿這一切怎麼辦？她擁有兩間閣樓——

一間給她睡覺，另一間給她作畫。她想將這些事物視若珍寶，將它們緊緊抱在胸口、永不放手，這樣錯了嗎？但當她享用這一切的時候，她姊姊獨自一人留在那陰沉的跳蚤窩受苦。

她拂去裙子上的袋熊毛。「來，我們走吧。」

※

「說老實話，我不懂你為什麼要浪費時間在皇家藝術學院那些人身上。」羅塞蒂嘟囔著，嘴裡塞滿了鵪鶉肉。他長得頗為俊俏，精心打理的髮絲垂落在肩上，雖然他的身高比艾莉絲想像中來得矮。他倆被介紹認識彼此時，他的頭頂正好齊平她的眉梢，她總想彎下身子和他交談。「那些藝評的立場再清楚也不過了。既然他們不接受我們，那我也不甩他們。我今年沒送任何一幅畫過去。」

「你不認為我們該從內部發動攻擊嗎？」米萊說道。

「呸！問題就在這裡，你以為你是特洛伊木馬，可是在所有藝評家眼中不過是小孩子的小木馬玩具，然後他們繼續嘲笑你。」

亨特哼笑了一聲。路易斯向艾莉絲使了個眼色，好像在說：**我就說吧**。但事實上，她覺得羅塞蒂的坦率頗為迷人。

她環顧四周，看著飯廳長長的窗戶俯瞰下方的高爾街，看著天花板的石膏玫瑰裝飾和精雕細琢的飾楣。儘管已到了四月，壁爐裡還是燃燒著熊熊火焰。

晶亮的桌子旁坐了六個人：霍爾曼・亨特、約翰・米萊、加百列・羅塞蒂、莉茲・希德爾，還有艾莉絲和路易斯。PRB的其他成員——威廉・羅塞蒂、湯瑪斯・伍爾納和弗雷德里克・史蒂芬斯都表示沒空前來。(「他們在躲我們。」羅塞蒂說:「除了我弟弟以外,他負責賺錢,現在一定還在工作。」)

莉茲坐在艾莉絲的對面,和艾莉絲想像中一樣美麗動人。她的肌膚看起來無比光滑,吹彈可破,一頭沒有紮起的赭色頭髮散落背上,臉龐如人偶般完美無瑕。她的表情帶著平靜的專注,艾莉絲很確定她和自己一樣,正全神貫注聆聽餐桌上的對話。艾莉絲幾乎無法想像她以前在克倫伯恩巷當女帽小販的模樣(她短暫地想起沙爾特太太說過的話:**那些吵鬧攬客的帽子商——那種人實在墮落**),而相較之下她現在看起來是如此莊重。艾莉絲不太明白為什麼她倆會受邀。晚餐會通常是只有男士出席的場合,而她一開始以為那是因為她和莉茲都想畫畫。但是當羅塞蒂大笑著談起他房東對他的職業表示關切時(「他建議我,最好讓我的模特兒維持在紳士的管教之下,因為某些藝術家會為了低賤的熱情而犧牲藝術的尊嚴。」),她開始覺得,是否只因為這些畫家的其他模特兒都是妓女,而她和莉茲比較體面,才會被帶來這裡展示。

畢竟,莉茲的一舉一動看起來都保持完美的自制力,也保持完全的沉默。她幾乎什麼都沒吃,只是攪動著什錦湯,也不吃魚。現在,她切了一小片鵪鶉肉,正小口小口地啃著。這讓艾莉絲想起了母親教導的禮儀規矩(「和有教養的人同桌吃飯時要優雅地進食,不能吃多。」),但她實在克制不住——食物是如此可口,她發現自己正在檢查那隻鳥的殘骸,尋找剩下的肉屑,還不停以叉子鏟起一堆堆奶油馬鈴薯泥。要是她能將盤子舔個乾淨,她肯定會這麼做。

「這些生物還真是麻煩。」羅塞蒂對桌上的鵪鶉發表評論:「我倒想一口氣吞掉一整隻。」他扯下一隻翅膀丟進嘴裡,嘎吱作響地嚼著骨頭,邊做了個鬼臉。

「明天你排泄時就會有痛得要死的撕裂感。」亨特說：「最好也叫醫生來。」

「這裡也有女士在場呢。」米萊說。艾莉絲和莉茲對上視線，看到她憋住了一抹笑容。

「我們纖細的女性啊，」羅塞蒂說：「請原諒我。」

羅塞蒂從桌下伸出手滑向莉茲，握住她的手，艾莉絲不得不別開視線。他們正對彼此竊竊私語，兩人的額頭只隔了一絲毫髮的距離。他們居然還敢宣稱對彼此沒有意思。她聽到輕細的隻字片語傳來：**我親愛的、穿著襯裙的哲學家、甜美的希德**。她感覺到路易斯過於刻意地專注在他的盤子上。

「你們下一幅作品要畫什麼？」路易斯問，手上的餐具敲擊出聲。

亨特想畫一幅有著牧羊人和牧羊女的田園畫，或是一幅他已經思量許久、想命名為《世界之光》的畫。米萊則談起他對《奧菲莉亞》的構思：溺斃的少女臉上滿是平靜的憂鬱，大量具有象徵意義的花朵簇擁在她身旁——有勿忘我、罌粟花和貝母花。「老天，我會需要一個美得驚人的尤物才行。」他說。

「那你非用莉茲不可。」羅塞蒂說。

「當然可以。」莉茲說：「那是他的作品中我最喜歡的人物[15]。」

「看哪！我就知道我給她的教育是有用的。我們接下來就要讓妳學莎士比亞的歷史。」羅塞蒂說，而亨特讚許地點點頭。

「很好。」米萊說：「我會需要妳躺在澡盆裡，但我會在下面放油燈加熱。」

---

15 奧菲莉亞是莎士比亞劇作《哈姆雷特》（*Hamlet*）中的角色。

「我還沒準備好為藝術而死於感冒。」莉茲說。

「至於我呢。」羅塞蒂開口，同時將一根粗大的哈瓦那雪茄湊近水晶吊燈點燃。「我還沒決定好下一幅畫什麼。我想畫但丁和碧翠絲的故事，也可能是他在碧翠絲死去一年後受到撫慰的時候。」

路易斯吸吸鼻子。「我不太喜歡那個故事。但丁怎麼可能餘生都愛著一個女人——甚至為了她忽略自己的妻子——而他僅僅瞧過她兩次？這種高貴的愛情實在讓我厭煩。」他轉向正緩緩清走盤子的男管家，「謝謝你，史密斯。」

「怎麼會厭煩？」米萊問道：「那不是很美、很真實嗎？真正的情感可以如實顯露，而不是被傳統束縛；傳達出熱情、英雄氣概、靈性的覺醒。」

「問題就在這裡。」路易斯說：「那些感受都不是真的。艾莉絲讓我注意到這件事，之後我就反覆思考，那些故事將愛情變得理想化，但真正的愛情並不是那樣。」

艾莉絲傾身向前，問道：「那真正的愛情是怎樣？」她幾乎要加上**對你來說**。但她的話被羅塞蒂的嗤笑蓋過。他揮了揮餐巾，表達對此說法的不屑。

「我**想要**相信我們筆下的愛情。」路易斯繼續說著：「但過去幾個月來，我不禁思考——嗯，愛情是不是和我們所畫的完全不同？我們是不是誤以為愚蠢又來勢洶洶的迷戀——但丁不過瞥見碧翠絲兩次——就是愛情的真相？就是愛情的恆常、互相欽慕、真正地**了解**某個人？」

「你不是認真的吧？」羅塞蒂說，一口煙噴向天花板。「你最新的那幅畫中——強尼都對我說了——倘若吉爾瑪救出王后不算是高貴的愛情，那什麼才是？」

「我畫的**不是**王后被拯救的場景。我畫的是她在吉爾瑪被驅逐後逃脫的時刻。還有，別忘了吉爾瑪和王后已經相愛了一年半，不像碧翠絲和但丁僅看過幾眼。」

「呸。」羅塞蒂說：「真相是，吉爾瑪後來還是救了他的王后，而那就是整個故事的**核心**。我們不都想拯救女人，而女人不都想被拯救嗎？畢竟我們可是救了希德爾小姐和惠特爾小姐。」他對著莉茲和艾莉絲揮了揮手。艾莉絲頓時想起了清掃女傭鄙視的蹙眉；她父母和姊姊肯定會說她受到的是迷惑，而非拯救。「我知道你多反對婚姻，路易斯，也記得你說婚姻讓愛窒息、淨惹是生非，我可是聽進了你的警告。」

艾莉絲看到他們之間交換的眼神，羅塞蒂似乎知道些什麼，路易斯的眼中則透著警告。

「要是有甜美愛情的刺激和愉悅，誰還想要付出討老婆、擁有一個老妻子所需的代價？」羅塞蒂一一親吻自己的手指。**啵，啵，啵，啵**。

艾莉絲無法看向路易斯。她審視著叉子的尖齒，試圖以不帶情緒的語氣開口，嗓音卻意外的嘶啞，洩露了她的心思：「你不贊同婚姻嗎，佛斯特先生？」

「我……我承認我不贊同。我認為婚姻令人窒息的理由很多。」路易斯回道，又對羅塞蒂皺了一下眉，「為什麼非得攤開一張法律證明來宣告彼此相愛？為什麼非要有見證人？你們愛著對方不就夠了嗎？為什麼要到處展示？為什麼要讓自己陷入糾纏不清的處境？如果這一切是錯誤怎麼辦？還有，畢竟我是個異教徒，在上帝面前結為一體對我來說沒什麼意義。」

艾莉絲目瞪口呆地看著他。

「我要向你在婚姻的淵博知識致敬。」羅塞蒂若有所思地說：「沒有婚姻，也沒有激情的愛。可憐的希維亞，你第一位獻上高貴之愛的少女。但你**最新**的情人應該還沒有澆熄你對愛情的所有希望吧？」

「嘴上放尊重點，先生。」路易斯面紅耳赤地說：「你可以隨意侮辱我，但我不會讓你對惠特爾小姐無禮。」

羅塞蒂將雪茄彈到盤子上。「真是！這些該死的雪茄都受潮了，根本點不起來。」他將手指浸入冒著玫瑰香氣的洗指碗裡。「好啦，說夠了。」

眾人轉到下一個話題，攻擊起約書亞．雷諾茲[16]來。

艾莉絲不再聽他們說話。她不知道該如何整理自己的思緒。她被看作他的**情人**？誰又是希維亞？艾莉絲喜歡上他是件愚蠢的事嗎？他永遠不會娶她，不只是因為他不相信婚姻，也因為她不過就是他的模特兒。他從沒給她機會多作遐想——他沒有寫情書給她，或是牽她的手，或許下任何承諾——除了付她約定好的酬勞和替她上繪畫課。他的慷慨出自他們之間的友誼，還有手足般的責任感。她心不在焉地聽他們說話——老掉牙爵士[17]、喬叟[18]、伊斯雷克[19]、莎士比亞——這些名字她只在和路易斯相處的最近幾個月中聽過。

管家拿來巨大的糖蜜布丁，就像一隻長了焦糖毛髮的刺蝟晃動著，艾莉絲感覺胃裡一陣翻攪。有好一會兒，她覺得自己就要吐了。她彷彿回到了閣樓房間那張窄床，蘿絲溫暖的大腿貼在她腳上，糖燒焦的氣味從煙囪悄悄鑽入。她姊姊在那裡，而她在這裡，像妓女一樣到處展示給人看——她是路易斯根本一點都不迷戀的**情人**，更別說他會想娶她了。她拿湯匙攪著布丁，不肯看向路易斯的眼睛。

⁂

「我對妳說過他很討人厭。」路易斯說：「他想盡辦法要羞辱我們，他暗示的那些事……我不懂。他就是要享受一些壞心眼的樂趣，像貓玩弄老鼠一樣。但我本該好好反擊，讓他知道我也是有爪子和尖牙的。」

他們走過街，進入柯維爾巷，路易斯滔滔不絕地說著，艾莉絲則加快腳步。她想回到夏洛特街的公寓，那是她的空間，可以讓她好好整理今晚的思緒，仔細思考她聽到的那些話。

「王后，妳走得比煙火還快。」

「我的名字是艾莉絲。」她對他喝斥，音量比預期得大。葡萄酒讓她頭痛，還有一點點暈眩。她看向天空，好穩住身體。地平線裂了開來，從一絲絲煙霧中，她可以看見肥又圓的月亮。

「好，艾莉絲。」路易斯說，然後他站到她前方，阻止她繼續前行。

四下一片黑暗，除了一個瑟縮著身體的流浪漢之外，街上空無一人。

「妳不高興。請試著忽視——」

「我沒有不高興。」

「別這樣，我知道每當女士回答得這麼快的時候，肯定心裡有些事。是羅塞蒂害妳不開心對

---

16 Sir Joshua Reynolds（1723-1792），十八世紀英國著名畫家，皇家藝術學院創始人之一，也是第一任院長。

17 Sir Sloshua，前拉斐爾兄弟會替約書亞．雷諾茲取的綽號，結合 sloshy 和 Joshua 的合體字。根據羅塞蒂所言，sloshy 的定義是：「任何作畫過程中馬虎、草率的事……因此……也意指任何老掉牙或傳統保守的人或事物。」

18 Geoffrey Chaucer（1343-1400），英國中世紀作家，被譽為英國中世紀最傑出的詩人、英國文學之父。

19 Charles Lock Eastlake（1793-1865），英國畫家、畫廊總監、收藏家與作家。

不對？毀了——」

「嗯，或許我是不一樣沒錯。或許我不像那些女士，那些你似乎……」她幾乎要說出交情匪淺，但儘管喝得頭昏眼花，她還是吞回了這些話。她沒碰過摻水啤酒和聖餐酒以外的酒精飲品，現在的感覺對她來說頗為新鮮。她再次想起，希維亞到底是誰？

「那些我似乎怎麼樣的女士？」

「沒事。」她說：「我沒有特別的意思。」

他停住口，手上把玩著懷錶的銀鍊。這身時髦講究的打扮一點都不適合他。

「我想走一走。」

「走一走？走去哪兒？」

「我還沒決定。」

他們沿著夏洛特街往北前進，遠離她的閣樓住處。他的腳步噠噠地響著。「好吧，我也打算不要決定我的目的地是哪裡。妳願意的話，我想跟在妳後面，就像一條聽話的狗。」

「你非這麼做不可的話，倒也無妨。」她說，然後忍不住露出微笑。他走在她身邊，兩人的步伐漸趨一致，而她慢慢忘記了不開心的原因。他們飛快地走過各個街角、穿越廣場和新月形的街道。她的喉嚨還是哽著苦澀，但一種不一樣的感覺也湧現了——讓她心跳加速的叛逆感。她正在做一直以來被警告不能做的事：單身、未婚，午夜過後走在倫敦街頭，身旁跟著一名非親非故、也非清白之身的男人。她從眼角餘光看得見他躍動的頭髮，就像米萊畫中地面的木屑那樣柔軟。他吐息的節奏和她一致。

「我總覺得夜幕落下後的倫敦十分浪漫。」他打破沉默，她的脈搏加快。「雖然總有小偷出沒，還有這些，」他轉身避開一個向他伸出手的女人。「這些『請求』。艾莉絲，我認為重點在於**可能**發生之事的風險。」

「什麼意思？」

他指向一處樓梯後方的暗影。「想像有個拿刀的男人躲在那後面，準備跳出來招呼我們，這不是很刺激嗎？或是那裡——那些欄杆後面。」他看向她，「希望我沒有嚇著妳。」

她哼了一聲。「我可強韌多了。我不是那些老是昏倒的女孩。」

「什麼？妳是指妳又沒帶嗅鹽出門了嗎？真是的，惠特爾小姐。」她露出微笑。「好吧，真是可惜。我倒是很想有個強盜現身好證明我的力量，讓我為了保護妳以致下顎挨了一拳。」他聳聳肩，「但也許我聽上去反倒變得像羅塞蒂了。」他四下顧盼，「我們在哪裡？」

「不知道，我一直跟著你走。」

「這個嘛，我也是一直跟著**妳**走。」他拉長脖子看著一塊路牌，「麻煩就在於我們走得那麼胸有成竹，都認為對方一定知道路。我們真是糟糕的一對。」他對著眼前的整片黑暗點點頭，前方一盞路燈都沒有，也不見一絲閃動的燭光。「我想那一定是攝政公園。天哪，我們不知不覺就穿越了整個菲茨羅維亞區和馬里波恩區。」

「我以為藝術家察覺得到所有事。」

他們過了街，站在公園黑暗的尖刺柵欄旁邊。路易斯伸出手指撫過一根尖頂。「我知道曾經有個男人吸鴉片吸到神智不清，從窗戶摔出去後被這些尖刺刺穿。他看起來就像甲板上的魚，不斷翻來覆去。那景象真是恐怖。」

「太可怕了。」

「是啊。」他的雙眼如此幽暗，她無法分辨他正望向何處。「有時候，我很難相信我們終有一死、有一天我們將不再存在，然後這世界仍一如往常運轉，而我的畫將是我曾經活過的唯一印記。我母親死時——我知道聽起來很傻——但我記得看到那天早晨的太陽升起時，我非常驚訝。我覺得一切萬物都該停下來，太陽也不該繼續照耀，因為我母親沒辦法再看到了。我是不是在胡言亂語？」

艾莉絲搖搖頭，想著她將手平攤在壁紙上，看著手指上的紋路，藍色的血管就像蝶翅上的花紋一樣。「你想念她嗎？」

「無時無刻。」路易斯說：「她是個非常棒的人。」

「嗯。」

「我想她會喜歡妳的。她喜歡有志氣的人。她總是對一切事物感到興奮，不管是教我們法文，或是我的某一幅畫，或是每年春天綻放的櫻花。」他低下頭，「老天，我想念她。」

「要是我母親死了，我不認為我會想念她一分一毫。」

「妳可能會的。」路易斯說，但艾莉絲搖搖頭。

「她從來沒喜歡過我。我永遠都沒辦法取悅她，連我還小的時候也一樣。該怎麼說，某些——」她放輕聲音，「我的誕生造成了某些不適，而她的身體總是感到疼痛，也沒辦法再懷上孩子，這讓她對我很生氣。我的鎖骨就是那樣造成的。她分娩困難，我出生時鎖骨就斷了，後來沒癒合好。加上我很調皮，總是做錯事。」

「我沒辦法想像對妳生氣。」路易斯說：「就像我沒辦法想像變老一樣。」

「你有一天會長滿皺紋，好比一隻舊靴子。」她說，然後逕自穿越大門，走進陰影之中。她張開雙手。葡萄酒讓她全身暖和，頭也不再陣陣發痛。

「艾莉絲，妳做什麼？公園很危險——」

「你不是想要打跑強盜嗎？」

「對，呃，可是這裡可能**真的**會出現強盜。」

艾莉絲大笑一聲，然後撒腿奔跑。她跑向黑暗，跑向涼爽的四月夜晚，青草摩挲著她的鞋子，猶如陣陣細語。她加快腳步，像野兔一樣往前飛掠。她的胸口不斷起伏，抵抗著上身束衣的緊縛。她此生從未做過如此自由解放的事。她多希望姊姊能看到她現在的樣子！她正在攝政公園，夜色已深，路易斯就在她身旁奔跑，試著阻止她——而她一點也不在乎。因為她**可以**不在乎。因為她過去不能不在乎。地上的兔子洞讓她絆了一下。周遭的黑暗正逐漸轉灰，她看見了樹木的輪廓、鵝卵石步道，還有湖。

她在湖邊停下，手抓住身側，不住大口喘息。路易斯早已超越她，先一步來到這裡。他也在微笑。

「哦，艾莉絲。」他望著湖說：「這裡好美。」

他們靜立原地，看著眼前的水面、滿溢的銀色月輝、月亮映在湖上的雙生，以及蒸汽般升騰的霧氣。

「我想要畫下來。我不想要忘記這幅景象。這真是——**完美**。」

「沒錯。」她說。

他向前踏出一步，拉扯衣服上的繩子。「我要游泳。」

「別荒唐了。」她說。一個不請自來的念頭在她腦海浮現：月光下的路易斯，一絲不掛、全身蒼白。她蹙起眉，然後補上一句：「你最好先下去，這樣我就可以去救你。」

「救我？想都別想。是我去救妳。」

他話中隱含的誘惑讓她湧上一陣溫暖，同時也感到些許失望。她本來期待他有更豐富的想像力，能說出不是那麼老套的話。

「女士優先。」他說，然後一手摟過她的腰，作勢要將她丟進湖裡。她一陣趺撞，摔在他身上，手抓住他的身側。湖水打在她腳上，她的靴子肯定毀了。

他沒有移開他的手，她也沒有。

他們站在泥砂之中，湖水冰寒。兩人並著肩，沒有人開口。她沒有看向他。她害怕一旦這麼做，他就會親吻她。要是他吻了她，那接下來會發生什麼事？

她能感覺到緊抓著她的腰的每根手指。他將她抱得更緊，而她可以就這樣死去。她的手棲在他的肋骨下方。他的身體強壯又纖細，她可以感覺到他在微微顫抖。這讓她渾身發熱，彷彿全身能量都匯集到他們碰觸的地方。她想要這一切都停下來，但她也不想。

他的手在她的腰上。他的手在她的腰上。這一刻終會消逝，但她想要留在這裡，和霧、黑暗與他待在一起。這一刻，她屬於他。

同類

希拉斯站在艾莉絲位於夏洛特街上的住處外頭，雙腳因走路而起了水泡。他抬頭盯著一盞街燈，看著球狀的瓦斯燈不住閃動，但他的雙眼甚至連眨也沒眨。

他就像已經戒毒數星期的鴉片成癮者，感覺自己的雙腳帶著他來到沙德韋爾區汙穢的毒窟，好吸入罌粟的煙霧。他知道自己不可能抗拒來找她的欲望。她是他的造物。

他想不起來晚上發生了什麼事，而他很想甩開仍糾纏不去的記憶殘渣。在海豚酒館外徘徊一陣後，他茫然地在街上遊蕩，雙眼掠過一個個穿著絲綢、破布、棉裙的女士——坐在柯維爾巷外面，等待，等待，等待，相信她是在那房子裡工作的女僕——但當他看到他的第一眼時，一陣令人昏眩的震驚襲來——這件事就夠糟了，但還有更可怕、更可怕的——在湖邊——

這比他看到芙莉可和工廠老闆的兒子在一起、看著他的吻落在她的頸項，而她羞赧扭動身體的模樣還要糟。

路燈閃了閃，彷彿倒抽了一口氣，然後再度綻放光明。

他內心一片騷亂，燃燒著熾烈的怒火，還有凶猛得叫人粉身碎骨的慾望。但他沒有展現出來。他就像石頭一樣紋風不動，直直望著火光搖曳的路燈，嘴巴微微張開。他的四肢因靜止不動而陣陣刺痛起來，但他享受這種提醒自己還活著、還在呼吸的感受。他專注在感覺得到、看得到和聞得到的事物上。他的指甲在掌間掐出鐮刀的形狀。舞動的光芒。廉價香水味，是藍鈴的。一定是在酒館的時候被她沾上的。

街燈滴答響著，然後熄滅。希拉斯眨了眨眼。旁邊的路燈也暗了下來。他僵硬地慢慢轉身，看到晨光像一道瘀青從地平線伸展開來。睡意煩擾著他，這一夜的悲傷讓他備感虛弱。

他轉過街角，走進柯維爾巷，四肢酸疼。他坐在同樣的一級階梯上，背倚著廢棄店鋪的木門。他將頭靠在崩落的油漆上。

一個念頭在他腦海浮現。他施力推了推門，聽見門吱呀作響。整間店無疑已人去樓空，如果他闖進去，就能安全地躲起來，想睡多久都行。他環顧四周，等著手提一桶牛奶的女孩走過去。他挺起肩膀頂向木門，撞個幾下後，脆弱的鎖應聲而裂，他半摔半跌地進到門廳裡。

起初伸手不見五指，但他的眼睛很快就適應了。牆上的灰泥龜裂破碎，石頭地板滿是灰塵。他將捲起的外套充當枕頭，幾乎立刻就陷入睡眠之中。

⁂

他醒來時，完全不知道自己人在哪裡。他胡亂摸索四周，手掌下的石板摸起來都是汙垢。他尋找放老鼠標本的架子和那堆期刊。什麼都沒有。接著，他都想起來了——包括那個擁抱，路易斯的手放在艾莉絲腰上。他摀住臉。

他走向寬闊的櫥窗。從這個角度望去，他能看見二樓的房間，路易斯就在那裡踱步、進食、睡覺、潛伏暗處——真是恐怖的惡魔！路易斯在海豚酒館裡摟過一個又一個女人，拉著她們到腿上，而希拉斯卻將她交給了路易斯，好像將她盛在盤子裡送上一樣。

他靜靜等待。她很快會回來，帶著那副妖嬈嬌媚的姿態。她屬於他，而她背叛了他。

過了沒多久，她抵達了——可能是在幾次半刻鐘的鐘響之後——她帶著惹人憐愛的步態一路走過來。一看見她，他的內心猛然一震，體內深處傳來渴望的拉扯。她對他來說有著一股無法否認的吸引力，那是一條將他倆的心連在一起的線。他這麼快就原諒了她，也讓他很快就消了氣。她正穿著他最喜歡的裙子，也就是他們第一次見面時的那件——她美麗的鎖骨一覽無遺：蒼白的肌膚、骨頭向外彎曲的曲線。要是他能忘記她就好了，要是她沒有對他施加魔咒就好了。

她停在店外，而他伸出手，彷彿要攬著她進門。

如果妳向裡頭看，他向她訴說，我就能明白妳屬於我。我就能明白妳給我的訊息，明白他對妳來說什麼也不是，明白妳想要由我來照看妳。

他大氣也不敢喘一下，並將手指壓在喉嚨的脈搏鼓脹處。這讓他冷靜了一點，雖然同時也讓他害怕——她居然對他的身體擁有此等影響力、他居然對她有如此劇烈的反應。

她走近了一點，拉出袖口在滿是灰塵的玻璃上擦出一塊乾淨的圓形，然後——他幾乎不敢相信自己的眼睛——她將雙手貼在窗上，看向裡頭。

一會兒後，她轉身走向對街的房子。陽光如此令人歡欣鼓舞，穿透城市的煙氣將一棟棟房子化為幽魂般的形體。

他看見她站在路易斯家門外，在等他應門時不安地動著身子。若是一個比他還歹毒之徒，真不知會怎麼想像裡頭發生的事啊！但他不會去猜測那種下流的事，因為她剛才已經向他下達如此明確的信號。

當他監視芙莉可住的小屋時，斯托克的所有居民都還在沉睡，除了那些整晚負責將煤炭鏟進滾燙磚窯的男人。他總是躲藏得很完美。透過觀察她的日常習慣，他對她瞭若指掌：她走路的時候，腳會微微向外彎曲。他愛她——哦，他好愛她！他知道工廠主人的兒子只不過是在剝削她，當她是手淫的毛巾、在他與更有錢的淑女相遇之前的練習。好幾年來，希拉斯懷揣著這份愛意，直到他再也等不下去。她在原野奔跑時，頭髮一如燃燒的火焰。他帶她去看長了黑莓的地方，而她貪婪地將果實拚命往嘴裡塞。他看見她的齒間閃爍著果肉溼潤的光芒。

當他讓她躺在草地上時，他看到她的身體如此瘦削，肌膚底下的骨頭和每根肋骨的輪廓清晰可見。

花

艾莉絲等待路易斯應門時，邊伸手調整她的髮辮。她的肌膚一陣刺麻。現在，在早晨冷冽的光線中，他倆做的事令人同時感到震驚和珍貴。那並不代表什麼，但也代表了什麼。那一天，她也是這樣局促不安地站在這扇門前。她好像可以就這樣伸出手，抓住她的影子，看到過去的自己倒映在窗戶上。

他就站在她面前，頭髮凌亂，微蹙著眉。他微微一笑，然後揮手要她進屋。櫃子上放了一封撕碎的信。

她不知道誰會先開口。

她跟著他上樓。房子在呼吸，每張畫都扭曲了起來。

「我正在構思新作品。」他們來到畫室後，他終於說道。他走到窗邊，背對她，將額頭貼在其中一片玻璃上。

「哦？」

「牧羊女的那一幅，我們之前畫過草圖了。我想畫三乘二呎的大小，甚至可能今天就會開始。我可以去找那個沒牙的男孩。」

「艾比。」她盯著窗外看，望著一個坐在對街店鋪階梯上的駝背身影。她剛才從空無一人的店窗看進去時，並沒有看到他。

「我們要請人去找他嗎？」

「這樣也好，我需要可以讓我專心的事。」他伸手搓揉頸項，「昨天不該喝那麼多的。」

她低下頭。他的意思是他後悔了嗎？「我也是。」

「我們的酒量都不是很好。但是，」他說：「我昨晚玩得很開心。」

「我……我也是。」她抬頭看向他，他對上她的雙眼，然後兩人都別開視線。

「要是我真的下去游泳，妳覺得我會染上風寒而死嗎？」

她笑了出來，部分是因為這個猜想十分自戀，部分則是因為他承認了昨晚的事，而非僅僅出自她的幻想。她鬆了一口氣。「我想不會。」

「我會被當作自殺身亡，不會有獻給我的鳶尾花，墓園也不會有我的位置。」他把玩上衣的一個破洞，讓鬆脫的線繞在手指上。看到他也很緊張，艾莉絲略為感到欣慰。但他眼中卻帶著讓她不安的情緒——某種不知從何而來的羞愧感。不過她告訴自己，昨晚並沒有真的發生什麼。他沒有做出任何承諾，也沒有表明心意。他沒有吻她。他曾經有過戀人，兩人的關係認真到羅塞蒂也知道她——希維亞——嫉妒在艾莉絲的胸口鼓譟著。

「我們最好開始今天的工作。」路易斯說：「我想我們可以在花園裡工作，假如關妮薇願意讓我們進去她的巢穴的話。」他們找來認識艾比的信差替他們傳話，然後來到雜草蔓生的花園安頓下來。那裡到處是袋熊挖出的洞，而路易斯得拿根手杖撥開蕁麻，好清出一條通往滿是青苔的噴泉和滴水嘴獸石像的路。艾莉絲在噴泉邊緣坐好。

路易斯在她旁邊放了凳子和畫架，畫起了她的素描。他每一筆都又快又寬。

看一眼，畫幾筆，**看一眼**，畫幾筆。

艾莉絲試著不去想僵硬的雙腿。今天，靜坐不動像一種折磨。她想要發洩她所有的緊張和興奮。她感到下半身那股顫動。

路易斯停下筆，招手要她過去。

她伸展著身子，肩膀喀啦喀啦作響。

「看這裡，王后。」他說，指著線條和紙筆[20]畫成的素描，雖然這不是他最好的作品，線條也有些不穩。「妳看，我不是運用單一線條來畫出妳的輪廓——雖然羅塞蒂和其他人比較喜歡這種作法——但就像光和暗一樣，妳的頸子已被本身的陰影凸顯了出來。」他的手指碰觸畫裡她的喉嚨。

「我懂了。」她說。

「現在呢，」他說，遞給她一張紙，「換妳了。」

「我該畫什麼？」

「妳想畫什麼都可以。」

路易斯並沒有表示要讓她來畫他，所以她坐在椅子上，而他就在她身後。她畫下石像獸的素描，試著從它不悅的嘴巴和犄角中看出形狀。能遠離屋裡的寂靜、研究微風如何改變光線穿透樹間的方式，讓她鬆了一口氣。

她作畫時比幾個月前更有自信，也更加精準，不再使用那麼多線條，更多是探索陰影。她將鉛筆轉向側邊，以影線畫出陰影。她從眼角餘光看見一隻鳥停在一根樹枝上。她曾畫過一隻大理

---

20 stump，也稱擦筆或紙擦筆，由白紙製成的筆，以炭筆作畫時，可用紙筆來塗抹，以修飾局部或做出漸層、朦朧的效果。

石手，現在她正在畫一座石雕。她所做的就是固執地複製眼前的形狀，畫出一些不像銀版相片那麼多細節的東西。這段時間以來，她第一次感到慶幸，沒有讓大理石手畫成為她的出道作。她可以畫得更好。不像路易斯，她的畫中沒有任何敘事，沒有任何凍結某個時刻的氛圍，也沒有帶來生活將在畫框之外繼續運行的感受。她突然間對自己停滯不前的練習感到疲乏，於是她望向那隻知更鳥，試著傳達出牠蘊含在羽毛中的能量，還有快速戳刺的鳥喙。米萊和路易斯甚至沒看著活生生的動物作畫，而是買填充標本。感覺起來就像是欺騙。

她畫錯了，然後嘆口氣。「我想要畫出牠的翅膀、牠理毛時羽毛顫動的模樣。」

「那我想妳打的是一場不可能贏的仗。藝術的重點在於**停止**動作。」

她瞪著眼前的素描。「我畫得不好。」

「妳真的這樣想嗎？」

「就是**不好**。」

當她試圖從他口中引出讚美之詞時，他從來不會回應，而她發現自己愈來愈忍受不了這件事。

「我不該再畫畫了。」她說，想要他出言反駁，「我真的畫得不好。」

但他只是伸手從樹上拔下一枝開花的枝葉，花瓣被微風捲走，就像軟綿無力的五彩碎紙。

牧羊人

艾比穿著一件羊皮短上衣，躺在路易斯的畫室裡排列好的軟墊上。他想像那些慈善家和改革者一天到晚掛在嘴上的天堂，形容得像棲在雲端上的巢。那種感覺肯定和他身上這襲羊皮一樣。他多想在雲端跳上跳下啊！他撫摸外套邊緣的絨毛，然後聽見房間對面傳來一陣低吼。他想起自己應該要靜靜躺好，於是手又放回了臀部上。

「我什麼時候可以拿到酬勞？」艾比口齒不清地說。然後，因為他現在是個正在工作的人，於是他以向姊姊學來的唐突口吻慎重說道：「你要付清兩先令，親愛的，等結束後我可不許你跑走。」

「你說什麼？」路易斯說：「我才不會跑走。這裡可是我家。**別動**。」

「抱歉。」艾比說，但他的鼻子癢了起來。當他意識到之前，他的手已經摸到臉上。

畫家再度低吼。

「我可不是傻瓜，先生，不是。要是您沒給我漂亮的銀幣，我就不會讓您用我的下面。」

「什麼？」路易斯又說：「你到底在說什麼——」他重重拍了一下鉛筆，「要是我真的付給你任何該死的東西，那就算你走運。老天，你可以躺好別動嗎？」

沒有酬勞的威脅讓艾比停止亂動了至少一分半鐘。他就要一天拿到兩先令的薪水了！他就要和圈子裡那些大人物一樣有錢了。假使他會加法，就算得出工作幾天能搞定他的牙齒。

「沙發裡有蝨子嗎？」

「抱歉，先生。」他說，盡可能讓自己乖一點。

他再次想起穿著斗篷的希拉斯在那間空店外的階梯上打盹的身影。他打了個冷顫。他來路易斯家的路上看見他。起初還以為是流浪漢。但遠在幾步之外傳來的那股化學藥劑氣味，讓他立刻察覺對方的真實身分。他想知道希拉斯是否已經找到艾莉絲的住處，並且正監視著她。

他吸了吸僅存的那顆牙，想著該怎麼告訴路易斯。**我想有個男人被艾莉絲吸引了**。但他擔心路易斯會笑他。畢竟，他也無法百分之百確定狀況。他可以直接告訴艾莉絲，但她正在花園裡畫鳥的素描，就在一座傾頹的噴泉旁邊，而他不想嚇到她。但他想起昨天茉兒的頸子上出現的紅色印痕。讓艾莉絲知道後提高警覺，這樣是不是比較好？

「有個男人——」艾比開口。

路易斯皺眉，露出**閉上你的嘴**的表情，但艾比已經說出來了，就像一匹全速奔馳的馬一樣，他沒辦法輕易停下。

「我看到他在外面，先生。他很邪惡，您最好花點心思注意。」

「看在上帝的份上，孩子，別動！」

「但是先生，我想他正在監視艾莉絲。」

路易斯看向他，「誰監視艾莉絲？」

「那個男人，先生。他現在就在外面，在對街的階梯上。他在博覽會看見艾莉絲，向我問了關於她的事，然後——」

路易斯起身走到窗戶邊。「沒人在那裡。你來看。等等，不、不，還是別動。」

「他剛才就在那裡，我發誓，先生。他叫做希拉斯，他有間店，裡面全是奇怪的東西。」

「啊。」路易斯說，拿起鉛筆笑了起來。「**希拉斯**。我知道他。他是個無害的傻子。就算他想，也連一隻蒼蠅都傷害不了。我敢打包票他是來找我，而不是艾莉絲。你到底是從哪生出這種想法的？他一天到晚跑去高爾街糾纏米萊，但他一定也找到我的地址了。他可能只是想賣我一隻死鴿子或獵犬。」

艾比面紅耳赤，希望自己一開始什麼都沒說。他知道這樣很蠢。但是，為什麼他心裡還是如此不安？他想起那個被掐住脖子、壓在牆上的女人，還有希拉斯詢問艾莉絲的事時，臉上那副出了神的表情。他試著壓下恐懼，但它們卻昂首反擊，比以往任何時刻都來得猛烈。

孩子

湖邊那夜以來已經過了兩星期，他們沒有再提起那件事。艾莉絲不禁懷疑路易斯是否感到後悔，或者他只不過是沒有想起而已。每天晚上更衣的時候，她都會想起他的手指按壓在身側的觸感。有時她驚異於僅僅一段回憶就足以讓她彎起身子，大腿因震顫的慾望而緊緊併攏。她不知道為什麼會有這樣的感覺，也不知道她的感覺將領她前往何處，只曉得她無比渴望他的身體壓在她身上的重量，而他的雙手就在**那裡**，讓她炙熱的溫度降下來，或是燃燒得更熾烈——她不知道會是哪一種。有時候，她會發現他在看她，又默默轉開視線。

她看著他翻過信封，正午的日光映照在紙上。皇家藝術學院的徽記就蓋在後面，由熱燙的金屬印章蓋在融化的蠟上。

「哦，就打開吧。」艾莉絲說。

他撫玩著信封邊緣，咬著下唇，將信放到餐具櫃上，然後又拿起來。

他倆雙雙瞪著信。

「我敢說你獲選了。」艾莉絲說。

「但去年那些評論——或許只因為我的署名是『ＰＲＢ』，就足以惹惱他們。」

「那我來拆。」艾莉絲說，拿走信封。

「那是紳士的私人信件！」路易斯說，但也沒有阻止她。「哦，就給我一個痛快吧，上面寫什麼？」

艾莉絲拿起拆信刀滑開信封，紙張在她手下起了皺摺。「親愛的佛斯特先生，」她支吾地唸道。

「哦，老天，拿給我。」路易斯說，一把抽走信紙。他的雙眼快速地讀過每一行。

「怎麼樣？」

「他們接受那幅畫。」

「你為什麼看起來那麼不高興？」

「我不知道。還有很多事要等掛的位置決定後才知道，還有那些藝評——」

「我以為你一點都不在乎他們的看法。」

「這個嘛，」路易斯說，摺起信紙，「我可能會說我不在乎。但妳去找一個完全不在乎可怕評價的藝術家來給我看看。」他微微一笑，「我想這的確**是**個好消息。」

「你想？哦！想想看，你的畫就要掛在皇家藝術學院裡了！」

「妳的畫將來也會被展示出來。妳會大紅大紫，將我遠遠拋在後頭，成為下一個透納或康斯塔伯[21]！」

「無庸置疑。」她拿起那封信，「但我會**在那裡**，對不對？我就在那幅畫裡——天啊，想想看，所有人都會來我的牢籠裡看我。」過了幾個世紀、她不存在這世上許久之後，這幅畫也還是在那裡。而明年，她將首次公開登場，不是身為繆思，而是作品可能流芳百世的創造者。她只需

---

21 威廉・透納（Joseph Mallord William Turner, 1775-1851）和約翰・康斯塔伯（John Constable, 1776-1837）皆為英國著名浪漫主義風景畫家。

要找到一個概念，然後從那裡出發。

門口傳來敲門聲，路易斯上前應門。「米萊，你聽說了嗎？」

米萊的三張畫都獲選了──《樵夫的女兒》、《鴿子回到諾亞方舟》和《瑪莉安娜》。路易斯一把將他擁進懷裡。「我很確定，今年就是皇家藝術學院認可我們的時刻！我們會大受好評，狄更斯也非得吞回那些壞話不可──**Le jour de gloire est arrive!**（**榮耀之日來臨了！**）連拉斯金都可能注意到我們。」

路易斯帶他們到客廳，從餐櫃拿出一瓶蕁麻酒和三支粗實的雪茄。米萊本想拒絕，但路易斯硬將杯子強塞進他手裡，替三人各倒了一大杯，再舉起自己的杯子敲向艾莉絲的杯子。「敬我們的榮耀之日。」他說，艾莉絲被甜膩的酒嗆得咳了一會兒。

她想起上一次與路易斯共飲。只要瞥見他的雙手、他的腰際，她就輕而易舉想起那個夜晚。

「我們得去海豚酒館。」路易斯說。

「我會請你一杯淡啤酒。」米萊說。

「是**我**要請你一杯淡啤酒。」他轉向艾莉絲，「妳一定得一起來。」

「我不能去。」

「為什麼不行？」路易斯說，伸手拿她的手套和帽子，「還有什麼更好的事可以做嗎？參加音樂晚宴，還是看歌劇？」

艾莉絲瞪著他。當一個男人是多麼簡單啊，可以不用去顧慮這些事情。「和兩個未婚男子去酒館──」

「胡說。而且，我們就是妳的伴護。」

「你？你根本沒結婚，而且我也沒有。我會被當成一個——」她又想，她身處的階級需要擔心這種事嗎？一個女店員成了模特兒，她哪來多餘的名譽還可再葬送？

「我以為妳不在乎那些假道學的人想什麼。」

「我能理解她的擔憂。」米萊說。

「謝謝你。」艾莉絲說，手上緊緊抓著杯子，讓她覺得玻璃可能就要裂開來。然後她補上一句：「米萊先生。」彷彿試圖抓回正一天天從她手中溜走的端莊形象。

路易斯皺起眉。「現在我成了佛斯特先生？」

「我不能和你們一起去。」

「別說傻話。」路易斯說，不以為然地看著她，「我不該強人所難。我待在這裡盯著護牆板看就非常滿足了。」

門口傳來另一道敲門聲。「一定是亨特。」路易斯說：「我很確定他的《瓦倫丁從波羅修斯之手救出西維亞》也獲選了，你也是，米萊——三張畫都會掛在與視線齊平的地方。」

艾莉絲站得離門最近，她說：「我來當管家開門吧。」

她解開門鎖的同時，他們的對話模糊不清地從客廳門後傳來。

站在門口的不是亨特。

一個孩子眨著眼望向她。他有一頭鬈曲的金髮，大大的雙眼和李子一樣渾圓。他穿著起皺的水手服，臉上帶著十足大人般的表情，是她在其他有錢人家的小孩臉上也看得到的。她幾乎要笑出來，這孩子看起來就像學校教師一樣嚴厲。

「早安。」她說，彎下身來，好讓彼此的視線齊平。「有什麼我能幫得上忙的，小紳士？」

「船開進來的地方叫做——」他的眉頭皺起，思索正確的詞彙，「碼頭，對，他們說會送我的行李箱過來。但我父親在嗎？媽媽病了。她送我上汽船，和琴恩阿姨一起，但我一點也不喜歡。阿姨正付錢給出租馬車，她走路的速度慢得好像永、永無止、止境。」

「你父親？」

「是的。」他說，然後她聽見身後的門打開。

「爸爸！」那男孩叫道，一張小臉上的肅穆神情頓時消失無蹤。他推開艾莉絲往前衝，撲進路易斯的懷裡。

詢問

高爾街七號
四月十二日

親愛的利德先生：

我數度至府上登門拜訪，但都沒法確定你見客的時間。

我正在為一幅畫找一隻道具用的玩賞犬，就像你替我那幅伊莎貝拉做的那對灰狗。最好是布倫亨獵犬、約克夏㹴犬或類似的犬種。我想知道你手邊是否有合適的標本，或是能夠在一個月內準備好？兩基尼足夠支付費用嗎？

請盡快回信給我。

你誠摯的
J・E・米萊

工廠
四月十七日

艾莉絲：

很遺憾看到妳離開得這麼倉促。若妳能讓我有解釋整件事的機會，我會很感激。

妳誠摯的

L.

⁂

工廠
四月十八日

艾莉絲：

我相信妳已經收到了我上一封信，也相信妳身體安康。我必須承認，到現在還沒有收到妳的回覆，妳今天早晨也沒來畫畫，讓我有點擔心。妳明天還是會照約定來當模特兒吧？我想和妳談一件有點重要的事。若我對妳造成了任何傷害，我也要向妳道歉。

妳誠摯的

L.

※

讓我快速說一下——

妳的女房東說妳出門散步了，但我看到妳房間的蠟燭還亮著。我不想指控女總管對我說謊，所以我決定相信她的清白，也希望妳明白，丟著沒熄滅的蠟燭可是多麼危險的事。

今天整個畫室都很想念妳。關妮薇沒有妳丟掉的畫可吃，幾乎快餓死了。

柯維爾巷六號
四月十九日

※

艾莉絲：

妳的沉默嚇到我了。

若你願意讓我和妳說話、告訴妳一件迫切的事，我會很感激。

希望妳好好享用妳最喜歡的松露巧克力太妃糖。

妳誠摯的

L.

克勞德

希拉斯已經對艾莉絲瞭若指掌。他摸透了她的習慣：她吸吮髮尾、撫平胸前的玫瑰花飾的動作。她住在一間女子公寓裡，她的房間就是頂樓左邊窗戶那間。他會知道，是因為每晚她進入那棟房子後沒多久，燭光就會從那個窗戶透出來。

她喜歡吃松露巧克力太妃糖，總是向圖騰漢廳路的小販購買。他也買來吃，就為了和她更靠近一點，雖然糖果甜得讓他作嘔，也讓他的牙齒生垢。直到今天之前，她整天待在柯維爾巷的房子裡，而他試著不去想她在裡面做什麼。有時候，某個畫面會強行突破他的思考，他會不住想像路易斯挺進她雪白身軀的姿態、她銀鈴般的笑聲，還有她炙熱的喘息。但他將這些念頭統統推到一旁，因為那都是假的。他知道她會成為他的人，她屬於他。

他想起自己也曾這麼想著芙莉可。現在看來，她沒比一隻雲雀好到哪裡去，只不過是他得到等待他多年真正美麗之物前，打發時間的消遣。他對那女孩這麼好，而她卻不知感激！他將斯托克那些醜老太婆給他的大把金錢都存了下來，全是他拿頭骨換來的。每個被他送走的同伴都是為了她。如此一來，他們就可以一起逃到倫敦。他原諒她和陶瓷工廠的繼承人廝混。但當他將蒐藏展示給她看時，她居然嘲笑他、斥罵他。

現在，面對艾莉絲時，他會將自己掌控得更好。有些時候，當他察覺自己的愛是種錯亂、艾莉絲根本不是真的愛他時，他會覺得自己逐漸失控。但是這麼強烈的情感非要有回報不可。他必須靜靜地、悄悄地躲起來等待，直到她準備好來他身邊。他還沒想好計畫，但他不擔心。他對芙莉可的計策出現得如此自然、如此出乎意料，讓他非常肯定很快就會有點子成形。

這些日子以來，他太忙於看顧艾莉絲，根本沒花多少時間在他的店裡。他已經兩星期沒下去地窖了。一切都無比空虛、毫無意義——鱗翅目之窗有什麼重要的？那也不是他真正感興趣的作品，為什麼要在乎呢？於是他扔了它，艾比蒐集來的翅膀全化為塵埃。過去的幾個月，要是他不在家，那小鬼會留下記號，代表他來過、有寶物可以給他。但現在一點記號也沒有。他猜想那男孩是不是對這份工作感到厭倦了。

他唯一收到的聯絡是米萊。他慢慢掃視那封信，拼出紙上的字，然後揉成一團丟進壁爐裡。他真想嘲笑米萊的天真——在這種時候，他最好是有耐心替他的畫做那些小裝飾品！

⁂

然後，艾莉絲捎來了另一個暗號。

她在攝政公園，幾朵即將凋零的黃水仙零星散落在草地上。希拉斯看到她坐在湖邊。他比較喜歡她坐著的時候，讓她看起來更加脆弱，而且沒那麼高。唯一可惜的是她穿了一件高領洋裝，藏起了她的鎖骨。

這段時間以來，她第一次沒在早晨去找路易斯，而他可以從她肩膀的線條看出她的悲傷。看到她一朵朵拔下落枝上的花，粉色花瓣落在她四周，讓他好生心痛。她坐在原地超過一小時，低垂著頭，而他好想靠近她，觸碰她的背，安撫她，品嚐從她美麗的下顎滑落的細小淚珠。

「你會照料我，對吧？你是這麼關切我。」她會說。

風從她的女帽下挑出了一撮頭髮。她不時抬手塞回髮絲，但沒多久又再度垂落。她低頭望著下方，臉色蒼白，雙眼失去平常的生氣。他想知道是什麼事讓她傷心。或許是因為蘿絲生病了。他應該先去人偶店確認過。

一隻獵犬蹦蹦跳跳地跑向她。希拉斯通常很討厭玩賞犬。他曾聽說這些被寵壞的鼠輩得到怎樣的對待——餐餐吃水煮肝臟、以海綿洗蛋黃浴、睡在絲綢襯裡的籃子裡，還有絲絨手套保護爪子。牠們的飼主對這些獸類展現的愛心比對市井小民還多——而他不就是被飢餓和拳頭養大的嗎？同時間，工廠主人的女兒替那些鼠輩般的獵犬打扮，還推著手推車載牠們穿越堆場！

但當他看到艾莉絲臉上的表情時，就不再理會那些思緒。她對那隻狗伸出手，他今天頭一次看到她露出微笑。那狗舔了舔她，伸出鼻子蹭她的手腕，而她搔著牠白色的肚皮。

他不可能弄錯這個暗號，就如同她親口喊出那樣清楚明白。**別懈怠你的工作！**她隨著落在蓬鬆毛皮的每一下拍撫說道。**這就是給米萊的獵犬。**

她如此顧念他的工作，讓他十分感動——又是一個他們的相似之處。善良與善良互相匹配。

妳確定嗎？他在腦海裡問她。**妳確定就是這隻嗎？**

她以笑聲回答，而那狗正撐起了後腿跳舞。

※

回到家後，希拉斯讀著《刺胳針》的摘錄，尋找針對哥羅芳的建議。這是他做實驗的機會。過去五年來，他拿著纖細的銀剪刀剪下期刊中每一篇提及鎮靜劑的文章，他從來不曉得何時會派上用場。他打開抽屜，拿出一疊破破爛爛的紙仔細研讀。他舉高蠟燭的蠟芯。

一八四八年，第五十一期：「哥羅芳——效、效用及危、危險。」

他兩年前試圖購買時，這種化學藥品還太新，難以取得。他認為現在比較有希望。他搭上公共馬車前往法靈頓拜訪一位之前從未光顧過的藥商。在這種商店裡，他總是感到一股奇異的安全感。他通常喜愛欣賞那些塞滿藥丸的瓷罐、一格格裝著粉末和金屬鏟子的抽屜、放在角落的木製骨架，還有櫃檯後一排排整齊的箱子和瓶罐。但是，今天他幾乎沒多看一眼周遭。他的儀態落落大方，像是談生意。

「我要買一瓶哥羅芳。」他對藥劑師說：「醫生要我來的。我妻子很快就要分娩了。」

「好選擇，先生。」藥劑師說：「這藥很流行。聽說女王懷下一胎時可能就會試試看這種藥。狄更斯夫人也對這方法讚譽有加。我想你正準備迎接一名男孩，先生？」

「什麼？」希拉斯眨眨眼，「哦，不是。是女孩。」

藥劑師轉過身，手指撫過架子。希拉斯的指甲在櫃檯上敲出一連串節奏。「找到了，先生。我想你只需要一小瓶。一劑就夠了？」

「我要買兩瓶。」希拉斯說。

藥劑師頓了頓。「你得謹慎些，先生，這種藥還是有危險。我可不想你的妻子發生不好的後果。」

「我很清楚。我會小心的，但沒人知道她分娩後會不會有併發症，我想你能理解吧？」

「當然，先生。儘管我們年歲已然成熟，還是會遇上許多難題。」藥劑師說，交給希拉斯兩個軟木塞塞住的小瓶子。

※

剩下的工作就簡單了。他只要好好看著，等待時機。那隻獵犬每天早晨都在同一個水坑裡玩耍，總將四條腿和粉紅色的項圈沾得滿是泥巴，讓女僕頭痛不已。牠的名字叫克勞德，住在格洛斯特巷一六〇號，有一張塌扁如豬玀般的臉。這頭生物全身雪白，除了腿上那鯖魚般的紋路，背上還有一個肝臟色的斑點。牠會對蜘蛛吠叫。一名漫不經心的女幫廚會以絲絨緞帶牽著牠，一邊和其他女僕聊天，也不清理牠的排泄物，而是留給拾糞人[22]。

三天後，他知道自己準備好了。女僕踩著沒精打采的腳步，和腳邊那隻如鼠輩般小跑步的狗一起蹣跚前行。他在樹旁等待。他帶了肉條當作額外的誘餌。

太陽已經升起，晨露像老鼠的眼睛熠熠生光。上流人士不會這麼早出現在公園裡，只有僕役成群聚集，揉著睏倦的雙眼趕走疲憊，一邊漫不經心地看顧女主人的玩賞犬。

女僕解開緞帶，那隻狗拔腿就跑，在矮樹叢周圍哼哼唧唧地噴氣。牠嗅聞一隻灰狗的屁股——想到牠那寵溺的主人之後會親吻牠的鼻子，希拉斯就笑了——接著，這隻獵犬繞起了圈子。牠搖搖晃晃地來到湖邊，一隻爪子浸入水中，然後匆忙後退。牠繞到一棵樹後，朝空氣大聲吠叫，再跑進樹林。希拉斯找到牠時，牠正蹲坐在地上，糞便在早晨冷冽的空氣中冒著煙氣。

「來這裡，小可愛。」他低語，一邊拿出肉條。

牠抽動著鼻子。這條狗很年輕，只比幼犬大不了多少。牠正好符合米萊的需求。艾莉絲挑得很好。牠盡情享用肉條，修短的尾巴不住左右搖擺，就像機器的擺錘一樣。

時機到了。希拉斯從口袋拿出小瓶子，倒出瓶中的液體浸溼手帕，按在狗的臉上。他每五秒就多補上幾滴。這項實驗花了比他預期還久的時間，也許持續了好幾分鐘。希拉斯滿心憂慮。那條狗哀鳴了幾聲，便逐漸呆滯，四肢鬆弛了下來。

現在，狗安靜了，他動手悶死牠。他只能從逐漸微弱的脈搏和中斷的刺耳鼻息，得知狗已經死了。

他將這頭小小的動物塞進外套，然後離開公園。這一切都是為了艾莉絲，她應當要感到高興才是。

22 pure collector或pure finder。在十八、十九世紀的英國，窮人會撿拾狗糞，賣給製革廠作為製造書籍裝幀皮革的乾燥劑。

汙點

工廠
四月二十日

艾莉絲：

我請求妳給我一點時間。我知道我兒子的到來讓妳吃了一驚，甚至可能感到害怕。我很抱歉。當時我還不覺得這麼私人又敏感的事有多大的重要性，也不認為是合適拿來討論的話題。但我錯了。

我想好好解釋——雖然可能無法盡善盡美——也想向妳保證，這件事不會影響妳擔任我的模特兒和「學徒」的身分，假使妳還願意繼續的話。我的婚姻有名無實。希維亞和我已經分居多年。我的名聲沒有染上任何汙點。此話不假，在倫敦裡，沒有人（除了兄弟會的成員以外）知道這件事，只認為我是個邋遢的單身漢。聽了我的解釋之後，若妳依舊決定辭職（雖然一八五二年的藝術圈會因此而失去光彩，關妮薇可能也會永遠無法振作起來），我也能夠理解。但是，我懇求妳，在我和妳還能夠說話的時候，別做出任何決定。

妳誠摯的

L.

柯維爾巷六號
四月二十日

親愛的艾莉絲：

我和妳的女總管說過話，她告訴我妳要在柯芬園的一家店謀職。我說這些話不是為了自己，但我懇求妳重新考慮。妳的繪畫能力很好，我非常確信妳的大好前程指日可待，卻這麼快就放棄畫畫，實在是天大的錯誤。而從完全私心的角度來說，妳備受思念。

我四點時會去攝政公園散步，我懇求妳和我在南門碰面。我可以好好解釋一切。

妳誠摯的

L.

柯維爾巷六號
四月二十日

親愛的艾莉絲：

今天下午沒能和妳一起散步、讓我有向妳當面解釋的機會，我很失落。我會在信上好好說清楚，因為讓妳了解事情的真相對我來說非常重要。我不知道該從哪裡說起。這種感覺很奇怪，妳應該要坐在我面前，而不是一個在遙遠彼方閱讀紙上文字的讀者。這就是我不喜歡寫信的理由，根本難以取代真實的陪伴！

但是，如果我不去想像妳就在這裡，而假裝我講述的是別人的過去，也許事情會變得比較容易。

我想，故事是從我們的父親——也就是希維亞和我的父親開始。他們是學生時期的朋友，後來也一起待在牛津。克萊麗莎和希維亞同年，是感情相當好的友伴。我們小的時候會一起度過夏天。

希維亞的家人一直希望她嫁給我。她後來告訴我，她母親是怎麼從小對她不斷講述我的事——十歲之後，她母親會替她的裙子買新緞帶。有機會遇到我的話，就會強迫她坐在椅子上好幾個小時，頭髮捲著熱燙的鐵棒。十五歲那個夏天，我從學校回來，見到了希維亞，當時我就像第一次看見她。我相信我被邱比特一箭穿心，瞬間深陷愛河。

她家人邀請我和克萊麗莎同他們去蘇格蘭的朝塞斯玩，於是我帶上了素描簿和幾塊水彩顏料餅。他們給希維亞和我一段自由時光，通常是只有小孩子才會被允許的。我們在湖畔和建了水壩我的河邊單獨散步——我離題了。重點是，我們對彼此無比痴狂。一切都非常理想、天真爛漫。我視愛為一道有毒的篝火，並以詩、音樂、藝術來餵養——很令人難以忍受沒錯，但那些是那時我唯一學過和愛情有關的學問。我請求妳別忘記我年紀尚輕。我當時相信，愛情應當要吞噬我、征服我。愛情會張開它的血盆大口碾碎我，讓我悲慘至極，而我也只能屈從。

希維亞的情感和我一樣：我們交換蹩腳的詩，在深夜寫給對方一封封熱情滿溢的信，然後在隔天塞進對方的手中。我們都將自己當成一幅畫中的角色，每個動作都經過謹慎的思量。

當然，我們的父母認為這只不過是稍縱即逝的稚嫩純愛，希望以後能演變為更為實在、持久的感情。我母親強烈要求我將這樁婚姻往後推遲幾年，要我先去歐洲大陸，確保擁有獨立的收入來源。我們對他們的擔憂毫不在意。畢竟，我們認為，看著她的父母對彼此可悲又無趣的柔情，還有我母親在父親死後的暗自欣喜，他們怎麼可能理解遠比萬物還深刻、已經存在長達數百年的愛？

我們決定私奔。打從一開始，這就是個自私的計畫。我們在夜裡偷偷成婚。但如果我們先問過雙方父母的話，他們極可能本來就會同意。這就是整件事的荒謬之處：我們想要打造一段不朽的禁忌之愛，但一切全是我們想像出來的。

我們幾乎立刻就變得很不快樂。當我們面對手頭吃緊的現實、彼此的陪伴變得惱人時，我們的理想很快就灰飛煙滅。她和我想像中的不一樣——我的幻想在心中構築了她的面貌，而她也對我抱持同樣的錯覺。我們都讓彼此失望。因為，當凡夫俗子被拿來和浪漫傳奇的主角比較時，怎能不令人大失所望？事後回想，我能看出我當時很難相處，不是宜人的伴侶。我還不滿十七歲——我還能怎麼辦？我想要花時間畫畫，或是閱讀、旅行，而不是滿足她每個突然冒出的興致。事實上我們根本沒有共同之處，當熱戀消退，我們才發現底下其實什麼都沒有。

她因沮喪而生了病，就是那種心懷憂鬱而影響身體的疾病。她整天躺在床上，一點小事就能讓她發脾氣。如果她認為我讀的報紙文章會造成不良影響，就會對我大吼大叫。任何味道都讓她反胃想吐。毛巾一有溼氣，她就會拿去燒掉，而不是挪開。她想要我坐在她床邊好幾天，安撫她、抱著她。

我花了好多錢請來醫生，我們去威尼斯和阿爾卑斯山旅行，但她完全無法忍受我。我們對彼此再也無話可說。我讀了她一開始寫給我的信，我發現字裡行間根本看不到我的影子。信裡的我根本不是真的。最後，她堅稱她無法再和我住在同一棟房子裡，老實說，這真是個解脫——不到兩年，她就和我們的兒子搬回她愛丁堡的老家。我從來就沒有想要和她離婚，或是公開指控她的過錯，進而損害我倆的名譽。我永遠不會那麼做。現在看來，她的疾病並非佯裝出來的，至少醫生是這麼說的。她體內有個瘤，或是浮腫。他們說那是癌症。克萊麗莎現在正在愛丁堡照顧她的老朋友。希維亞不斷寫信給我，說她就要死了。但每次我去找她，她都相當易怒，坐在床上要求我拿清湯和糖果給她。她不斷對我發脾氣，而我完全無法忍受。

還有什麼可說的呢？明擺著的事實是：我有個分居的妻子。這不是什麼醜聞，畢竟我們已經分居五年了，而且發生在任何人聽聞過我的名字之前。我對這一切無比懊悔。

為什麼我要告訴妳這些事？因為我希望妳能回來當我的模特兒，憑藉自己的力量成為畫家。我希望我們能一起在公園散步，一起嘲笑米萊的自命不凡，然後讓我倆的畫掛在一起。我希望妳能接納我不甚完美的處境，也希望妳能明白，與我往來並不會玷汙妳的名譽。這並不會改變什麼。我們的友誼必須建立在真相之上。

拜託妳，我懇請妳明天來拜訪我。

誠摯的

路易斯．佛斯特

夏洛特街
四月二十一日

親愛的佛斯特先生：

我明天上午會去府上拜訪。我感謝你如此詳盡的說明，也感謝你給我這些時間讓我考慮我的工作。但是，我必須請你提供一封推薦信。

誠摯的

艾莉絲・惠特爾

希維亞

路易斯將客廳收拾乾淨，就算以艾莉絲的標準來說也是如此。木柴疊在籃子裡，煤炭堆滿了桶子，期刊和書本按照字母排列在書架上。

路易斯坐在她對面的扶手椅中。自他兒子出現在門口的那天起還不到一個星期，他看起來幾乎變得和米萊一樣瘦削。他的雙眼下方浮現黑眼圈，膚色比瓷器還要白。他沒有半躺在座位上，也沒有讓手勢和笑聲填滿整個房間。他的坐姿就像火柴盒裡的火柴一樣僵直，雙踝交叉，雙手放在大腿上。

「我買了妳最喜歡的松露巧克力，我去餐具櫃拿。」他說，準備站起來，視線從天花板移向門口。

即便是此時此刻，她還是覺得他很英俊——他濃密的鬈髮，還有雙臂蘊含的力量——一股震顫的慾望突然向她襲來。他離她好近，她伸手就能抱住他。從什麼時候開始，想要畫畫的欲望變成了想要路易斯的慾望？

她擺擺手，拒絕了他的提議。

「妳好嗎？」

「我很好，謝謝你。」她對著壁爐說。她突然覺得好孤單，然後發現她想要去找姊姊，想念她到必須拚命忍住才不致哭出來。

她寫信給蘿絲，但沒有收到任何回覆。她想起她們曾經裁切壁紙製作小國旗，然後推擠過聚集在聖詹姆斯區的人群，就為了看一眼剛和艾爾伯特成婚的年輕女王。她想起向彼此低聲傾吐祕密的時光，一起吸吮她的紳士贈送的松露巧克力，然後聽蘿絲回報他說的情話，一起咯咯發笑。

我們相信妳被邪惡矇騙，誤入一條妳不可踏上的歧路。

「妳讀了我的信。」路易斯說。她從眼角餘光看到他向前伸長脖子，一股怒火湧現，對路易斯、對希維亞、對她自身的愚蠢——她居然讓自己懷抱這麼多可笑的希望。「妳能允許我再向妳解釋嗎？」

「我想真的沒有必要。你確實不欠我什麼，除了我的畫和一封推薦信。我就是為此而來。」

他輕哼一聲。「妳不是認真的。」

「我當然是認真的。」她高聲說道：「你寫好了嗎？」

「我的意思是，我的確欠妳一個解釋。」

空氣沉重，充滿木柴燃燒的煙霧和潮溼羊毛的氣味。

「我應徵了一份工作，柯芬園的一家女帽商。」

「那妳倒不如去工廠工作。」他說。

「你有什麼資格說這些——」

「妳會恨死的。妳會恨死那種單調的生活。妳要知道，妳會毫無創作的自由可言。妳會變成無名小卒，僅僅是個工廠工人，妳的存在僅僅剩下妳四肢的功用，好像妳只是一枚齒輪。」

「你哪裡知道——」她說，聲音拔高。「我是為了推薦信而來，你不想寫，那我就走。」

「沒錯，我不會寫給妳。」

「你不替我寫推薦信？」她吃了一驚。

「如果這樣能讓妳留下，我就不寫。」

「你不能這麼做。」她說，試著吞回怒氣。她不會讓自己激動起來，她不會順他的意。她要保持平靜，讓他受挫。

「妳根本不需要離開，我不懂為什麼——」

「我非如此不可。」

「但為什麼？」

「因為——」她想要回答：**因為你結婚了，而我很害怕**。

「妳怕了。」他說。

「我哪裡害怕？」她試著保持聲音平穩，但她的情緒脫離了掌控。「還有，我希望你別再臆測我的感受。你根本不了解我。」

「妳說得對。」他突然以憤怒的語氣說道：「妳透露的事才少之又少。妳如此神祕，我根本難以理解——」

「我神祕？」她吼回去，話語傾瀉而出，比她所想的更強而有力。「你可是有個妻子——**妻子**——藏在愛丁堡，讓你可以肆意和模特兒調情。你將藝術的誠實和真實掛在嘴邊，但你自己就是個騙子、偽君子！還有——」她想起羅塞蒂挖苦的評論，說路易斯對婚姻擁有淵博的知識。「還有我不過是個你能隨便拿起來把玩的玩具。」他試著抓住她的手腕。「不！不要——不要搬出那些伺候侮辱我！那些無來由的大獻殷勤！」

「獻殷勤？我盡了最大的努力隱藏我的情感。要是我想的話，我一下子就能征服妳。」

「才沒這回事！」她回擊，好想一把砸碎桌上那只漂亮的花瓶。「你怎敢這麼說！我才不在乎你！我之前就告訴過你，我可不像你**其他那些女孩**！」

「我知道妳不是！她們什麼都不是，不過就是些風塵女子。」

「你怎麼可以這麼說？她們也有尊嚴。」

「妳以為她們在乎我嗎？至少我現在知道妳是怎麼想的了。」她從眼角餘光看到他攤開雙手，不住顫抖。「妳一點也不在乎我——很好，很好。我很抱歉我喜歡妳——我很抱歉我以為妳和別人不一樣。我這段時間以來都是個傻瓜，以為自己有那麼一點機會——不，**妳一點也不在乎我！**」

她瞪著他，四肢如濃稠的蜜糖沉重緩慢。他的頭髮凌亂地搓揉著雙眼。他說的話再次響起。

有那麼一點機會——

他別過身去。如果她不是那麼討厭他的話，她就可以上前抱住他，親吻他。

她圍上披巾，準備離開，但他冒險地瞥了她一眼，然後，她便再也阻止不了自己。她不能放手——她做不到。在那一瞬間她感覺到了：若不是擁有他的全部，那就什麼也沒有，而她無法承受失去他、失去他倆之間的一切——他的手覆在她手上，引導她的鉛筆滑過紙面。畫布上一抹鮮紅色的顏料。畫得色彩鮮豔的一顆草莓，熟成得剛剛好，蒂頭閃爍著光芒。

她走向他，吻上他的唇。她嚐得到他嘴裡的菸草味，一股羞恥感和慾望悄悄竄上她的身體。她總是告訴自己她能抗拒這些事，她能舉起手制止他，要他記得她的端莊和榮譽。但是，當他的吻沿著她的頸項滑落、她的手撫進他的背心底下，探索他溫暖的胸膛時，她無法阻止自己。

「艾莉絲——」他說，但她的吻讓他住口，將他拉向沙發、拉到自己身上。當他掀起她的裙子和襯裙，伸手滑進她的雙腿之間時，一陣愉悅的刺痛感傳遍全身。她喊出聲，也將手伸向他。

扶手椅的布料摩擦她的大腿。她想要他的全部。她想要竭盡所能地靠近他，成為他的一部分——讓自己沉溺在愉悅的恥辱之中。

蝴蝶

倫敦，貝爾格雷夫廣場三十二號
一八五一年四月二十三日

親愛的利德先生：

希望你身體安康。

我寫過幾封信給你，也差了一名僕役至府上跑一趟。若你能表明確實收到這封信，我將不勝感激。

我們還沒收到完成的「鱗翅目之窗」，也就是十九區第二九七號展品。收件日期已經截止，但我們願意延長至本月的二十五日。我確信你能理解，為了在五月一日開幕前收集好展品，我們要進行大量的管理工作。假若作品未能如期完成，請務必事先告知。我們或許能提供組裝與運送的協助。

我們已經收到了三十區第一〇六號展品（連體獵犬，骨架標本及填充標本）。

我迫切希望你能在第一時間回信給我。

你誠摯的

T·費里格利

倫敦地方委員會成員，萬國工業博覽會委員會

骨頭

艾莉絲躺在希拉斯的地窖裡，他向她伸出手。她拉下高領洋裝的領口，對他露出微笑。那笑容如此輕柔，牙齒隱而不現。就在那裡，就像他們看著萬國博覽會建造起來的那天，他看到的那個樣子。覆在骨頭上的扭曲肌膚。她點點頭，對他說：**是的，你可以碰**。他伸出手，抓住她的鎖骨，骨頭就像屠夫切的肉一樣分離開來，被他握在手裡。她的手指覆在他手上。

「現在，妳已經逃離他了。」他說。

「謝謝你。」她回道：「若我能在水晶宮看見你的作品就好了，我想我永遠會很滿足。你擁有最聰明的心智。」然後敲擊聲響起，她環顧四周。

「別走。」他迫切地說，但他感覺到自己被拉離她身邊，艾莉絲的身影消散，他手中的骨頭也消失無蹤。敲門聲再度響起，她的影像閃現，接著不知去向。

希拉斯閉上眼，專注於享受幻覺帶來的激情。那景象鮮明到他確定她就在他面前、確定那都是**真的**。她提起了萬國博覽會，讓他心生一計。他要給她一張門票。

敲門聲持續不斷，隨之而來的是一陣叫喊。他將枕頭蓋在頭上，心中回想骨頭的質地。

「希拉斯！我知道你在裡面！給我開門，你這懦夫！」

他認出那是海豚酒館老闆娘的聲音，語氣就和她半夜一次次將不住嘔吐的醉鬼丟出酒館時一模一樣。

希拉斯皺起眉，閉上眼睛，試著想像夢境的後續。艾莉絲的手放在他手上——剛才的場景就是這樣——她接下來會做什麼？她靠得更近，然後說——

「打開這該死的門，你這混蛋！」

希拉斯毫不在意。

他曾聽到其他顧客拉鈴敲門，比以往都來得頻繁，因為社交季節來到，參觀萬國博覽會的人潮隨之湧現。每次他沒去應門，他們最後會走回狹窄的巷子，一邊捏著鼻子阻隔惡臭。那隻玩賞犬被丟在一旁腐爛了。他早就失去興趣。

踢在門上的另一腳震動了整個房子。她到底要什麼，可以讓她做出這麼激烈的舉動？他不會為她或任何人開門的。這幾個星期以來，他甚至沒怎麼想起房租的事。他露出微笑。艾莉絲相信——

「你對她做了什麼？」老闆娘叫道：「我知道你和這件事有關。你騙不了我的！和你爭執完的晚上她就死在水溝裡——在石頭路上滑倒個屁！你逃不了的！藍鈴對我來說就像女兒一樣！」

她猶如野獸般吼叫著，又重重踢了門一腳。之後他聽見她的腳步聲逐漸遠去。

他根本不知道那女人抱怨些什麼。她肯定喝醉了。就算藍鈴真如她所說死了，唔，她也不過是個有張臭嘴的蕩婦，他一點也不在乎。他搔搔胸口，爬出床外。

他走向牆邊放滿老鼠標本的架子，每一隻都凍結在原處，彷彿受到極大的驚嚇。他覺得眼前這幅靜止的活人畫就像銀版相片——他停止了時間，永遠讓每隻生物靜止在原處。這些動物不會發霉，也不會腐敗。它們會永垂不朽。

他早年十分沉迷於這些老鼠。他給它們穿上小小的衣服，替它們買來娃娃屋，或是親手製作。它們約十二隻，各自穿著不同的裝束——一位穿著裙子的工廠工人，一位戴著帽子、將甘蔗當拐杖般拿著的糖果小販，還有一位身著絲綢裙子的妓女——它們佇立原處，身上積了灰塵。

他好一陣子沒有好好看它們了，因此他從最末端那隻老鼠開始。那是有著老鼠身形的小芙莉可，手上拿著迷你瓷盤子。他從一隻貓身上剪下橘紅色的毛，黏在他的老鼠頭上。

他想起她小小的手指頭上，指腹被陶器的高溫燙得粗糙厚實。他們的友誼就是從那裡展開的，不是嗎？就算他們未曾對彼此說過一句話？他又想起了更多：她的臉和雙腿上透出的瘀青，有黃，有紫，有黑。她父親抓住她手臂的樣子，彷彿她不過是個人偶，還有那幢小屋裡傳出來的聲響——希拉斯是如何為她而顫抖。挨打成為他們相似之處，其他許多孩子也是，但對他而言這具有深遠的意義。那是一種連結。希拉斯和他母親，芙莉可和她父親。她整副悲傷、破碎的身體都在訴說：**救我。我的生命不過就是一口吐在火裡的口水。**

而他確實拯救了她。他讓這一切對她變得輕鬆許多。他幫助她逃走了。

紳士

在南西抓他去清洗寢具之前，艾比就溜走了。他最近都被當成洗衣女工的角色，不斷搓洗那些沾上類似乾硬蝸牛黏液的被單。清潔用的醋和粗硬的刷子刺痛了他的手指。這一點都不公平，而且昨天他明明告訴過那頭老母豬，他現在是個好**模特兒**了，不敢做這種紆尊降貴、讓自己丟臉的事，但她只是大笑一番，然後塞給了他一把刷子。

他身上穿著一條羊皮長褲，是不久前襯裙巷的手推車小販給他的，做為他以雜耍表演和翻斗替小販攬客的報償。褲子的膝蓋處有塊補丁，還有小小的角釦，可以讓他的褲管繫到小腿上方。這件褲子相當適合他的新身分。他像上流人士般昂首闊步，向街上的小販舉起氈帽致意，臉上模仿傲慢的神色。

「我不是告訴過你，我會成為一個傑出的人嗎？」他對檸檬小販說，但小販只報以嘲笑。

「你離紳士最近的距離就是站在旅館外面。」他冷笑說道，但艾比兩腳輕扣，向空中躍起。

「就是因為你那口沒牙的嘴。」

「我很快會有一副好假牙了，你等著。」他低頭查看懷錶的時間——一張黏著一條短繩的圓形卡片——然後宣告：「守時對紳士來說相當重要，不要早到，也別拖遲了。我要向你道別，你這長梅毒的老花花公子。」

檸檬小販的頭向後一縮。

艾比轉進柯維爾巷，走路時占用的人行道空間比他需要的還多。他的雙手像翅膀一樣展開。

一個男人舉起拐杖的銀製頂端敲打他的手腕。「小心點，小鬼。」艾比對他吐了吐舌頭。沒有任何事可以破壞他的好心情，就算是吹過外套破洞、咻咻作響的風，或是那隻他原本想套上髒繩子牽著、模仿上流紳士遛獵犬的流浪貓一溜煙逃向了牛津街，這些都影響不了他。街上的生意也很好。萬國博覽會的人潮會替他姊姊帶來更多鄉下客人。

他早到了，而一名紳士是準時的。提早抵達就和拖遲一樣無禮。（他懇求路易斯告訴他紳士擁有的特質，而這是他能記住的其中一個。他仔細詢問那些詞彙的意思，彷彿能為生命本身提供線索——「拖遲」（tardy）指的是「遲到」，「準時」（punctual）則是「遵守約定的時間」。）他口中喃喃低語，**準時**、**準時**、**準時**。報時鐘敲響，他屈起手指數著鐘聲。「十點，天哪！」他輕聲對自己說：「我獲邀請的時間是十點半。」

他看到那間商店外面的階梯。那一次希拉斯就坐在那裡。他決定坐上階梯，等待半小時的報時鐘響起。他像個僕役般盤起腿，下顎昂起。

他內心隱隱覺得焦躁不安，好像布滿灰塵的窗戶正在看著他。他轉過身。店裡一片黑暗，難以看清，還有幾張陳年蜘蛛網從窗框垂掛下來。他看到自己的倒影，於是露出笑容，但又想起他的牙齦，便伸手遮住嘴巴。接著他聞到了，一股化學藥劑的氣味。

他吞了吞口水，站起身來，向玻璃後方移近身體繼續窺視。一雙眼睛在那裡，一個男人扁起嘴脣，認出了他。

艾比推門，一下子就打開了。他走進老舊的商店。牆上的燭臺空空如也。

「先生。希拉斯。」艾比疑惑地問道，眼前的男人聞言一縮。他蹲踞在窗邊。平常他總是將儀容維持得乾淨整潔，但現在他雙頰凹陷，藍色的大衣又髒又破。

艾比環顧四周，將身上的外套拉得更緊。「你在這裡做什麼？」然後，他突然強烈希望路易斯對希拉斯的看法是對的，同時詢問：「你是來賣動物給佛斯特先生嗎？」

希拉斯默不作聲，只輕輕敲了他的鎖骨三下，令人毛骨悚然的叩擊聲。艾比不知道那是什麼意思。

「先生？」艾比問：「你喝醉了？」

「走開。」希拉斯嘶聲說道：「如果她來了……」

艾比吞了吞口水。他當時應該要更努力和路易斯爭辯，讓他明白他的直覺是對的。「別去煩她。」

「煩什麼？」

「她。」艾比說，然後，他猛然搞懂了那三下敲擊聲的意義，彷彿那男人剛才朝他的頭顱上敲出節奏。「艾莉絲。我知道你想做什麼，先生，我——」

希拉斯揮了揮手，艾比順著他的視線望去，看向路易斯的畫室。「你什麼都不知道，艾比。你根本不知道她正受到何等折磨。」

艾比四下顧盼。「先生，求求你，別去煩她。她不想要這樣。你一定得放過她。」他鼓起胸膛，讓自己看起來體型更大，一邊想起希拉斯的雙手掐在那女孩的脖子上，還有紅髮茱兒身上遍布的瘀青。他感覺到一股怒氣、一股想要保護艾莉絲的渴望衝上全身。她不該遇上這種事——而且，這不都是他的錯嗎？是他介紹他們認識的，不是嗎？現在他得修正這一切，然後去警告她。他站得更高更挺。「我告訴你，別去煩她！」他離那男人好近，可以聞到他身上的味道。在化學藥劑的氣味底下，漫著一股更接近野獸氣味的腐敗惡臭。

希拉斯沒有移開視線。他一掌揮向艾比，彷彿他只是隻蒼蠅。他的手臂比艾比想像的更有力。男孩向後摔在石板地上，結結實實地碰咚一聲。他的新長褲沾滿了灰塵。他感到一股純然的憎恨在體內流竄，讓他全身顫抖。他站起身，伸手拉扯希拉斯大衣的袖子。

「你得住手！你要——你一定要忘了她！」

希拉斯緊抿著嘴脣。

「求求你。」艾比說：「放過她！我求求你，不要是她！」

希拉斯愈是忽略他，艾比就愈激動。他猛力推撞希拉斯，但他不為所動，於是艾比打了他下顎一巴掌。

希拉斯猛然看向男孩，冷不防一把抓住他外套的後領，衣服被拉扯後繃緊的布料聲在耳邊響起。艾比感覺得到那男人雙手的力量、腐臭的呼吸，還有髒汙的褲子散發的酸氣。

艾比試著揮舞拳頭、指甲使勁掐那男人的背，但他使不上力氣，沒地方可抓。他被緊緊鎖在希拉斯枷鎖般的擒抱中。他的頭撞擊在後方的牆壁，一陣疼痛襲來——他的嘴又熱又痛——骨頭劈啪作響。他的鼻子溼了，液體汩汩流下——他嘴裡和著鮮血，喘著粗氣。

「如果你，」希拉斯說，氣息滾燙，「阻撓我。如果你做了**任何事**——干涉我、多說一個字——我就會找到你姊姊，那隻臭老鼠。我知道那是她，就在那個舊煤炭儲藏間。我很清楚要去哪裡找到那廉價的妓女。」希拉斯搖晃他的身體，艾比哀鳴著，企圖擠出一口痰吐到那男人臉上，但他已經什麼也不剩。

希拉斯放開他，艾比滑落到地上。他咳嗽，某個東西從嘴裡掉到手上——他僅存的牙齒。血從他承接的手掌滴落，就像流水一樣。他試著將牙齒塞回牙齦，回不去了。

當他抬起頭，希拉斯已經不見蹤影。

艾比坐直身子。他不會放棄，他不會。他會保護艾莉絲。她是最善良、最好心的人。

他離開商店，敲響路易斯的門，比預定時間提早了二十分鐘。**準時**，他想，雙腿不住顫抖。

但沒人應門，雖然他知道他們在裡面。

他覺得自己好像脫離了自己的身體，輕飄飄地往上蒸騰，顫動的雙腿彷彿化為液體。他頭痛欲裂，伸手碰觸方才斷裂出聲的鼻梁。他大叫一聲，手指發抖。

他不斷敲門，疼痛愈加劇烈，就像蝴蝶翅膀拍擊在他臉上。「拜託。」他顫抖著說著，但少了最後一顆牙齒，他幾乎無法好好說話。**派倫**。

他的新褲子染上血花，還有更多血沿著下巴滴落，從上衣流下，滲入地裡。他想起昨天早晨刷洗的被單上的黏液、姊姊缺了牙的笑容，還有床鋪在他頭上不停晃動時，他握在掌心的姊姊的手。他知道希拉斯的威脅是認真的。

他的雙腿顫抖得不那麼劇烈了，恐慌也逐漸消退。當疼痛持續加劇，他開始想像姊姊被毆打、當成舊抹布扔在街上的畫面。只不過是倒在陰溝裡的另一名妓女。沒人會在乎，也沒人會聽他說。

身側傳來的一陣劇痛讓他弓起身子，他轉身遠離門邊。他不能拿姊姊冒險。他不能。

他一無是處，不夠格過上模特兒的生活，也不夠格當艾莉絲的朋友。他只不過是愛亂吠的流浪狗、沒膽的孬種。一滴斗大的淚珠從他臉上滑落，停在嘴邊的凹陷處。他沒有伸手抹掉。他伸出舌頭舔了舔，嚐起來就像鹽和鐵。

凝視

他們絲毫不理會門口傳來的敲門聲。沒人可以入侵他們完美的小世界。艾莉絲的腳趾撥動床邊垂掛的印花棉布簾，然後回頭瞥向路易斯。他閉著雙眼。

她可以永遠待在這裡，和他一次又一次做愛。她可以感覺到肚子上沾著他黏糊糊的種子，已經像蛋白一樣乾硬裂開。他說絕對不能留下任何一滴在她體內。她將臉頰靠在他胸膛的凹陷處，就在他的肩膀下方，聆聽他的心跳。

「我的頭完美地貼合這裡。」她說：「就好像你胸膛的形狀是為我雕出來的。」

「或許就是。」他說，指頭沿著她的脊椎上下滑動，像在彈鋼琴。「妳滿足嗎？」

「我心滿意足。」她說，然後闔上雙眼。她那潛伏在心思邊緣的恐懼已被阻隔在外，只專注於當下，**此時此地**。我在這裡，她想，路易斯也在這裡，一切都完美無瑕。或者該說一切都完美地出了差錯，她完美地毀了自己。他的胸膛光滑無毛又柔軟。她一手順著他臀部的曲線來回撫摸。她感覺到體內傳來一陣痛楚、挫傷般的酸疼。她的乳頭因他手指的撫玩而一碰就痛。他們的吻饑渴又迫切，一點都不輕柔。他兩度咬了她的嘴唇。

她總是想像她母親口中的「性事」充滿著折磨、痛苦，不得不忍耐。她曾在某日上午剛過十一點時，看到某個衣著破爛的男人正將流鶯的頭推向自己的胯下，手緊緊揪著她的頭髮，而從她口中傳出的吞吐聲聽起來就像貓在乾嘔。就連她姊姊和她的紳士——看到他撫摸她的雙手，他使勁的雙臂，還有他加諸在蘿絲身上的瘀青，都讓她感到畏懼。艾莉絲想親身體驗，同時卻又一點也不想。她學會對自己的**那個地方**懷抱羞恥，是見不得光的祕密，是必須隱藏起來的下流部位。但如今看似是一場陰謀——從來沒人告訴過她，長久以來她一直被恐嚇要提防的陷阱居然如此誘人。路易斯凝視著她光裸的胴體，在她扭著身軀時輕笑出聲，然後親吻她**那裡**。他說**那裡**很美。她一開始嚇壞了，但接下來——

「妳再不住手，我就會打破紳士的約定，再次將妳獻祭給維納斯。」他說道。

「我感興趣的是，」她邊說邊親吻他的耳垂，「為了低賤的熱情而犧牲藝術的尊嚴，究竟值不值得？」

「哦，當然不值得。」

「真像真正的畫家會說的話。而且，這不過就是堂解剖課。」

「我得仔細研究妳的形狀。」他抬起她的手臂，印下親吻。「我必須記下每個彎曲的角度，每個關節的張力，還有整個身體蘊含的戲劇性的真實。」他的手撫過她的肩膀，一根手指滑下她的胸脯。「還有這裡，我真的只是追尋純粹的感受。我得盯著看好幾天，直到我瞭若指掌。」

她將他抓得更緊。她看見某個深色的東西閃過，是他那彎曲的器官——該怎麼稱呼它呢？——湧現的慾望讓她體內一陣緊縮。她第一次目睹時，內心矛盾地充滿了敬畏，同時帶著對它那醜陋樣貌的失望。她過去從來不知道男人在他們的褲子裡（或是她母親曾說「那種難以啟齒的衣物」裡頭）藏著這堅挺的部位。

她任由思緒飄遠，來到她畫室裡的空白畫布。當畫面在她眼前拼湊成形時，她感到一股能量流遍全身：她要在每一寸空白上填入各種細節、色彩與生機。路易斯和艾比在正中央——要是她也在其中呢？不是從莎士比亞或中世紀傳奇故事裡汲取靈感，她可以仿效她最喜歡的凡・艾克[23]的簡樸風格。她可以看見他們三人的身體形成一道三角形——她和路易斯牽著手，艾比坐在一張桌子旁邊，正在除去草莓的蒂頭，快速切劃的刀身映出了一小片天空。他泰然的手靜止而專注，面前的水果已然熟成，但尚未腐敗。

他們的姿態放鬆自若，而非如陶瓷人偶般僵硬——兄弟會的畫風正是以此聞名。整個場景會像是被打擾一般，觀者彷彿正從一扇窗戶窺看他們。他們的表情不會是一臉溫順的悽苦，她會讓路易斯看起來像是正要放聲大笑。這幅畫將頌揚生命如實的樣貌，畫中的每樣物品都象徵著歡樂。倘若她能說服姊姊也替這幅畫當模特兒就好了，但她當然不可能答應。艾莉絲會畫一朵插在花瓶裡的玫瑰花象徵她姊姊。

她想起路易斯曾為她朗讀一首關於美和動人之物的詩，她要將其中的詩句題寫在畫框上。**美的事物是一種永恆的愉悅**——還有和幽境及美夢有關的字眼。

「妖精抓走妳了嗎？」路易斯問道，她眨了眨眼。

「我只是想著要怎麼畫你。」她說。

「真的嗎？怎麼畫？」

她覺得她的想法還很脆弱，可能輕輕碰一下就會碎裂。

「我不確定。」她說：「你知道，我**真的**想被視為真正的畫家。你覺得一介女子做得到嗎？」

「這個嘛，妳很幸運，因為妳有天分，還擁有一位慷慨地讓妳隨意運用身體的專屬模特兒。」

---

23 Jan van Eyck（1395-1441），十五世紀的重要畫家，法蘭德斯畫派創始人。

當然純粹是為了研究透視法。」

她靠著墊子撐起身體。「天分？真的？」

「妳知道妳有的。」

「你從來不曾說過。你說過我有『潛力』，但是那嗤之以鼻的口氣，就像聞到了某種臭味一樣。」

「真的嗎？我真的沒說過妳有天分？」他將一簇鬈髮繞在手指上，「妳若願意假裝成男人，妳的畫就能賣出更高的價錢。其他藝術家也這麼做過，還騙過了所有人。」

她搖搖頭。「我若被叫做伊凡或艾薩克，感覺就不是我了。」

「惠特爾小姐，那名聲響亮的畫家！活生生地證明了女人可以創造出比掛毯和花卉水彩畫更好的作品。」他望向房間的另一頭，她順著他的目光，視線落在牆上的小畫像上。「妳知道嗎，我母親會很喜歡妳的。」

「她會嗎？」她問：「就算我只是個女店員？」

「她很快會忘記這件事，就和我一樣。妳擁有女王般的氣度。」

「哦，吉爾瑪。」她撫摸他身上她最愛的地方——一塊位於臀部邊緣的粗糙肌膚。

「我警告過妳了。」他說，抬起她的下顎，而她親吻他，一遍又一遍地吻，直到她覺得自己快要沉溺而死。

入場券

艾莉絲

按照妳的要求，我附上一張望國撥覽會開幕日的票。

妳誠摯的——

水晶宮

四周人聲鼎沸，一片混亂，人群互相推擠。一座巨大的噴泉將晶亮燦爛的水花迸射向空中，成群的女人猛力塞進十字旋轉門，彷彿陷入痴狂般抓著彼此，一邊忙不迭將斗篷和手袋統統丟到男性伴護身上。這裡充斥著流轉的色彩，就和高級妓院一樣令人招架不住——一叢叢糾葛的羽毛、肥大怪異的帽子、朝天舉起的陽傘，還有無邊無際的僵挺裙襯。一盞盞水晶吊燈垂掛在榆樹、雕塑和葉脈粗實的棕櫚盆栽之間。一切就像正在轉動的萬花筒，令人眼花撩亂，無法控制。希拉斯試著冷靜下來，想像夜晚時分的博覽會空無一人的景象，靜默君臨一排排拙劣的藝術品。**這個時刻會過去**。

「就像王宮的宴會一樣亂七八糟。」

「查爾蒙特伯爵夫人的禮服真是**金光閃閃**——她到底在想什麼？」

「還有那些侍女——」

一道更粗啞的聲音說道：「這裡有沖水馬桶呢。我會是第一個替它們『受洗』的人。」

希拉斯被一把扇子擊中。他渾身發熱，於是解開衣領。整棟建築成了一個大溫室，而他就像正在腐敗的水果。他四處尋找艾莉絲的身影，想像她那襲樸素衣裙在這群吵嚷的孔雀中脫俗的模樣。他知道水晶宮很大——他如此仔細觀察它的建造過程，怎麼可能不知道？——但他仍再次為這棟龐然巨物所震懾。彎曲的玻璃天花板看起來像天空一樣遙遠。他可能要花上好幾個星期才能看完每件展覽品，踏遍所有展區、走道和長廊。他想起自己引以為傲的小小宮殿中那些黑暗的角落，還有包圍一切的溫暖。他那堆得滿坑滿谷的店鋪，樓上是小小的閣樓臥室，底下則是墓穴般有著厚實牆壁的地窖——他能將整間店的物品都放進去，而且還能再裝進成千上萬倍的物品。但這件事談何容易——人只有一輩子，他要怎麼做出足夠數量的展覽品，才能與如此宏偉的建築匹敵？

艾莉絲會提醒他別忘記他多優秀。她的存在能彌補一生中數不清的失望。她會是他最偉大的成就、他的珍寶、他最討喜的造物。但他沒想到的是，她可能很難在擠得水泄不通的會場找到他。她會想辦法找到他的連體小狗，然後在那裡與他碰面。

當管風琴的樂音響起，女王慢慢走向水晶宮的中心時，希拉斯一點也不在乎這時有顆砲彈飛過來，摧毀這些明豔而俗氣的人——這世界只剩下他和艾莉絲便足矣。

⁂

希拉斯漫步在展示蒸汽印刷機的走道上，著迷地看著機器嘰嘎咬合的韻律和大力敲擊的鐵砧，就像陶瓷工廠那些黑色的機器一樣。他小時候一直很想將樹枝塞進它們骯髒的嘴裡。這種機械到底憑什麼出現在這裡？它們或許能展現工業化是多麼進步，但如果只是大量製造出排版一模一樣的期刊、一模一樣的紋樣瓷器、一模一樣的棉線筒，儘管成品工整勻稱，但這樣能稱為進步嗎？若說這就是現代的模樣，那他一點也不想扯上關係。他讓自己安心，至少機器永遠無法取代他的獨特技藝，永遠無法去除臟器，無法縫製、接合或填充一個生物。

他快步走向他的小狗，沿途走過一條條陰森的長廊——立著藍色、黃色和綠色的大梁——裡頭擺滿一櫃櫃生物標本。麋鹿剝製標本、熟睡的猩猩，還有一對九色鳥的填充標本，題名為「求愛」。（他可以帶艾莉絲來看，問她有沒有讓**她**想起哪一對佳偶，而她會咯咯輕笑，觸碰他的手臂，說他是個壞東西。）

他上下掃視，擔心他那些夥伴或許已經遺失、損壞或被遺忘——但接著他看見了它們。就在那裡：小巧玲瓏，**完美無瑕**。一股沸騰的驕傲席捲了他。他想起好幾個月前的那一天響起的門鈴聲，艾比舉起身體相連的小狗給他看，他當時想像牠們放在他的博物館的畫面——現在，一切如他所想，毛皮和骨架標本並肩安坐在玻璃牢籠裡的石頭基座上。他將毛皮製成填充標本，謹慎小心地如同照顧嗷嗷待哺的嬰孩。這就是他夢想中的情景——成千上百的人前來欣賞他的巧技。他站在展示櫃之間，看著人群停下腳步，佇立原地，望著他的作品。他幾乎無法克制自己抬起手肘輕推他們，告訴他們自己就是一切的幕後英雄。

「了不起。」一名穿著絲綢燕尾服的男人對他的女性同伴說：「真是了不起。或許他可以替妳的珍奇櫃做點小東西。」

希拉斯想要艾莉絲在這裡見證這一切。沒有她在，他的成功就如同海市蜃樓。他伸著脖子在人群中尋找，盼望她很快會出現，朝他走來。她可能會帶點狼狽，但一看到他，她會露出微笑，或許還會朝他行禮致敬（莊重的淑女會這麼做嗎？還是只有上流階級才會？他應該要更注意點）。標本下方有著作品介紹卡片，他會唸出印在上頭的流利說明給她聽，證明他的教育程度匪淺。

「**連體小狗，骨架接合及填充標本。本作品的設計與製作皆由參展者希拉斯．利德先生獨立完成，為利德先生於二十三年間所創作的大量珍奇作品之一。**」

但時間一分一秒流逝，從早晨來到午後，整棟建築變得愈來愈熱，而他心中充滿懷疑的顫慄感漸趨劇烈。他上回就該知道了，她不會來到他身邊，就算她聲稱有興趣。他的成就對她來說永遠都不夠。她一點也不欽佩他。她冷漠無情，離他遠遠的。他已經等她超過了五個小時。

她沒有來。

他穩住呼吸，試著保持冷靜。他擰著雙手，阻止自己打破小狗的玻璃匣、撕裂它的毛皮、粉碎小小的骨頭。這些根本無足輕重——比愚蠢的小裝飾品好不了多少。跟她比起來，它們算什麼？她甚至無禮到不回他的信，也沒將那張花了他大把金錢的票還給他。她是個撒謊、不知感激的婊子。

這是她最後一次機會，而她沒有來。

蘿絲

「我昨天收到一封極其怪異的信。」艾莉絲拔高嗓子，壓過無數馬車的隆隆巨響，對路易斯叫道。萬國博覽會開幕日的午後，道路被擠得水泄不通。一排排有篷馬車全部塞在一起，馬匹不斷跺步嘶鳴，馬伕打著哈欠，輕彈手中的鞭子。車輪吱嘎作響。兩個男人對彼此咆哮，袖子雙雙捲起，正準備大打出手。路易斯帶著艾莉絲快步走過這場騷動，來到攝政街的西邊人行道上。她的手勾在他的手肘內側。「那封信是你去米萊家時送來的，我原本想告訴你，但後來忘了。」

「忘了什麼？」他問道。

「那封信。」她嘆口氣，「我偶爾也想聊聊學院以外的事。」路易斯最近神經緊繃。明天就是皇家藝術學院夏季展覽的非公開預展日，他們會看到他的畫究竟被掛在哪裡，也會聽到第一波非正式的評論。

「抱歉。」他說，然後捏捏她的手。「是誰寄的？」

「我真的不曉得。裡面還附了一張券。」

「什麼券？」

「萬國博覽會的入場券。」她聳聳肩，「肯定花了那人不少錢，但信上表示是我要的票，但我根本沒提過這種要求。」她發現自己有點語無倫次，而路易斯露出奇怪的眼神望著她。「哦，別理我，我敢說這沒什麼大不了的。」

「妳這是要告訴我我有情敵嗎？我該去找出我的決鬥手槍嗎？」

「哦，當然是啦。」她說：「我敢說他不會這麼常講學院的事。」

這樣就足以讓路易斯回頭說起他最喜歡的話題。「如果我的畫被掛在視線齊平線上，我一定會很驚訝，不過或許會被掛在高一點、或是低一點點的地方——也可能被安排在比較體面的房間——」

但她沒注意聽。因為他們正逐漸靠近沙爾特太太的人偶專賣店——她好一段時間沒有這麼接近過。櫥窗裡人偶的視線讓她感到畏縮，她想起大部分的人偶都是她畫的。這裡是她窒息多年之地，如同封在琥珀裡的蜘蛛。她的世界已經出現天翻地覆的變化，而店裡仍是原來的樣子，感覺真奇怪。綠色的油漆或許更凸起了一點，其中一尊人偶是新的，除此之外一切如故，就像完美保存下來的遺物。

從窗戶望進去，她看見姊姊低垂的頭，還有她那紅銅色的鬈髮。

「我得進去，我必須見她。」

「妳確定？畢竟她一直無視妳寫的信。」路易斯說：「或許——」

「她不能看到你，那只會激怒她。」艾莉絲將手中的陽傘交給他，躊躇了一會兒。她意識到自己沒穿束腹，頭髮也披散在肩上。她推開門走進去時，門鈴叮噹作響。沙爾特太太不在店裡。

她姊姊抬起頭。日光從艾莉絲身後灑落，照亮空氣中的塵埃，而她可以清楚看見蘿絲的樣子。她一開始沒意識到陽光讓蘿絲看不清楚，沒有認出她是誰。

「有什麼需要幫忙的嗎，女士？」

「我——我——」接著艾莉絲看見她姊姊空洞的左眼轉動起來，完好的眼睛則在微弱的燭光下努力適應新的光線。「蘿絲？」艾莉絲說。她姊姊的臉色一變。

「妳為什麼來這裡？」

「求求妳，姊姊。」她一邊說一邊走向她，磨損的地毯讓她絆了一下。

「哎呀，妳是來糾纏我的嗎？儘管笑吧，我根本不在乎。」

「什麼？不！我做夢也沒想過嘲笑妳。」艾莉絲說。

「妳為什麼不能離我遠一點？」

「我想念妳。」她在蘿絲身旁坐下，那正是她以前的位子。她的裙子勾到熟悉的碎片，她的背靠向彷彿依著她身型打造的椅背。時間好似停下了腳步，她感覺到老蜘蛛網纏繞在身上的束縛。她試著深呼吸。

「妳在縫什麼？死的還是活的？」艾莉絲說。

她姊姊沒有回應，但艾莉絲注意到她每縫一針，手都會不住顫抖。

「沙爾特太太在哪裡？」

「出門辦事。她正在找新的學徒，接替妳的上一位沒能撐下去。」

「我——我常常想起妳，蘿絲。」

她姊姊一聲不響，然後情緒冷不防潰堤：「妳怎麼可以這麼做？」

「做什麼？」

蘿絲放下針線。「妳怎麼可以對母親、父親和我這麼做？」

「妳知道事情不是妳想的那樣。」

「難不成是我早該習慣被拋棄嗎？」她的笑聲就像一聲低沉的咳嗽，「這個藝術家——這個男人，我想他操過妳了吧。」

「蘿絲！」艾莉絲一臉愕然，她無法想像姊姊嘴裡居然吐出這種話，甚至不曉得她居然知道這個字。

「說啊？他有嗎？」

艾莉絲垂下視線。「拜託妳——」

蘿絲笑了出來。「我就知道。妳可知道，等他玩夠了就會拋棄妳。」

「他不會。」艾莉絲斥道：「他愛我。」

兩人默不作聲，艾莉絲的手指撫過木頭節眼的漩渦紋路。她再試一次：「我想讓妳知道，我離開不是為了傷害妳。我愛妳。」

「少來了。」

「我當然愛妳！妳還懷疑嗎？妳是我的**姊姊**。我一直想著妳。」

「我困在這裡。」

「沒錯，困在這裡。」艾莉絲說：「妳想知道真相？妳根本就不需要待在這裡！還有其他的選擇，其他的賺錢方式。」

「妳是說靠那種可恥的方法？我臉上的坑疤太多，不適合做那種事。」

「不是可恥的方法。」艾莉絲說，她得讓自己十指交扣，才能壓抑住伸手去擁抱姊姊的渴望。「我可以幫助妳。」

「省省妳的慈悲心吧。」蘿絲說。直到這一刻，艾莉絲終於明白了，隱隱瀰漫在壁紙霉味和砂糖味底下的氣味究竟是什麼——那是失望。失望讓空氣變得腐敗發酸。沙爾特太太躲在藥錠和藥水後面，試圖治癒自己的不幸。還有蘿絲。她的怨恨啃食著她；怨恨自己的夢想被僅僅一封信奪走、怨恨失去了美貌和未來。日復一日，艾莉絲的臉就像鏡子般照出她過去的樣子——或是她原本可能成為的樣子。艾莉絲對姊姊湧上一股無比的柔情，讓她不得不緊緊抓住桌子邊緣。

「我知道妳為此而恨我。」艾莉絲說，蘿絲別開了眼。「但我沒有離開妳——我離開的是這種生活。我離開了這死氣沉沉、可悲的生活，沙爾特——還有這些乏味的苦差事。我離開是為了畫畫。妳忘記我多想當一名畫家？妳不也同樣希望？還記得我們去國家藝廊的那一天？」

蘿絲的頭髮往前垂落，艾莉絲看不到她的表情。她聽見自己急切哀鳴的聲音在腦中迴盪，而她壓抑多年的問題傾瀉而出。「為什麼一切都變了？我做錯了什麼？我知道妳因為染病，還有妳的——妳的失望，但那不是我害的。我原本能夠幫助妳，能夠成為妳的朋友，但妳卻拒我於門外，而且——」

蘿絲轉向她，眼中燃燒著怒火。「哦，非常好，艾莉絲，演得很好。」

艾莉絲張口結舌。「妳是什麼意思？」

「妳一直在嫉妒我，一直在和我比較。」

「我沒有！妳——」

「妳不嫉妒我的時候，就覺得我可憐又可悲。」

「不是的。」艾莉絲說，但她感到一絲動搖。

「妳還敢說這不是妳的錯，就在妳毀了我的**一切**之後！」

「怎麼會？妳到底在說什麼——」

「別騙我了。」

「真的，蘿絲，我完全不知道——」

「是妳寫信告訴他的。」

「誰？」

「查爾斯。」

艾莉絲花了一點時間才想起她的紳士叫這個名字。「什麼意思？什麼時候？」

蘿絲比了比自己飽受摧殘的臉。「就在我生病的時候，是妳告訴他的。妳看看妳，嫉妒，嫉妒，嫉妒！妳騙取信任、和他成為朋友，不然他怎麼知道？妳對他說了我生病的事。妳還膽敢轉交他的信給我！妳毀了我得到幸福的機會。如果我可以自己告訴他，或許他就會——」

艾莉絲打斷她。「我從來沒有寫信給他。我發誓——而當時我以為他帶來的是情書。我根本不知道裡面寫什麼。」

「那他是怎麼發現的？」

「我——我不曉得。」她靠得更近，「我不知道。但妳一定要相信我。」她皺起眉，「妳這樣想多久了？為什麼妳都不說？」

蘿絲沒有回答。

「我以我的一切發誓，真的不是我說的。妳相信我嗎？別忘記我當時也哭了。」

蘿絲盯著放在面前的小小束腹。「但我以為——我一直以為——」

「不，」艾莉絲搖頭，「不是的。就算有人寫信給他，也不是我。他拿了信給我就離開了。我只說妳得了感冒，沒再說什麼。」

「我——我知道了。」蘿絲被針戳到了手，將手上的東西放在桌上。「我需要時間想想。」

「讓我幫妳。我今天一整天都可以幫忙，沙爾特太太不會介意的。」艾莉絲忍不下去，滔滔不絕起來，「妳還記得我們計畫要開的店嗎？我會在我們做的胸針上面畫畫，店裡還會有藍色的雨篷和幾百盞燈。」

她姊姊低垂著頭。艾莉絲看不清她的臉，而她好想伸手撫摸她的頭髮——每天早上她都會拿獾毛梳子幫她梳頭，理開糾結的髮絲。

「我們會一起當女主人。我們說過不要任何討人厭的丈夫，妳還記得嗎？」

艾莉絲抹去蘿絲滴在桌上的眼淚。

「我們曾有過那樣的計畫，就只有我們兩個。」

「我很抱歉。」蘿絲說。

「我也很抱歉。我能留下來嗎？」

蘿絲搖頭。「不是現在。」

艾莉絲起身走向門口。她無法停止說話，無法忍受橫亙在她倆之間的沉默。「我很快就離開——但我要先讓妳知道，我正在替妳的店存錢，我能一起幫妳。我知道妳不想要**他的**錢，但我會賣自己的畫賺錢。我們可以一起開店，但妳是女主人，我是女店員。我畫得比從前都來得好，我也能以油彩畫各式各樣的小肖像畫……」她伸手準備轉開門把，回頭一望，看見她姊姊正看著她。她的臉上透著深深的痛楚，艾莉絲覺得胸口彷彿遭到重擊。

蘿絲喃喃說了些什麼。

「妳說什麼？」

「妳改天會再過來？」

艾莉絲點點頭。

刀

頭戴高頂禮帽的男人們對彼此點頭致意，但這一次，艾比沒有為了日後要模仿而仔細觀察他們的舉止。他過去總是覺得，就算有任何事物壓著他，他仍會往上彈，就像漂浮在平底貨船後方水流中的雜物一樣。但現在他正在向下沉沒。他更少跑步，更少唱歌。他總是覺得疲倦。

他臉上掛著兩枚青紫的黑眼圈，鼻子呈黃疸病一般的顏色。自從希拉斯某天出現在他和姊姊房間的窗外，輕敲了玻璃兩下之後，他就一直睡不好。那只是個警告，只是要表示他的威脅是認真的。這樣就足以掐住艾比的良心，一想到他姊姊像豬一樣被劃破喉嚨，他所有想警告艾莉絲的幻想就消失無蹤。他想著姊姊赤條條躺在床上的樣子，她數著晚上賺來的錢，臉上掛著歪斜的微笑，還有當她的苦工結束，他們終於可以睡覺時，她雙腿塞在他腳下的姿勢。

他決定退而求其次。他像影子般跟在希拉斯後頭，極其謹慎地監視他的一舉一動。他要跟蹤一個正在跟蹤別人的男人——聽起來就像某種笑話，彷彿整個倫敦的人都滑稽地互相監視。但這次並非兒戲。倘若希拉斯想要傷害艾莉絲，得先過艾比這一關。他已經從上次對那男人發動的孩子氣攻擊中學到教訓，於是動用他的假牙資金，向舊貨小販買了一把刀。那把刀穩妥地收在他的口袋裡，包裹上棉布，就像綁帶紮起來的手。

「這是學院最好的一次展覽。」街上的某個人說道。艾比完全不知道眼前那棟宏偉的石造建築是為何而打造出來的，他也毫不在乎。街上的世界在他眼中象徵著危險，充斥著需要不停閃躲的事物——掉落的磚石、橫衝直撞的推車，還有等著落在他頰上的鞭子。

他的視線緊跟著在人群中推擠前進的希拉斯，他遞出了一張紙。艾比捲起舌頭撫過光滑的牙齦。這個動作讓壓迫他胸口、收緊他喉嚨的恐懼平息了下來。

他知道那張紙代表的意義和昨天萬國博覽會的入場券一樣：艾比不得靠近。他只不過是個鼻青臉腫的可憐鼻涕蟲。如果艾莉絲會來，他希望至少在上流階層的包圍下她能安全無虞、希拉斯不會敢在那些紈褲子弟面前傷害她。

他揉揉額頭。希拉斯肯定會在萬國博覽會待上好幾個小時，就像昨天一樣，對吧？艾比在外頭等了又等，一小時又一小時不斷流逝，而他幾乎在那場打鬥中跟丟希拉斯。這就表示——表示這次可能是他昨天太過害怕而錯失的機會。艾比有的是時間，如果他能在那男人的店裡找出任何不對勁、找出他企圖謀害艾莉絲的蛛絲馬跡，他就能直接帶警察過去，然後希拉斯會被吊死，而他姊姊就安全了，艾莉絲也是。他確信希拉斯絕對有所隱瞞——不好的事、邪惡的勾當——而他這兩星期快速累積的恐慌滿溢了出來。

他快步跑開，遠離特拉法加廣場雄偉的柱子。昨天被希拉斯推倒時受傷的左腿還在疼，他跑得就像搖搖晃晃的錫娃娃，腳踝向外彎。

學院，學院，學院。他心中重複這個字，蹦跳地閃過一輛坐滿辦事員的公共馬車，絲毫不理會馬伕的喊叫聲。

學院，學院，學院。

他四下顧盼，迅速往左再往右，然後低頭跑進希拉斯的店所在的巷子裡。兩旁的房子就和船一樣高，窗戶沒一個是完好的。煙從其中一扇破窗冒了出來。小巷的地面積著厚厚的煤灰和灰塵，艾比的腳底愈黏愈多。希拉斯的店在巷底，兩層樓高的建築向街道傾斜，像個老酒鬼般搖搖欲墜。

腐敗的氣味衝進他的鼻腔，艾比嗆咳了一聲。他看見一個發霉的生物，螞蟻和蛆正從骨頭上剝除肉塊，牠們的動作讓整副軀體顫巍巍地抖動。它的嘴看起來像是狐狸。他得進到屋裡，離那東西遠一點。他拉著袖口掩住口鼻呼吸。他動作要快。希拉斯逮到他的話，將會對他做什麼？

他搖了搖門，當然是鎖上的。他抬起頭，看到希拉斯留了最頂層的窗戶沒關。開口只比煙囪管帽大不了多少，但艾比已經很習慣爬牆、擠過最窄小的縫隙——不管是為了惡作劇還是抄近路。他比貓還會攀爬，就算四肢有傷也一樣。他的腳就像貓爪一樣厲害。他姊姊總是開玩笑，說他的骨頭是摺紙做的，如果他不是那麼正直，他會是這座大都市裡最厲害的盜賊。

他環顧四周，搓了搓雙手，然後爬上房子側面的牆。

非公開預展日

穿著黑色大衣的男人靠向一旁，臉上露出輕蔑的冷冽神情。希拉斯覺得就算他有入場券——他可是花了不少錢才買到，但他覺得根本沒那個價值——他們可能也不會讓他進去，但經過一番爭執後，他被放行了。

過去幾年間，他都等在外頭，向畫家招攬生意。他身上總是帶了好幾個標本來證明他的技藝。他一點也不懷疑路易斯今天會出現。那些藝術家從不缺席，而希拉斯確信他會想向艾莉絲展示他的作品。

他穿越一個個洞穴般的房間。雜亂無章的陳列讓他焦慮不安——他想要那些畫被整齊地展示，畫框的尺寸要一致，而且要經過精準的測量，但現在所有畫作組合成了一張怪誕、浮誇的壁紙。至少，天花板的渦卷裝飾是對稱的。他緊盯著上方看，試著讓內心的漩渦平息下來。他撞到一名蓄著落腮鬍的紳士，對方看著他的神情，彷彿他只不過是一股偷襲他鼻子的屁味——**基甸**，**基甸**——希拉斯再次感到他不屬於這個地方。他在斯托克的時候從未被接納過——連他的母親都厭惡他——而他一心嚮往的圈子也視他為流浪狗或小丑。他試著專心想著艾莉絲很快就要來了，他就要見到她了。只要一眼就好，只要看到她臉上閃過領悟的表情，發現他也是其中一分子、他也能弄到這場非公開預展日的入場券。

看到他四周環繞著這群人，她該有多驚訝啊！希拉斯在菸斗和菸草的繚繞煙霧中遊盪，幾乎沒多看一眼四周的畫作。他想著她會說什麼，還有他敢不敢上前向她搭話。他該斥責她沒來拜訪他的店、也沒去他昨天的展覽嗎？她這樣真是太不公平了，甚至可說冷血無情。「我很抱歉。」她會低下頭說：「沒有伴護陪同，我不能去。」

他向四周瞥了一眼，然後——他幾乎不敢相信——她就在那兒，就在牆上。他推開人群，一個被他擠到一旁的男人旋過身斥罵他：「你還真好意思啊，先生。」但他不予理會，繼續前進。

那是艾莉絲。栩栩如生、完美、靜止的艾莉絲。畫中的她是如此唯妙唯肖，震撼了他。他覺得彷彿能爬進畫中，站在她身旁，感受她喉嚨溫暖的脈動、她光滑的雙手放在他胸口的冰冷溫度。她的神情——如此害怕，卻又充滿了希望——似乎只對他一人展露。她頭上戴了金色的冠冕。那她就是王后了，就和路易斯數個月前在海豚酒館說的一樣。希拉斯注意到一群男人也正欣賞著這幅畫，但他們不得注視她。他不要這些騙子盯著她小妖精似的嘴唇、她扭曲的鎖骨，還有分得太開的雙眼。她是**他的**王后。

當那群紳士往下一幅畫移動，他便更加仔細觀察她四周的景物。他看到牢籠的鐵條，還有她渴望的表情。那隻振翅飛過的鳥——她引頸凝望的不就是**他的**鴿子嗎？每根羽毛都刻畫得如此逼真，就算牠即將飛離這幅顏料構成的牢籠，似乎也並非不可能。

他讀著底下的題詞：「他沒有——出現，我的生命愁——愁雲慘霧。」後面還有幾行他看不懂的句子。

他所有的想像變得無比清晰。他渾身顫抖、滿懷感激地領悟到他究竟該怎麼做：他該如何得到她臉上的這副神情？他該如何擁有她的全部？他要如何取悅她、洗盡她的悲傷？

喜悅沖刷過他的全身，那是一種難以言喻的顫抖、躊躇的興奮。可以的話，他真想拿瓶子盛裝起這種感覺。這遠比在斯塔福德郡的草原奔馳、看見公羊的捲曲頭骨時的狂喜，或是他終於能夠獨自享用芙莉可、她的嘴專屬他一人所有的時候，都還來得美好。

她會成為他的收藏。

齊平線

「親愛的。」艾莉絲拉著路易斯的手臂說：「你走得比關妮薇還慢。還有更重要的事等著我們去發現，例如看看我是不是被掛在視線齊平線上。」

「別這樣，要莊重一點。」路易斯說，但他笑了出來，蹦蹦跳跳地走著。「我敢說不會掛在那裡。肯定和去年亨特的《里恩茲》一樣，被塞在某個角落。」

皇家藝術學院佇立在他們眼前，被煤煙燻黑的石造建築巨大而雄偉。戴著黑色高頂禮帽的男人聚集在一起，從菸斗冒出的煙霧如彩帶般在微風中飄蕩。他們的姿態毅然挺拔，散發了與蹲踞在旁的穩固建築及其巨柱相呼應的自信。就算發生地震，似乎也撼動不了它一分一毫，鑲嵌其上的窗戶亦如石頭般密不透風。艾莉絲想到她那張被吃掉的畫，但她再次慶幸它沒有展出。明年，她就要正式登場。她的畫作會毫無瑕疵、充滿野心——至少要五呎高。她一點也不怕展現存在感。

門房拉開門，向他們點頭致意，揮手讓他們直接經過排隊的隊伍。他們走上大理石階時，路易斯抓著她手臂的手透著緊張，她感到一陣情慾湧上全身。她腦海閃過一個畫面：她的雙脣包覆他的陰莖、她在他身上起伏移動時他張嘴的模樣。她臉上一紅，壓下快迸出的笑聲。

他向許多人脫帽致意——或者該說是脫下米萊的帽子，又是一個被他淘汰的衣物——但艾莉絲一個人都不認得。她還注意到他的頭髮沾了一點藍色顏料。他低聲告訴她那些人的名字：「那是布朗[24]，我聽說過關於他的《喬叟在愛德華三世的法院》了不起的事蹟。哦——那是伊斯雷克[25]，還有伊斯雷克夫人也在一起。那位是雷諾茲——雷頓[26]……」

周遭人聲鼎沸，空氣中瀰漫著濃密的煙霧。路易斯從口袋掏出菸斗叼在嘴裡，咬嚙著菸嘴。他們走進第一個房間。路易斯瞟了瞟四周，先是掃視與視線同高的地方，再分別看向上方和下方。艾莉絲一開始想和他一起找，但她的視線無法保持專注。這一天她已經想像了好久，在心中描繪著一整排掛得整整齊齊的畫作。但眼前的這一切——這是一團混亂，美麗的混亂。從地面到天花板，每一面牆都是由鍍金畫框拼湊而成的大雜燴。她幾乎無法理解展示在這個房間裡的所有心力的總和——數十年、數百年來的辛勞成果，全部集中在一個場所裡。她仔細觀察一幅蘇格蘭小溪的畫，試著想像每一種顏料的混合方式，以及每一次落筆的筆觸。這房間藏著縝密的算計和如機器般運轉的心思，就隱身在那些畫作背後，如同時鐘那樸素錶面底下的詭計。

「不在這裡。」路易斯說完，拉著她走向下一個展間。她的裙襬拂過鑲木地板，兩人在人群中緩緩移動。有些人盯著作品看，其他人則指指點點、哈哈大笑。似乎全倫敦的人都擠到這些房間裡嚼舌根了。

「你覺得這裡有多少幅畫？」她問路易斯。

「什麼？」他回道，她又問了一次。「哦，至少超過一千幅。到底在哪裡？」

她拉住他的衣袖。「那裡，**在那裡**。」她說，他隨即大步朝那個方向走去。

它就掛在齊平線上。分毫不差、不偏不倚地掛在那裡，就在西房（West Room）的正中央。它在四周環繞的褐色調畫作之間閃耀出繽紛的色彩。

她被展示在世界的面前。他的顏料固定了她，金色畫框的四邊圍住了她。她就在那裡——和真實的她一樣大，在流逝的瞬間中凝止。

在他筆下，她是多麼美麗動人啊！

她最後一次看到這幅畫是一個月前。王后——也就是她——站在牢籠中，半側著臉，一手垂落身側，一手伸向飛過鐵窗外的鴿子。

她之前怎麼會質疑路易斯不愛她呢？現在，她意識到他畫她的方式有多溫柔，筆觸間充滿了情感。這是一封情書。

「我應該再多畫一點常春藤。」路易斯皺眉道。他後退一步。

「它掛在齊平線上呢。」她對他低語。雖然房裡一片吵嚷，仍瀰漫著虔敬的氛圍。她想將他們之間的這一刻保存下來。

「沒錯，」他說：「沒錯。看那邊。」他指了指，「《鴿子回到諾亞方舟》也在齊平線上，《瑪莉安娜》稍微低了一些。」

她想像自己的畫也掛在那兒，就在路易斯的畫旁邊。她不久前才開始動筆，將形體與光影的輪廓描繪在硬挺的白色畫布上——裝滿草莓的碗、插著茂盛花朵的花瓶。她會在今天午後畫上第一筆油彩，她現在好想回去她的畫室。

「佛斯特先生。」一個男人點點他的肩膀說道。路易斯轉身行禮，向他介紹艾莉絲。那男人

---

24 福特．布朗（Ford Madox Brown, 1821-1893），英國畫家，畫作主題多為歷史與道德題材。

25 查爾斯．勞克．伊斯雷克（Charles Lock Eastlake, 1793-1865），英國畫家、畫廊總監、收藏家和作家。

26 弗雷德里克．雷頓（Fredric Leighton, 1821-1893），十九世紀末英國最有聲望的學院派畫家。

輕笑地說：「她真是極富威嚴的尤物！好高啊！絕對不會認錯。唔，她也是可以賣的嗎？」路易斯沒有跟著一起笑。他們寒暄了一會兒，討論拉斯金已經抵達，還有倫敦是多麼了不起，居然兩天內舉辦了兩場展覽會。

「雖然我們的比較厲害。」那男人說：「但萬國博覽會搶走了我們大多數的觀眾。」

路易斯嗤笑道：「我聽說他們毫無特色，一堆設計硬是湊在一塊兒。你聽說了他們不展出藝術作品？除非那幅畫是為了表現顏料的革新。想想看，居然不是藝術家的技巧受到認可，而是區區一介顏料調製師！」

艾莉絲早就聽過他這些抱怨。過了一會兒，她沒繼續聽，淨是盯著他們的嘴看。那男人的臉頰浮著一條蛆狀的疤痕，每當開口就會抽動起來。他輕點路易斯的手肘，將艾莉絲排除在對話外，「讓我替你介紹伯丁頓先生，他表示有意購買你的《吉爾瑪的王后受監禁》。」

男人互相行禮，艾莉絲則眨著眼轉過身去。「恕我失禮了。」她說道，但似乎沒人聽見她說話。

她再次望向畫布，看著她臉上柔和的表情，還有那張順從、不帶笑容的臉。她感到身體一陣沉重，彷彿被什麼壓住了。她不再將那幅畫視為一種紀念，而是咬住她的陷阱。畫中的女人成為她的雙生，與她神似，卻有著天壤之別。她困住了她，直到艾莉絲再也區分不出到底誰是誰。她逃離了一半的自己，卻來到了另一半的自己身邊。

她納悶自己居然從沒想過《吉爾瑪的王后受監禁》會標價出售。她原先想像路易斯會留著那幅畫，因為畫裡承載了太多回憶，讓他難以割捨。但那幅畫不是**她**——她如此提醒自己，但那幅畫也的確是她。

「這畫當然無法合乎所有人的口味。我知道某些評論家已經對你的小甜心展開猛烈的攻擊，但我相當欣賞它，也想知道它的價格。」

從眼角餘光，她看見路易斯露出微笑，點點頭，然後說道：「我並不想在這裡扮演商人，但低於四百英鎊不賣。」

四百英鎊！這就是她的價值。她再次瞪著那幅畫看，也望向其他畫中的女人——她們的形象將繼續存在數百年，任何人都可以對她們恣意論斷，或目不轉睛地盯著看——而她們都有標價。這裡不過就是妝點漂亮的商店，一排排蒼白憔悴的女人畫像擺在裡頭出售。而她也是其中之一。

她走了開來，看到一個法國人正在嘲笑米萊的《瑪莉安娜》，而她一點也不在乎。瑪莉安娜也是。她試著控制自己，試著將路易斯看做藝術家，這是一門生意，他非得賺錢養活自己不可。他買賣畫作，就如同他聘請模特兒一樣。但他曾以一種全然知性的方式談論他的作品，讓她忘記這一切仍是奠基於商業之上。她想起米萊說過的話：**老天，我需要一個美得驚人的尤物才行！**還有剛才那男人說的：**她真是極富威嚴的尤物！**

她感覺一隻手放到了她的手臂上，她驚跳起來。那隻手緊握著她，手指陷進她手肘的肉裡，她頓時想起沙爾特太太。一股氣味襲向她的鼻子——酸臭、久未清洗的味道——她無法忍受那人的碰觸。

「我都了解。」那男人說道，而她愣愣地瞪著他。他的吐息帶有腐臭味，泛紫的嘴脣閃著溼潤的光芒。他突如其來的入侵讓她覺得彷彿被猛咬了一口，她措手不及，好幾秒都無法做出反應。她覺得似乎就要這麼被他帶離這個地方，如同默默跟著母親走的孩子一樣。她如此震驚、愕然。她像透過一層紗看著四周，張著嘴卻出不了聲。她像隻蒼蠅，包在蜘蛛的絲網中動彈不得。

「妳肯定就是我的王后。」

這一刻，她才認出他來。他就是給了她那只詭異墜飾的男人。他叫做伊利亞斯？西賽爾？希拉斯——就是這個名字！她試著掙脫，但他不肯放手。她愈想逃走，他就抓得愈緊。她不敢呼吸，無法承受他冰冷溼黏的掌握。她得鎮定下來——她的視線模糊起來，他散發的臭味讓她無法呼吸。

他的指甲深深掐進她的肉裡，而驟然的疼痛讓她想起來，自己是有力量的。「**放開**我。」她說，猛力扯回手臂，驚擾到她後方的一群紳士。他們嘆息著咂舌，艾莉絲臉上不覺一紅。她攪亂了這裡平靜有禮的氣氛。

她轉身離開時，預期那男人可能會跟上來，再次抓住她，而且抓得更緊。但他動也不動地站在喧嘩的人群旁，臉孔因疼痛而扭曲，彷彿她的碰觸灼燒了他。

老鼠

房裡一片昏暗，艾比眨了眨眼。黃色的形影飄過他眼前，膝蓋在剛才奮力擠過窗戶時撞到窗臺而隱隱作痛。

他看到希拉斯老舊的金屬床架，鋪在上頭的床單出人意料地整潔。遠處的牆上放了一排毛茸茸的小球，他靠向前看個仔細。

等他眼睛適應微弱的光線時，他才發現那些小球其實是老鼠的填充標本，有些是白色，有些則是棕色。每隻老鼠幾乎都穿著裙子、襯裙和女帽。他想起沙爾特太太的店裡那些穿著綴有摺邊的衣服、面無表情的人偶。他拿起最小隻的老鼠標本。它穿著及膝的連身裙，爪子握著某個圓形的物品，一撮紅色的毛黏在它的頭頂。

艾比打了個冷顫，儘管他內心很欽佩這隻老鼠的作工。換作是其他時候，他會擺出街道的布景，和這些老鼠一起玩耍。時鐘敲響出聲，他嚇得跳起來。他吸了一口氣，走下樓梯，前往樓下的店面。

房間悄無聲息。他幾乎聽不見斯特蘭德街上的喧鬧聲響。填充標本的眼睛滴溜溜地跟著他移動，頭骨對他露出尖牙。他發現自己根本不知道該找些什麼。想像希拉斯在這房間藏了一個被他殺死的女人，或是襲擊艾莉絲的計畫草案，這些念頭想來頗為可笑。但寂靜讓這男孩不寒而慄。他伸著指尖撫摸一個巨大的黃色骨頭，感受它的質地。一隻麻雀凍結在飛行的姿態，尖細的喙放鬆微張。彷彿時間的巨輪戛然停止，讓這些生物凝止在飛行、降落或睡眠的途中。

他得專心在他的任務上。他匆忙檢查一個個抽屜，但只翻出零散的紙張和瓷器碎片。就算找到寫著他不軌意圖的筆記，艾比也看不懂。潦草凌亂的字跡時而清晰，時而模糊。

周遭如此靜止，如此詭異。在店面後頭，他看到一張鹿皮地毯，平扁的鹿鼻閃著光澤。他想知道希拉斯到底是在哪裡製作標本——肯定不是在這個擁擠狹小的店裡。他的臥室也沒看到任何工具。他環顧四周，尋找另一個房間，但另一頭的窗戶正對著後院，而除了面向街道的門之外，沒有別的門存在。

塵埃讓他咳起來。化學藥劑的氣味讓他的頭隱隱發疼。他應該要離開了。他再次想像若希拉斯逮到他，會對他做出什麼事。他拍拍口袋。很好，刀子還在。他想起那男人驚人的力氣、那一拳的衝擊、他失去的牙齒，還有在那之後超過一整天的暈眩。他到底在玩什麼危險的遊戲？要和一個瘋子賭上性命、還闖進他的房子？他推了推門，但是鎖上的。他一次兩階地奔上樓梯，雙腳在地上打滑。他大汗淋漓，上衣在他身下溼透。他得逃離這裡。

當他匆忙走過時——地板在他腳下如同痛苦的貓崽哀鳴作響——他在希拉斯的床底下瞥見一根粉紅色的羽毛。他不知道為什麼這根羽毛讓他心生不安，但他蹲伏下來，伸手拍去上面的灰塵。希拉斯留著這東西沒什麼好奇怪的，但是一陣雞皮疙瘩卻爬過艾比全身，彷彿希拉斯的指甲正沿著他的脊椎上下滑動。

這讓他想起某個將粉紅羽毛裝飾在頭髮上的女人。她曾在他姊姊隔壁有個房間，以獲得滿足時的抖顫假音聞名。但她離開了，成了更高尚的淑女，從聖吉爾斯的妓院一路擢升到蘇活區更好的地方。她的名字是藍鈴。幾百個女孩在他待的妓院來來去去，他已經好多年沒想起這個名字了。他想知道希拉斯是不是也向同一個小販買下這根羽毛，就是那個臉髒兮兮的女孩，大聲叫賣著五顏六色的羽飾。

他再次想起姊姊數著油膩膩的錢幣的模樣，然後他急急地將羽毛推回床底，站起身來。艾比過於急切地扭動小小的身軀穿過窗戶，以致半爬半跌地以受傷的那隻腳著地。不過，現在就算撲鼻而來的是巷子裡那具動物屍體散發的臭味，出了房子仍讓他如釋重負。

屋頂

「再告訴我一次他說了什麼？」路易斯伸手取過玻璃醒酒瓶，他們正躺在屋頂的小小凹陷處。兩人剛從閣樓的窗戶爬出來，建築邊緣的磚瓦從腳下滑落，由於路易斯堅持帶著波特酒，只剩一隻空的手可以抓住欄杆。從屋頂的凹陷處，他們只看得見倫敦被霧和煤煙包圍的尖塔。

「我不記得全部。」艾莉絲說，看著手臂上四道指甲掐出來的紅點。「像是了解我、或是他都了解之類的，還有我是他的王后——哦，我不知道，實在令人不舒服。」

「這男人——他抓住妳的手臂？」路易斯就著酒瓶大口豪飲，艾莉絲不悅地噘起嘴，於是他將葡萄酒斟進她嘴裡。「聽起來他腦子不太正常。他還接近別人嗎？」

「我沒看到。」艾莉絲說。這看起來並不是什麼大事，但她仍因此心神不寧，覺得脆弱無比。「他之前來過這裡，他要我去拜訪他的店。」一個想法浮現她腦海。「你覺得他就是寫信、送入場券給我的人嗎？」

「寫信給妳？」

艾莉絲嘆氣。「你沒在聽。」

「哦，那封信。我當然有在聽。」路易斯說，伸手撫摸她手臂上的印痕。「但聽起來比較像是那男人從那幅畫認出了妳，為妳所打動。妳確實令人神魂顛倒。」

「不是那樣的。」艾莉絲說。她要怎麼解釋她的感覺？她是如何在突然間覺得無比赤裸又畏懼？她該怎麼讓他了解，她這一生是怎麼小心翼翼地不要勾起男人的興趣、同時也不怠慢他們，總是對他們感到些許害怕？她被視為可供觀看的物品、可以隨意碰觸的對象：環在她腰際的手只不過是友善的表現，耳畔的低語和強行落在臉頰上的吻是一種奉承，她應當要為此心懷感激。她應該要更認可男人的關注，但也該巧妙地抗拒他們——透過一種讓他們產生遐想，同時又不讓他們更進一步的方式。如此一來，她的純潔和美德就不會被懷疑，但也不會讓男人覺得受到輕慢。她突然覺得好疲倦，四肢沉重如鉛。她再試一次：「我知道聽起來沒什麼大不了……」

「才不是。」路易斯說：「看看妳的手臂——他弄出來的瘀青。如果我知道他是誰——」

「但如果他——」她幾乎要說出**鬼迷心竅**或**迷戀上我**，但聽起來太自負了。「我不知道。感覺就像他挑中了我。如果他在監視我怎麼辦？我總覺得——」她一陣顫抖。「很不安。」

「妳認識他？」

「我只知道他的名字——希拉斯，他還給過我一個墜飾，裡面有一隻蝴蝶翅膀。」

「屍男！」路易斯說，坐起身來。「真是個畜生。」

「你認識他？」

「我當然認識他。他替我們的畫製作動物。嗯，他確實是個怪人，但妳不用太擔心他。」路易斯若有所思了一會兒，「有人對我說過——是艾比，對，艾比。他說他覺得希拉斯在房子外徘徊，他……」路易斯搖搖頭，「沒什麼。」

「艾比說了什麼？」

「我想不太起來了。我只記得他很怕他。我那時專心在畫素描。」他頓了頓，「但說真的，我覺得沒什麼要緊的。若妳像我一樣認識屍男，妳就會知道他是多麼可憐的人。他總是在高爾街一帶晃蕩，試圖賣給我和米萊畫畫用的死東西。他很有名。他跑到所有畫家會出現的地方，兜售那些生物和骨頭。這就是為什麼他會出現在學院。」路易斯流露出勝利的表情，彷彿解開了一道謎題。「一切都合理了。他不會造成任何傷害，我向妳保證，他沒有他自以為的富有天分。我想他比較像是自欺欺人。」路易斯聳聳肩，「妳希望的話，我可以去他的店找他談。問他到底要做什麼，為什麼讓妳嚇成這樣。」

艾莉絲猶豫半晌。她想像那個畫面：路易斯扮演她的拯救者，直衝進店裡，大聲地勸誘威脅，希拉斯則在一旁瑟縮著身體。但她想要忘記那個男人，她也擔心路易斯會激怒希拉斯，讓事態火上加油。就連此時此刻，那男人都占據了他們之間的空氣。她搖搖頭。「不，我想你是對的。他只是個傻子，這不過是巧合罷了。」

路易斯坐回去。「只要妳確定的話。還有，他若再來騷擾妳，妳一定要告訴我。」

他們輪流就著瓶子喝波特酒，路易斯的手就握在她手中。她以鞋子畫著一片屋瓦。這是她一直以來嚮往的平靜的愛。她的臉頰靠在他的肩上，他伸手撫摸她的頭髮。她現在是如此快樂，因希拉斯而生的困擾如今變得可笑至極，一點也無關緊要。路易斯向她保證，那男人只是為人古怪又寂寞，整件事毫無陰謀可言。他將她的腰抱得有點太緊了些。

「妳知道，有個男人想要買我的畫。」

「我不小心聽到了。」

「嗯，我決定不賣了。」

「為什麼？」

「因為——」他說：「哦，妳一定會覺得我太多愁善感。」

「我不會。」

「妳會。」他說，然後開始撓她癢。

「好啦！」她喘著氣說：「我會。」

他坐回去，唇上沾染了葡萄酒的紅紫色。「我不知道，感覺起來那幅畫就是妳。我這樣想會不會很古怪？」

「我就是**我**。我不是一張畫布——我是真實存在的女人。」

「不需要提醒我這點。」他說，並將鼻子湊過去愛撫著她的頸項。「我不賣。就算拉斯金本人來問我也一樣。我將《牧羊女》賣給了伯丁頓先生，等我完成以後再送過去。他出三百英鎊。」

「三百英鎊！」她想著那些耗在人偶店的時間。她要工作十五年，替成千上萬尊粉色嘴唇的人偶上色才能賺到這個數目。到了那時，她姊姊就人老珠黃，什麼也不剩了。

「我要給妳其中的五十英鎊。」

「什麼？不可以。」

「為什麼不行？」

「我只是站在那裡——」

路易斯哼了一聲。「我不是為了**那個**付妳錢。不是。妳畫了草地、天空，還有那些該死的金鳳花，有好幾打。那是個簡單的委託，我可不許妳不拿一毛錢就做事。」

「我不能接受。」她說，但當他舉起手制止她的反對時，她沒有繼續爭辯。

她想像蘿絲擁有自己的店，成為女主人，成疊的布料像一盒盒糖果堆起。艾莉絲可以為了姊姊收下這筆錢，還有為了艾比發黑的牙齦。她可以給他三英鎊買一副新的牙齒——她知道這個數目大方得可笑，但為什麼不呢？她伸手撫摸胸前的玫瑰花飾。除了路易斯，他是過去幾個月來她僅有的朋友，而他就算一聲不吭，她也看得出來牙齒的事是多麼折磨他。他還去找蘿絲談話，試著讓她倆言歸於好，還不求回報地替她送信。她會拿三十五英鎊給蘿絲，再留給自己十二英鎊。

他親吻她的額頭。「我不想和妳分開，永遠都不想。」

「你**真是**多愁善感。」她說，但她的胸口既發脹又酸疼。「你的波特酒裡放了什麼？我擔心很快就得帶你去精神病院的床上。」

「非常好，帶我去床上吧。」

「我是說精神病院的床，你這傻瓜。」

他的話語就像葡萄酒一樣滾燙。她從玻璃瓶中啜飲一口酒，然後傾身吻他。她讓口中的酒液流到他嘴裡，他嗆咳起來，說她野蠻，但她看得出來他也興奮了起來。他嚐起來好甜，有著肉桂和菸草的味道。他們這樣不就像已經結婚了嗎？她的手沿著他的胸膛往下移動。

「我們要爬回裡頭嗎？」他問。

「我們要嗎？」她回問。除了鴿子和海鷗，沒人看得到她正拉開他上衣的飾釦。她不再擔心希拉斯的事。

※

那天下午稍晚的時候，路易斯和艾莉絲坐在她的畫室裡。太陽正緩緩落下，路易斯正埋頭大吃一碗剝了皮的梨和巧克力。

「請給我一些藤黃。」艾莉絲說，而他喝掉碗裡最後一點糖漿的殘渣。

「妳也需要一點群青色畫陰影。」他拿起兩個裝著油彩的豬膀胱袋，擠出黃色和藍色到她的調色盤上。

在她的畫中，一對牽著手的男女輪廓後方是一尊插滿鳶尾花和玫瑰的花瓶。她已經畫出每一片花瓣、每一條莖梗。現在她需要填上色彩，讓畫筆為它們注入生命。路易斯買給她的那束鳶尾花枯萎得飛快，花瓣皺縮，但還是派得上用場。她吸吮貂毛筆，讓筆頭變尖，然後薄塗上亞麻仁油稀釋後的群青色，但她沒有在花瓣乳白色和光線灑落的地方上色。路易斯說她太急了，她應該要畫更多素描草圖再開始畫，但她忽略他。

她工作時就像傲慢的顧客一樣提出要求。「多一點藍色。一點點祖母綠——不對，多一點——沒錯，還有油也是。」他則負責將她用完的畫筆清洗乾淨，分開它們柔軟的毛尖。

「艾莉絲。」路易斯說，打斷她平穩而抽象的專注。

「嗯？」

「妳介意我們永遠不要結婚嗎？」

她拿起沾了松節油的布擦手，沉默不語。這個問題太沉重，她難以回答。她知道他想要她讓他安心，但她做不到。因為她**確實**介意，雖然她寧可永遠擁抱現在的一切，卻也不希望到頭來什麼都沒有。

「我是真的愛妳。」他說。

「我在畫畫。」

「我冷血的王后啊。」他頓了頓，「門鈴響了嗎？我去開門。我可不想要妳的曠世巨作被干擾。」

門在他身後關上，她望向窗外坐落於倫敦天際線的屋頂與尖塔。整座城市就像一幅畫一樣小巧，能夠輕易征服、伸手可及，彷彿她能夠掀開所有屋頂，把玩裡頭的小雕像。艾比和他姊姊、人偶店裡的蘿絲，還有晚餐時她那捧著聖經的父母。

「誰來了？」她問道。

「妳最好下樓來。」路易斯做了個鬼臉。「是妳姊姊。」

艾莉絲站起身，撞到了調色盤。「哦，你開了門——」

她匆忙下樓，在穿衣鏡中瞥見自己的倒影。她披頭散髮，身上那件畫畫時穿著的裙子皺得亂七八糟、沾滿了顏料，指甲裡也卡了厚厚的油彩。「蘿絲。」她說：「我沒想到妳會來。我很抱歉，我——」

「我應該要先寫信的，就這樣跑來實在太失禮了。只是湊巧沙爾特太太要我跑腿，我一定得趁這機會過來，尤其是經過昨天的事之後。」

她姊姊站在門廳，頭上是她平常戴的寬邊女帽，遮住了她的臉和疤痕。她遞出一朵鳶尾花。「才剛開花而已。」她說。

艾莉絲接過花，溫柔地說：「妳以前總是鄙視奢侈的行為。妳知道我正在畫鳶尾花嗎？但它已經半死不活了，這一朵會很完美——哦，我們沒有茶了，餅乾也沒了。這是關妮薇，她是隻袋熊，她打開鐵罐了。」

她意識到自己聽起來就像在胡言亂語，於是閉上了嘴。她姊姊跟著她走進客廳，艾莉絲看到眼前的一片混亂，不覺感到畏縮。她試著清開扔在沙發上的一把龜殼梳（關妮薇的）和喝白蘭地的髒玻璃杯，然後撫平軟墊，讓蘿絲坐下。

「妳看起來好不一樣。妳一直比我還野。」蘿絲說。但她說這話時，臉上帶著微笑。

「哦。」艾莉絲說，決定不再去看鏡中的自己。「我畫畫的時候都這樣。」

蘿絲凝望著她，語氣變得溫柔起來。「我想念妳。我之前好——好嫉妒妳。」

「我也沒好到哪裡去。」她想起參觀萬國博覽會的建造工程那天，她從姊姊身邊跑開，留她獨自在人群中驚慌失措。蘿絲張開嘴，彷彿想多道歉幾句，但艾莉絲無法承受。看到她姊姊低聲下氣地道歉（她想起姊姊說的：**妳覺得我可憐又可悲**，並再次意識到這句話的真實性），讓她升起一股滑稽的奇異感，而這個刻薄的念頭讓艾莉絲想咳嗽，就像喉嚨卡了油膩又厚重的食物。

「我真的很——」

「別道歉。」艾莉絲打斷她，隨即意識到自己聽起來有多唐突。她坐到姊姊身旁。「我的意思是，妳不需要道歉。」

艾莉絲伸出手，兩人的手指交纏。這觸感熟悉得就像艾莉絲正牽著自己的手。她盯著讓蘿絲的指節凹陷的小小疤痕。「沙爾特太太還是半瘋半醒的藥罐子嗎？」

「她的鴉片酊癮發作得更嚴重了。今天早上她才痛罵我和一個陶瓷人偶有一腿。」

艾莉絲笑了起來，雖然聽起來一點也不有趣。她想像她的老女主人狂怒的神情，手上捏著她姊姊手肘內側的皮膚。「如果，」艾莉絲傾身向前。「妳能夠開一間自己的店呢？」

「然後從某位搖錢樹身上抖出一千枚銀幣嗎？」

「不。」艾莉絲說：「如果我借妳錢呢？」

蘿絲哼了一聲。「妳永遠不會有這麼多錢的。想想看那些房租和存貨。我會需要——我不曉得——或許五十英鎊吧。」

「妳可以拿三十五英鎊借錢買貨。」

「但我沒有——」

「我有。」

蘿絲愣愣地望著她。「怎麼會？怎麼可能——」

「畫畫賺來的。」

「三十五英鎊？三十五**英鎊**？」

「我幫路易斯畫了一幅作品的背景，然後他賣掉畫了。」

「賣了多少？」

「哦，我不知道，他沒告訴我。」艾莉絲撒謊。

「我不能拿這筆錢，那是**妳的**錢。」

「妳願意的話，可以當成貸款。」

「我會考慮。」蘿絲不讓她繼續說下去。艾莉絲不免擔心自己過於性急、放肆，讓蘿絲認為她向她炫耀新得到的財富和更好的機遇。她才剛挽回了姊姊，又可能嚇跑她。艾莉絲環顧堆滿雜物的房間，想起她第一次來到這裡時是多麼震撼。鑲著金框的畫作、厚實的藍色壁紙、孔雀羽毛、一本本期刊和小說、富東方風情的飾條。蘿絲的感覺一定也和當時的她一樣。

「妳在畫什麼？」蘿絲問道。

「我才剛開始畫新作品。還不夠好，只描繪了幾個形狀。」

「我能看嗎？」

「我想可以，但是——」

「路易斯在樓上。」

「是的。」艾莉絲說。

「好吧。」蘿絲說，拉下袖口，藏起手臂上的瘀青。「好吧，我們才剛見過面。他不反對的話，我們就上去。」

「來吧。」艾莉絲說。她們爬上樓梯，走向艾莉絲的小小畫室時，蘿絲伸出手臂塞進了她的臂彎。

地窖

希拉斯扭著自己的袖子。他沒意識到自己的手正在顫抖，直到布料撕裂的聲音傳來，他才停手。他認不得自己變成的樣子——躁動不安、邋遢，而且再也無法從過去會帶給他愉悅的簡單樂趣中得到快樂。這都是她一手造成的——她和她的奸詐詭計。他想著那幅畫，想著她臉上甜美的愛慕之情，而他不懂她為什麼不愛他。她為什麼不明白他對她的愛有多深？他的意圖有多麼親切？他為她花了多少金錢和時間在他倆的友誼上？她如此隨意又任性地將這些傷口加諸在他身上——在她眼中僅是出於無意的擦傷，對他來說卻在心中劃下深淵巨壑。

要是她恨他，那他恨她更多。當她手臂一揮掙脫他時，他的狂怒使他頭暈目眩，他差點無法阻止自己撲向她、掐住她可悲又纖細的脖子、抓起她的頭砸向金色的畫框上，一遍又一遍、一遍又一遍。這是她應得的下場。她一次次唾棄他、拒絕他，而他給過她數不清的機會。每一次她都無視並扔回了他的寬宏大量，而且一次比一次粗魯。

他倒臥在地。他被悲傷、憤怒、寂寞、嫉妒與其他無以名狀的情緒壓垮。最後，他搓了搓臉頰，表情平靜了下來。不，他想，他不會被擊潰。他非得到她不可。他**必定會**得到她。他太心急了，以致一時變得太脆弱。

他站起身，爬下梯子，來到牆壁如石頭般厚實的地下室。四下一片靜謐，唯一的聲響是他耳中的嗡鳴。然後他著手計畫。

⁂

接下來的兩個星期，他沒日沒夜地工作，甚至比製作連體小狗標本時還辛勤。他補好衣服的裂口，洗沐身體，再沾上香水。他緩慢而謹慎地將放在地窖的標本搬上店面，倒光了較大瓶罐中的液體，再移動那些濕答答的生物。他疲憊不堪，但這些精心策畫的細膩工作讓他感到滿足。每挖出一個瓶子，都讓他一陣興奮，因為他正一步步接近萬事皆備的時刻。他伸著手指撫過那些清空後的架子，為自己付出的心血感到驕傲。世上沒有一個新郎比他更一絲不苟地為摯愛打理一切，也沒有一個情人比他更細心周到。他處處都設想好了。

這和他過去在鄉下時所做的準備完全不同——那個小小的綠色世界，天空只比藍色的珠子大一丁點；樹叢間長滿了黑莓——他低聲告訴芙莉可它們的所在。她看起來很驚訝，嘴唇扭曲了起來，因為他居然膽敢找她搭話，而每個人在他同他們說話時都會露出一樣的表情。她回頭確認是否有別的男孩或女孩正看向他們。他告訴她，他在那裡找到滿山遍野的水果：地上鋪滿了野草莓，還有李子樹，而蘋果的數量多到柔軟的果泥鋪滿地面。從她的骨頭從衣服底下透出來的樣子，他知道她飢腸轆轆。她將頭髮撥攏到耳後，微蹙著眉上下打量他。他看得出她不確定要不要相信他，然後她再次快速瞥向四周，察看是否有人看到他們交談，確認沒人會因為他倆的牽扯而奚落她。

第二天，他拿出為了去倫敦而攢下的錢到市場買了漂亮的水果，告訴她那是他撿來的，如果她跟他走，他就告訴她那些水果從哪兒來的。她迅速搶走他手中的戰利品，沒人看到她的動作。她的手腕細得像樹枝，她的午餐只有沾滿灰塵且走味的泡水麵包；她狼吞虎嚥地大啖那些水果，彷彿從來沒吃過東西一般。

地窖已經空無一物，只剩下一張木椅，整個空間看起來就像個洞穴。某種巢穴。他要為她將地窖布置得像家一樣舒適，就像那幅畫裡她身處的牢籠一樣——他在這方面很慷慨——然後掛上畫作，添一張扶手椅和一道道美味食物。但他得先能夠信任她。

他坐了下來，在腦中想像換做是他的話，會選擇怎麼逃跑。他望著頭上彎曲著向他壓來的潮溼石牆，看起來就像一張嘴的頂端。他伸手碰觸石頭。是溼的，但沒有剝落。地面是平坦的土壤，他多年來的踩踏已經讓泥土地變得光滑緊實。唯一的光源是他放在地上的油燈——所有的燭臺和固定裝置都被他拆掉了。這裡找不到任何一塊玻璃碎片，也沒有任何可以充當武器的物品。他連架子都拿走了。他猶豫著是否拿掉門鈴，最後仍決定讓它保持原狀，如此一來，當他和她在一起的時候，還是能聽見顧客上門的聲音。

他試著從天花板拉鬆一塊石頭。他使盡全身的力氣拉扯，毫無動靜，只刮傷了他的指節，弄斷了一片指甲。她在這裡會很安全。等她證明了對他的愛，他就會放她回到外面的世界。他無比確信她會愛他，毫不懷疑。

他往上爬回店裡，將他的工具排放整齊。綁縛用的束具以粗實的布料製成，他會用它捆住她的雙手，綁得和外科醫生的繃帶一樣緊。他還準備了一個口塞、最重要的手帕，以及他千里迢迢跑去倫敦、向不同藥劑商買來的一瓶瓶鎮靜劑。他數著玻璃瓶，手指在瓶子上方舞動。二十八。總共二十八瓶！他想起那隻愚蠢的玩賞犬，牠大大的雙眼，還有悶死牠時，牠逐漸轉弱的撲通心跳。

他只需要靜靜等待，等他不再錯過她的時刻到來，等她孤身一人的時刻到來。他在店裡耗費一星期準備就緒，但感覺就像他已經耗費了一輩子。

牙齒

艾比無論上哪兒都聞到了希拉斯身上那股化學藥劑的氣味，甚至發現那味道殘留在他髒兮兮的掌心。有好幾次，他舉步朝艾莉絲的住家走去，信誓旦旦地認為自己會警告她，但每一次他都在腦海中想像姊姊被割開喉嚨的模樣，還有他獨自為她哀悼的情景。

他注意到希拉斯情緒上的轉變：警醒的專注取代了魂不守舍的踉蹌身影。希拉斯從早上十一點鐘聲敲響，就監視艾莉絲直到下午四點，然後再匆匆趕回自己的店裡。他鎖上了房間的窗戶，但艾比也沒有勇氣再爬進去探索。艾比想起床底下那根染成粉紅色的鴕鳥羽飾。他後來打聽藍鈴的下落，發現她早在幾星期前失足滑倒，死在水溝裡——艾比硬生生吞回差點脫口而出的哀嚎。

他姊姊調侃他的坐立不安和失魂落魄，說他不像以前會哼著街頭小調娛樂她。「怎麼啦，我的金鳳花？」她問道：「要是你煩惱自己會被送去給那些男人，可別擔心，茉兒的弟弟比我還需要錢。你會去慈善學校受教育。」但他掙脫她的懷抱，不願吐露一個字。

現在是五點。他知道希拉斯到早上以前不會離開店裡。他試著放輕鬆，把握珍貴的睡眠時間，直到他隔天早上八點被踢出門，而且在她姊姊晚上的工作結束之前都不得回來。

他凝望著她，白金色的頭髮披散在枕頭上，嘴巴鬆弛。她躺著的身體毫無動靜，手腳彎曲成不自然的角度，他突然被一陣恐懼攫住，害怕她是不是已經死了。他摸摸她的臉頰。她的呼吸溼潤了他的手。

此時有人敲著窗戶，艾比驚跳了起來——難道又是希拉斯？

「小艾！」是那個以前會帶他去找死東西的男孩。

「噓！」他低聲回應：「姊姊在睡覺。」

「聽不見你說什麼。」那男孩吼回來：「到外面找我。」

艾比扔開灰色的毯子，腳步沉重地走上樓梯。

「那女人又想見你了。」那男孩說：「若我找到你，她會給我一便士。」

艾比搖搖頭。「告訴她你沒找到我。」

他聳聳肩。「算你倒霉。她就在這裡。」

艾比轉過身，艾莉絲向他揮了揮手。她的紅髮如波浪般飛舞，而她小心地繞過尿液、醋、馬糞和人屎匯流而成的小溪。艾比舉起手。

「小姐！等等，這裡不是妳這種人該來的地方。」

她指著那棟骯髒的房子，牆壁已彎曲變形。「你住這裡嗎？」

「是的，小姐。」他說，不願看向她。

「我有東西要給你。」她張開雙臂想擁抱他，但他一動也不動。「這陣子你比鬼魂還難找。來吧，我有茶和驚喜要給你。」

他跟著她穿越街道，就像一隻玩賞犬一樣，興奮又可悲地被任性的主人拉著走。

當他們來到路易斯家門前時，他搖了搖頭。「我沒時間進去。」

「我昨天特地買了冷奶凍。」她說：「對你的牙齒來說很好咬——」

「我不餓，小姐。」他回道，但說話的同時，他的肚子忤逆地咕嚕作響起來。他納悶她怎麼沒注意到他那顆獨牙已經不見蹤影。他嘴唇下撇。「我生病了。」

「你不進來嗎？」

「我有事要辦。」他態度粗魯地說，強迫自己與她保持距離。

他不要看她。他不要。但他依然從她的聲音中聽出了驚訝和失望。

膽小鬼。

「至少進來看看你的驚喜。」她說。他別無選擇，只能踏進屋內。

他看見她的鞋子轉向他。那雙鞋和她裙襬的飾邊一樣滿是髒汙，覆上一層從他的街道沾染上的棕色黏漬。

「好吧，你的時間不多。」她清清喉嚨，「路易斯賣出了他的《牧羊女》，就是那幅畫了你和我的畫。而他給了我一部分的收益。」

艾比幾乎沒在聽。他望著腳下的花紋地毯，想著他的妓院裡腐爛的樓梯，還有他姊姊安詳沉睡的臉龐。

「我想說的是，」她繼續說：「我想給你三英鎊，讓你去買牙齒。」

「什麼？」他猛然抬起頭，而他犯了錯，他不該看向她的臉，不該看向她慈祥的眼睛。他迅速別開視線，再次研究起地毯。

「給你買牙齒的。我知道這是筆大錢，有些人可能會覺得很蠢，但你對我來說就像弟弟一樣。」她頓了頓，「我之前並不知道……你真的住在那間妓院裡嗎？你姊姊是不是——？」

艾比一言不發。

快警告她，你這懦弱的小畜生！你這自私的壞蛋！你這窩囊廢！

他不住搔抓著手臂，小小的血珠一顆顆冒了出來，就像玻璃鑽石般閃閃發光。他的指甲仍繼續刮著皮膚。

他看見她伸手進口袋，而他好希望她沒這麼做，好希望她可以不要管他。他什麼都不配。

告訴她，你這該死的白痴！

在他來得及阻止自己之前，他就像小偷一樣迅速拿走她手上的錢，拔腿就跑。

「艾比！」她對他大喊，聽起來吃驚不已，似乎被他的粗魯無禮刺傷。

很好，他想，因為不是他向她要錢的——不是他——而他想將自己砸在人行道上，想撞向馬車車輪，想傷害自己。

巨齒龍、巨齒龍、巨齒龍——

他試著專心想著這個字，但字詞扭曲了面貌。

巨齒ㄌㄨㄥ、巨齒ㄌㄧ、艾莉絲、艾莉絲、艾莉絲、艾莉絲——

他跑不了太久，因為他幾乎喘不過氣來，鼻腔裡塞滿了鼻涕。

⁂

艾比來到那家店，他上唇沾滿了鼻涕，眼白變成果子露般的粉紅色。他一手使勁擦著溼潤的臉，一手緊緊握住鈔票。他不敢放開手，一秒都不敢。

「滾開！」店主吼道，擋住一罐罐牙齒，不讓艾比碰到。

「我有錢。」艾比堅稱，但他不肯拿給他看。他曾看過一位街頭小販因為兩基尼而被捅死。

「給我看看。」

「我才不要，除非你先拿一副好假牙出來。」

「你從誰身上騙來的錢？我猜是偷的吧。」

「你管得著嗎？就算我是透過正當手段賺來的錢，也不關你的事。」

店主嘆了口氣，放他進到店裡，但一隻手還是放在艾比的外套領口上。

一副副假牙閃耀著珍珠般的光輝，就和銀製的鍊墜盒一樣價值不菲。堅硬的粉紅牙齦，晶亮的白色牙齒。

「我有三英鎊，先生，你願意賣我海牛假牙嗎？我只差三先令，我要的是你展示櫃裡那種，不會像陶瓷牙齒那樣破裂，也沒有滑鐵盧牙齒那種黃漬。」

他檢查手中的鈔票，偷偷地瞥了一眼，然後驚恐地發現手中握著五張皺巴巴的一英鎊鈔票。她是因為他住在低賤的妓院，才一時興起給他更多嗎？因為知道他姊姊的事？

你對我來說就像弟弟一樣。

「不夠。」那男人說。

「我有足夠的錢。」艾比說：「我剛才搞錯了。」

「別讓它們戴進你的髒嘴後跑掉，不然我就讓它們塞進你的喉嚨，卡在你的肚子裡。」那男人打開玻璃櫃的鎖，拿出牙齒交給艾比。

金色的鉸鏈作工精緻，就像一綹盤繞起來的頭髮。那一顆顆牙齒——艾比從沒見識過類似的東西。當他將牙齒用力塞進嘴裡時，身體微微顫抖起來。

牙齒在他嘴裡的觸感腫脹而巨大得近乎下流，他試著開口說話，卻淨是**嘎咯咯啊啊**的聲音。

「要花點時間習慣。」那男人說，遞給他一面鏡子。

艾比露出微笑，闔上下顎。這些牙齒真美。他真美。這就是他想要的，是他整天朝思暮想之物。正常的笑容掛在他臉上。光滑筆直的牙齒。他伸著舌頭舔舔齒背。天啊，這些牙齒比他姊姊的還——

他姊姊伸開四肢躺在床上。那些男人就快來找他姊姊了。五英鎊對她而言是什麼意義？這筆錢可以還清她的債，讓她離開妓院，而他卻將這些錢浪費在滿足虛榮心的事物上。

他吐出了牙齒，在他阻止自己之前，一把掙脫店主的手，海牛牙齒留在櫃檯上。

評論與回覆

節錄自〈皇家藝術學院展覽，第二次評論〉，刊載於一八五一年五月七日的《泰晤士報》

這篇文章難以充分傳達我們強烈的譴責。那些以PRB之名自稱、將其名解釋為「前拉斐爾兄弟會」的不成熟藝術家，他們詭異錯亂的心智——或雙眼——持續恣意作亂，大行荒誕無稽之事。他們的信念似乎在於澈底藐視透視法和已知的光影法則，棄絕一切形貌之美，只在乎——或者該說是刻意尋求——作畫對象那些瑣碎又偶然的動作，包括過度的不自然和醜惡……

不幸地，這些年輕的藝術家因沉迷於這種過時的風格而臭名遠播。他們的畫裡帶著矯揉造作的純樸，但在真正的藝術面前，這就像《潘趣》木偶戲[27]的中世紀歌曲和布景設計在喬叟及喬托[28]作品前班門弄斧。只要作品具備原創性及才氣，我們極其樂意迎合各種藝術風格，即便是天馬行空的突發奇想也一樣。但是，我們絕不容忍僅僅卑躬屈膝地模仿莫名其妙的風格、錯誤百出

27 Punch and Judy，英國傳統木偶戲，源頭可追溯至十六世紀的義大利木偶劇，十八世紀時於英國受到民眾的熱烈歡迎。劇中角色以潘趣先生和妻子茱迪為主，劇情內容可說是現代的肥皂劇。

28 Giotto di Bondone（1267-1337），義大利畫家與建築師，被認為是義大利文藝復興的開創者，被譽為「歐洲繪畫之父」、「西方繪畫之父」。

的透視法，以及古老年代的拙劣色彩。我們一點兒也不想看到如富塞利[29]所言，布料的「線條僵硬尖銳，沒有呈現出自然的皺摺」；臉孔腫脹得像患了腦中風，抑或是全身瘦弱得只剩骨頭；從藥劑商的藥罐圖案抄來的色彩，還有不自然、浮誇滑稽的表情——

這種病態的狂熱是將真理、美和由衷的情感獻祭給無足輕重的怪異之舉，因此大眾絕不需予以寬貸，這是他們應得的譴責。

※

節錄自約翰·拉斯金寫給編輯的信，刊載於一八五一年五月十二日的《泰晤士報》

閣下：

我相信，您一如既往的寬闊心胸，肯定能讓我在您的專欄中仍保有一席之地，以表達我的遺憾。上星期三，針對米萊先生、佛斯特先生、亨特先生的作品——現在正於皇家藝術學院展出——《泰晤士報》刊載了輕蔑又刻薄的評論，而我對這樣的言論感到痛心。

我遺憾的是：第一，光是看到這些作品展現出的努力，以及對一種特定的真實所表現出的忠實（努力和忠實是無庸置疑的），它們就不應只被不屑一顧；第二，我相信這些年輕藝術家正處於職涯中最重要的階段——一個轉捩點，自此之後，他們要不是沒入無足輕重的境地，即是成就極其偉大的事業。而我也相信，不論他們踏上的是提升或墮落的道路，都必定與作品蒙受的評論休戚與共……當您果斷地說這些人的所作所為是「將真理、美和由衷的情感獻祭給無足輕重的怪異之舉」時，我必須表達我的抗議。

但是，在我娓娓道來之前，讓我先導正您的文章對大多數人可能產生的印象——那種印象是全然錯誤的。這些前拉斐爾派畫家（我無法苟同他們選擇這種化名）並不想要、也不自認為在模仿古代風格的畫作。這些年輕藝術家的作品被視為仿效古老的畫作，但他們其實對那些畫作所知甚少……他們之所以想要找回舊時代的風格，只為了一個原因——在他們的作品中可以看到，他們要不是想要如實畫出眼中所見，就是欲再現他們認為存在於景色中的真實，而不願受任何繪畫的慣習規則所影響。

〔下略〕

我竭誠榮幸地為閣下您服務
《現代畫家》作者
寫於丹麥山，五月九日

29 亨利・富塞利（Henry Fuseli, 1741-1825），長居於英國的瑞士裔畫家，曾是皇家藝術學院的繪畫教授與守護者。他許多作品的主題都涉及超自然事物，其風格對當時許多英國年輕藝術家產生深遠的影響，包括著名詩人、畫家威廉・布萊克（William Blake）。

疾患

尊王街六號，愛丁堡
五月十一日

我的愛，我強壯的騎士，我的情人：

我的疾患惡化了。你一直忽視我之前寄的信，我傷心欲絕——你怎能對我如此毫不在乎？醫生說已經回天乏術了。克萊麗莎過去幾個月來，都以一種應當只有戀人才會展現的仁慈善心照顧著我。我懇求你，在我離開這副塵世之軀以前，來到我身邊吧。

「並要在患難之日求告我；我必搭救你，你也要榮耀我。」

直到那日之前，我依然是
你的小希

⁂

尊王街六號，愛丁堡
五月十一日

最親愛的路易斯：

我答應過會在結局將近時寫信給你。我相信大限已至，甚至可能只剩下不到幾個小時。她不斷要求找你，但你來之前得做好心理準備，她的外貌有極大的轉變。癌症讓她骨瘦如柴；她的臉上滿布斑點，身上也長了腫瘤。這個病既殘酷又使人蒙受恥辱。我強烈請求你能夠讓一個即將死去的女人得到慰藉。我不希望你在這一切都太遲了之後才心生懊悔。

琴恩已經將你的兒子從學校叫回來，正在前往這裡的路上。我希望你能及時趕到。

愛你的
克萊麗莎

愛丁堡

「妳看過了嗎？」艾莉絲一打開門，米萊劈頭就問道。他將大禮帽掛在衣帽架上，然後說：「路易斯！路易斯——先生，你在哪？你讀過今天的《泰晤士報》了嗎？」

「讀過什麼？」路易斯問道。他的雙頰透著淡淡的玫瑰色——米萊拉響門鈴的時候，艾莉絲正好達到歡愉的頂點，然後他們匆匆著衣，像一對賣花女對彼此咯咯輕笑。他上衣的飾釦都扣錯了。

「這個。」米萊戳著報紙，然後讀道：「『您一如既往的寬闊心胸』如此這般，『對一種特定的真實所表現出的忠實……它們就不應只被不屑一顧』。」

「你到底在說什麼？」路易斯說，艾莉絲看得出他被挑起了興趣，然後他上前取過米萊手中的報紙。

「拉斯金。」米萊輕聲說：「他寫了一篇評論給《泰晤士報》。他替我們辯護，約翰．拉斯金！而且他完美地解釋了我們的原則！」

艾莉絲越過路易斯的肩頭讀著那篇文章，她才看到一半，他就說：「不錯，真的不錯。語氣並不熱烈——一點都不會。但它也避免偏袒任何一方，所以可能有更多言外之意。」

「這豈不是很不可思議？他還寫了一封信給我。」米萊說，從口袋中掏出一封摺得工工整整的信，好似端出一碗新鮮海龜湯的管家。「他想買《鴿子回到諾亞方舟》，但我已經賣出去了。哦，真希望我能再多等一會兒！他也詢問了你的吉爾瑪。」

「你可以告訴他我不賣。」路易斯說。

「那可是**拉斯金！**」米萊一臉目瞪口呆，而艾莉絲藏起臉上的微笑。米萊的反應就像聽到路易斯宣布他將那幅畫切成碎片，再捲成一百支雪茄。「這可不是什麼伯丁頓先生或某個公務員，這是拉斯金！這個時代最偉大的評論家啊！」

「我非常清楚他是什麼人。」路易斯說：「但那幅畫是非賣品。」但他似乎開始消化這個消息。「拉斯金真的想買？」

「真的。」米萊答道。

「好吧，別忘了還是很多人中傷我們。」路易斯說。艾莉絲想起一個星期前，他和米萊假裝對《笨拙》雜誌刊出兩幅《瑪莉安娜》和《吉爾瑪的王后受監禁》的諷刺仿作毫不在意——裡面的人物都被畫上了巨大如氣球般的頭。《泰晤士報》上的那篇評論則是讓路易斯直接以火柴燒了報紙。**莫名其妙的風格、拙劣色彩、浮誇滑稽**。路易斯搖晃著手中的報紙，一邊說道：「但這個，**這個**肯定是我們的轉捩點，對吧？從這裡開始，我們就要踏上邁向偉大成就的道路。」

米萊點點頭。「我相信如此。」

「真是太棒了。」艾莉絲說。

她和兩個男人來到客廳。路易斯暫時離開，付錢給一個孩子，要他買來熱的派和白蘭地。艾莉絲不想再喝酒了。她的頭還因為昨天的事而發疼。她昨天邀請蘿絲過來，但蘿絲答應過沙爾特太太，找到新學徒之前不會離開店裡。於是路易斯和艾莉絲便與羅塞蒂及亨特一同划船到里奇蒙。他們帶了兩瓶紅葡萄酒和庫拉索橙皮甜酒。那是個風和日麗的五月午後，河岸上開滿了粉色花朵，鱒魚的身影在河面下來回穿梭。這些男人全是糟糕的水手，於是，在路易斯的幫忙下，幾乎整趟回程都是由艾莉絲操槳，羅塞蒂顯得忿忿不平。路易斯指出，他並不會因此覺得遭受嚴重冒犯，也不會因此想接過槳來。但是當她往後拉槳時，路易斯的手臂撞到了她的手，而他向她望去，雙眼滿溢愛戀之情。

⁂

那封信送達時已是傍晚。米萊出門蹓躂，艾莉絲則在沙發上畫一碗草莓的炭筆素描。她沒辦法畫好果實飽滿的圓滑線條，也掌握不住果柄擺放在器皿邊緣的角度。路易斯要她重複練習，這樣她的手就能記住水果的形狀。她將素描本放在路易斯彎起的腿上作畫。

門鈴響起，路易斯嘆了口氣。「抱歉，我得移開妳的桌子了。」他說完後起身離開片刻。沒多久他走回來，往她身旁一坐，但沒有看向她。他手中握著一封信。

「那是什麼？」她問：「怎麼了？」

「希維亞寫的。」他答道：「我通常不會打開來看，但我認出信封上是克萊麗莎的筆跡。」

「哦？」艾莉絲試著讓語氣不帶情緒，試著忽視被這個名字觸發的糾結感。「她說了什麼？」

「她——」路易斯低頭看著信紙。「她似乎要死了。」

「哦。」她重複道。

「她想要我去找她，向她道別。」

艾莉絲把玩著手中的炭筆，掌心逐漸染黑。「你會去嗎？」

「我想——我想我一定得去。她要求我出現。有艘開往愛丁堡的汽船，」他的眼神飄向時鐘。「就快出發了，動作快一點應該趕得上。她**快死了**。我不能拒絕。她希望與我和解。」

「和解？」艾莉絲保持語調平靜。

「不是那個意思。就算她那樣想，我也毫無興趣。妳曉得，我應該要讓她安心，讓她知道我並沒有對她懷抱恨意。如果我不這麼做，不也太殘酷了嗎？如果我不去，她就無法毫無愧疚地死去，那麼我就成了殘忍的人。還有我兒子——我也得安慰他。」

「我以為你說她其實是裝病。」

「我妹妹也寫信來了，妳不相信我的話？」

「我不是不相信**你**，」艾莉絲說：「我不相信**她**。」

路易斯拿出那封信給她。「妳自己看吧。」

「**我的愛，我強壯的騎士，我的情人——你怎能對我如此毫不在乎——應當只有戀人才會展現——和我和解——來到我身邊——你的小希……**」

艾莉絲的雙手顫抖。這封信是如此巴結、歇斯底里，如此虛偽。「這是封情書。」

「這不是情書。」路易斯拿回那封信。「這是一個臨終的女人寫的最後一封信。」

「當然了。」艾莉絲輕快地說：「你在乎她嗎？」

「妳怎能問這種問題？」他問道，而艾莉絲期待他會堅稱：不，妳這話真是無稽之談。可他卻說：「我當然在乎她。」

艾莉絲瞪著他頭上一處花紋沒有對齊貼好的壁紙。她時常為此心生煩躁，現在她更是恨不得撕下整張壁紙。

路易斯試圖牽起她的手，但她甩開他。她應該要更有同情心、更支持他才對，但她的怒火正熊熊竄燒。

「我知道妳覺得——」

「請別擅自揣測我的感覺。」

「妳知道我愛妳，我根本不愛她——我怎麼可能會愛她？但她快要死了，而我是在乎她的。我和她結婚，而她是我的——**曾**是我的妻子。」他看著她，「到時候我就會得到自由。」

「自由？」艾莉絲問道，她的惱怒逐漸消退。「什麼自由？」

「我們之間可以更正大光明。」

艾莉絲不敢直截了當地問出那個問題。她想像早晨甦醒時，解開他纏繞身上那溫暖溼潤的四肢，然後手肘撐起上半身。**我最親愛的丈夫**，她會說，而她父母會原諒她擔任模特兒的輕率行徑，因為這樁婚姻比起那油嘴滑舌的門房好**太**多了，而且她也愛著路易斯——她是多麼愛他！

「正大光明？」

「這個嘛，我就不再有個妻子。」

「那有什麼差別？」她拿起炭筆，旋即再次放下。

他的臉色一沉。「哦，艾莉絲，不要這樣。我不是要讓妳覺得——我的意思是，我不是一直說我不贊成婚姻嗎？我的意思是，我們會**覺得**自由，也不會再有任何流言蜚語。」他又做出焦慮時的習慣動作，手拉扯起耳垂，但他的話語就像拳頭一樣落下。「我希望妳能明白我有多愛妳。」

「還不夠。」

「但我真的愛妳！我對妳的愛太多了——我想要永遠和妳在一起。」

「你得明白，」她說，怒氣再次升起，像是對抗一條纏得太緊的面紗。然後她一字字清楚說出兩分鐘前她還羞於向他吐露的感受：「你得明白這對我來說是怎麼回事。我父母甚至不想看到我！你想要我贊同你的看法，但你並不肯讓我成為你的妻子、讓我擁有基本的莊重；可你願意為了**她**這麼做，為了希維亞。」

「我自始至終都沒有隱瞞我不贊同婚姻的態度，就算有希維亞——我得補充，她的身分還在，不只是我和下一段感情之間的累贅。」

「哦，聽從原則做事對你來說可是多麼容易啊。」

「一點也不容易。」他說。

「怎麼可能？怎麼可能不容易？」她瞪著他，「你擁有想要的一切！你堅守你的原則，你還是個有頭有臉的人！你和我之間的這個、這個**關係**，不會讓你蒙受恥辱。在世人眼中，你成了浪蕩子，我卻成了一個妓女！」他聞言後略顯畏縮。於是她大聲再說了一次。「沒錯，妓女！那**我的**原則怎麼辦？別人怎麼看我、你的清掃女僕甚至輕蔑我，我該拿這些怎麼辦？我不過是你的情婦！假使你拋棄我，我就什麼都沒有了。」

「我並不是——」

「不，」艾莉絲別開雙眼。「我不會**斗膽**糾纏你，讓你蒙羞，讓你擁有甜美愛情的刺激和愉悅時，還要承受一個老妻子的折騰。」

「那是羅塞蒂說的，不是我。」

「那和你說的沒什麼不同。」她回道。

他伸手想握住她的手，但她轉過身。

「我愛妳，艾莉絲。」

「但你永遠不會娶我。」

路易斯一言不發，而這足以回答一切。

失望如同一巴掌甩在她身上、如同冷冽的苦澀憤怒，而她無法繼續忍受。她得讓他快點離開，就像迅速拔掉牙齒一樣。「船什麼時候出發？」她冷冷問道。

「我們能不能——」

「什麼時候出發？」她重複了問句，而他舉起雙手。

「晚上六點。」

她瞥了一眼老爺鐘。「好吧，那你最好快點上路。你還有一份希維亞**情人**的職責呢。」她的雙眼因怒氣而變得失焦。「你回來之後，或許會發現你也成功擺脫了我。」

她一開口就無法停止。出鞘的威脅懸在他倆之間，她脫口而出的當下就想收回，但為時已晚。她太過驕傲，不會讓自己這麼做的。她瞪著自己在彎曲鏡子中的倒影，瞪著眼前才剛被粉碎的小小世界。

「艾莉絲——不！」路易斯驚駭地說，她揮開他的手。「妳不是認真的！」

「我會幫你叫出租馬車。」

「我不會離開，除非——」

「走吧。」她說，最後一次扭開身。「走——我會幫你找輛馬車。」

在他來得及阻止她之前，她猛然甩上門，衝上街道，雙腳還穿著稻草拖鞋。

想像的情景在她腦海飛快打轉：路易斯在威尼斯，緊擁著希維亞，兩人在舞會中共舞；他在她身上起伏，誕下一名兒子。「我強壯的騎士。」她低語，緊抓著他的背。現在，希維亞奄奄一息地躺在床上，如同一枚浮雕胸針般美麗，頭髮披散在身後的枕頭上。路易斯像隻聽話的玩賞犬一樣被召喚到她身側，然後他親吻她的手，告訴她他愛她，好減輕她離去時的痛苦。艾莉絲試著停下自己的思緒，但畫面依舊湧出——路易斯吻上希維亞的嘴唇，他的慾望被迅速點燃。艾莉絲搖搖頭，她知道這樣想並不公平，她正在吃一個將死女人的醋。他本來就該去的。他非去不可。但是，真正刺傷她的不是因為他去了希維亞身邊，而是他對希維亞的愛足以讓他和她結婚，現在他卻不許艾莉絲擁有同樣的尊嚴。

「我愛妳！」當她來到轉向夏洛特街的街角時，路易斯站在畫室的窗戶叫道：「求求妳，艾莉絲！」

她沒有理會。她只做得到勉強壓下體內滿溢的悲傷。

出租馬車

夏日加快了前來的腳步，溫度逐漸上升，熱氣像一條棺布覆在希拉斯身上，讓他汗流浹背。他脫下補綴過的藍色大衣，眼神飄向一隻正沿著空店面的窗臺攀爬的貓。牠彎曲的脊椎呈詭異的角度，希拉斯不知道那是因為骨裂還是天生的畸形。若是幾個月以前，他可能會跟著那隻貓，嘗試逮住牠，將牠的脊椎釘在木板上。但他現在失去興趣，回頭繼續對著路易斯的房子沉思。一個小男孩上門，帶著一封信離開。他輕輕摸了摸眉毛。很快就是晚上了，等氣溫降下來，他就可以放鬆了。

那扇門砰一聲甩上。他抬起頭，看到艾莉絲匆匆走過人行道。她逐漸遠離他，而他可以看見她的裙襬颼颼掃過地面的鵝卵石，裙子早已沾滿灰塵。

一扇窗打了開來，希拉斯退離窗邊。「我愛妳！求求妳，艾莉絲！」他聽見路易斯大喊。希拉斯的嘴裡嚐到了檸檬的酸味。

艾莉絲會來到他身邊。她的下顎在油燈的光芒下傾向一側，如同她在那幅畫中沐浴晨光下的姿態。「你一直在幫助我愛上你。」她會說：「我之前怎麼從沒好好注意過你？」

他不知道該不該跟上去，但她沒圍披肩，也沒戴帽子，而她不管去哪裡都少不了這兩樣衣物。他留在原地等待，猜想她很快會回來。果不其然，幾分鐘後她再度出現，他非常自豪，想想看，如果他是警察，他會多麼有用啊，憑著他的觀察技巧，他可以解決多少犯罪事件！她身後跟著一輛出租馬車，前頭那批棗色的馬在熱氣中吐著白沫，皮毛因汗水而油膩。車伕蓄著淡黃色的八字鬍，就像海牛的那對長牙。希拉斯擔憂艾莉絲會爬進馬車，到時她又會和這男人獨處。

但看來那輛馬車是給路易斯的。他站在車門邊，將手上的小行李箱抬到車頂，接著車伕牢牢地繫上繩子。拉車馬嘶聲鳴叫，噴著鼻息。

「到倫敦橋碼頭。」他聽見路易斯說：「快一點。」

路易斯試圖抓住艾莉絲的手，但她別過身去，語調高亢地說了幾句希拉斯聽不見的話。路易斯懇求了一會兒，然後嘆息著爬進車廂。

希拉斯緊咬著牙關，勁道讓頭陣陣發疼。真是如釋重負！他就知道她不是真心愛著路易斯。一個念頭隨之浮現在他腦海。那只不過是一個想法的幼苗、一株才剛衝破土壤表面的嫩芽，但他抓住了它——因為**此時此刻**就是他等待的時機，如此完美，如此明確地**屬於他**，他覺得一切都是安排好的，不可能只是巧合。

萬事皆備。希拉斯已將地窖布置完成，也買了二十八瓶鎮靜劑。他做好了迎接她造訪的準備。他想起一個法文字，是他之前在某間沙龍裡，從一位來倫敦作客的巴黎妓女口中聽到的——**séjour**（住一陣），他已經準備好要讓她住一陣了。他可不能耽擱到時間，要是她姊姊挑在一切都已安排得精確到位的時刻突然出現怎麼辦？他以前在倫敦大學學院附近打轉時，曾聽見那些外科醫生這麼說：當身體已經安放好、鎮靜劑也發揮作用時，切口必須劃得迅速俐落，下刀的角度和施力也要正確無誤。「精確」不只仰賴正確的動作，也包含執行的時機。

馬車轉過街角時，路易斯從窗內伸出那隻愚蠢的手，而艾莉絲佇立原地，雙臂環抱著自己。她開始哭泣。

我的生命愁雲慘霧。他會撫慰她，帶給她快樂。

她現在全然孤身一人。天意如此，他又怎敢抗拒命運？

⁂

這麼多年來，希拉斯第一次拔腿狂奔。他的雙腿飛快向前衝刺，姿態笨拙又歪斜。他疾奔著繞過路上的時髦男士和淑女、煙囪清潔工和蔬果街販，他撞到一個女人，一落橘子撒在人行道上，女人對著他的背影放聲咆哮。他跑得就像他看過那些街童飛奔的姿態，心跳如雷，喉嚨因熱氣而刺痛，汗溼了背脊，帶著鹹味的汗珠從臉頰滑落。

他想像她走在同一條路上，腳步如幻影般與他一致，但她是個淑女，他確信不論情況多緊急她也不會奔跑起來。他彷彿透過她的雙眼看著街上建築物的稜稜角角。她會怎麼看待眼前的景象？他轉進他住的巷子。直到此刻，他才注意到牆上的綠色黏液，他才感受到兩側的房子多麼靠近、空間多麼狹窄，彷彿它們就要傾倒在他身上，他也從未在意過斜倚著磚牆的成堆垃圾。她會沿著巷子走進來嗎？還是她會等在巷口？這裡又臭又窄。他掃視地面，尋找那隻獵犬的屍身，肯定有某個拾骨人撿去賣給膠水工廠了。至少這條死巷空無一人，沒有穿得破破爛爛的孩子在這裡遮風避雨，這時間的車潮噪音震耳欲聾，斯特蘭德街上傳來鐵製車輪吱吱嘎嘎的碾磨聲，一身黑衣的辦事員在一天工作結束後趕著回家的路。沒人會聽見她的喊叫。有人會抬頭看一眼這條巷子嗎？不，天色太暗了，他們的雙眼不會來得及適應，而且他的動作會很快。就算是現在，他也幾乎什麼都看不到。外面的街道和白色的房子亮得眩目刺眼，而他在黑暗中只看得見綠色和黃色色塊在他眼前打轉。她也會有同樣的反應，而不會注意到他就蹲踞在門柱後。

雖然他早知道一切已準備就緒，還是想做最後一次檢查，於是他彎身走進他的房子。他掀起掩住地窖門的鹿皮，想像扛著她穿過店面的樣子，她的身體輕盈又精緻。就算她在被搬下地窖的途中弄斷了腳踝，也只會打消她逃脫的企圖。他試著讓手停止顫抖。他碰了碰櫃子上的鎮靜劑，撫摸一根他準備充做棍子的大腿骨。他很快會有同伴了。

他只需要一位代筆人，而斯特蘭德街上有大把大把的代筆人，那些假裝自己受過教育的公務員常常找他們辦事。

他已經想好要寫下的文字。

跳蚤

「他要幹嘛？」

拿著鵝毛筆的傲慢男孩停下動作。

艾比往前推擠。他瞪著廣告板上彎彎曲曲的線條。他想知道這些曲線和圈圈要怎麼形成文字，人們怎麼可能理解它們的意思？

「他要你寫什麼？」他質問道。

「誰要我寫什麼？」

「剛才離開的男人，穿藍色大衣的。」艾比整個下午都跟在希拉斯後頭，看著路易斯登上馬車，指示車伕前往倫敦橋碼頭。

「關你什麼事？」那男孩冷笑著說。他穿著一件破爛的絲絨外套和平頂草帽，帽簷的稻草已經散開。男孩的視線越過艾比，拉長重音喊道：「五便士寫一封信！一封好信五便士喔！」然後他壓低聲音說：「滾開，小渾蛋，你會害我的客人不敢上門。」

「聽好了，你這雜種。」艾比嘶聲回道：「那男人，你替他寫了什麼？」

「快滾開。」那男孩又說了一次，艾比怒瞪著他，彷彿那人覺得自己受了點教育就高人一等。男孩面前放了張折疊桌，一堆堆上等羊皮紙和紙張以紙鎮和線牢牢固定，旁邊是牛奶瓶裝的墨水。艾比抓住瓶子，扭開瓶蓋，一點墨水灑在人行道上。「還給我！」男孩叫喊起來：「那可要十先令！」

艾比將墨水瓶高舉過頭。「我會讓它掉下去，我保證。」他說：「現在告訴我你替他寫了什麼？我一點也不怕讓這瓶墨水砸在地上。」

「你會後悔的——你會毀了我的一天！」

「告訴我，他要什麼？」艾比又說，試著保持語氣平穩，不欲洩漏心中的急迫。他真想使勁搧這無恥的混蛋幾巴掌。**告訴我**，他用力想著，**拜託告訴我**。

「他**相腰**，」那男孩模仿艾比的腔調說：「我幫他寫封信。」

「我**知道**。」艾比說：「但信裡寫了什麼？我可不是找你閒扯。」他又晃了一下瓶子，讓更多墨水灑到地上。

男孩忿忿不平地低吼出聲，但接著就退讓了。「那是一個女孩寫給她姊妹的訊息，要她在某條街和那男人碰面。就在那條巷子。」他伸出拇指比向希拉斯的店所在的方向。「然後說她受傷了還是怎樣，我只知道這些——就這樣。我不知道那是什麼該死的意思。墨水還給我，不然我就要揍你了。」

艾比咬著下唇，試著釐清聽到的一團混亂。

「收信的女孩叫哪些名字？」

「**叫什麼名字**。」男孩嘲諷地糾正他，「我不知道。」

「艾莉絲？」

「可能吧。」男孩說，不再模仿他的腔調。「現在，我不是開玩笑，瓶子還給我，不然我就要大喊**小偷**，管那十先令去死。」

艾比將墨水瓶推向男孩，在他來得及追上來之前迅速穿過人群跑走。他轉過街角後，腳步慢了下來。

他想著準備那封信的希拉斯，還有獨自留下來的艾莉絲——路易斯帶著行李箱肯定會離開好幾天。

艾莉絲會上那封信的當嗎？艾比的心臟噗噗顫抖。

你這膽小鬼！懦夫！是你讓她陷入這個困境的。

他姊姊現在很安全。她搬到了馬里波恩的女子慈善組織的寄宿公寓裡，圍裙底下塞了三張一英鎊鈔票。她從妓院贖了身，學習起女僕的工作。他們向她保證很快能找到工作，也會讓她得到體面的職位。希拉斯絕對沒法找到她。

他一直告訴自己，等他有把握之後就會行動，但現在他不是已經有把握了嗎？

你對我來說就像弟弟一樣。

艾比雙腳不安地挪動，冰冷的羞恥感漫過全身。他好想踢自己，將自己揍得奄奄一息。他怎麼可以**拖拖拉拉**，不趕快去警告她？

現在還不算太晚。艾莉絲還很安全。他得去警告她。

他可以跑得比信差還快，可以先一步抵達艾莉絲家。但是，接下來呢？他們沒有足夠的證據讓希拉斯被逮捕，但至少艾比已經盡他所能，而她到時就能保持警覺，不會受到傷害，這樣不也是功勞一件？或許他找到的那根羽毛——藍鈴的羽飾——就足以讓那男人定罪。

他過去從未跑得這麼賣力，好像有個蒸汽機正在驅動他的身體。冰冷的空氣灌入他的喉嚨。這趟路彷彿花了他好幾個小時；他抄了熟悉的近路，就算矇住雙眼，他還是可以在這些街道上恣意奔跑。他不過是個孩子，不過是個街童，但此刻他感到體內湧現一股力量。他可以警告她。他一直監視著希拉斯，等待時機——他知道沒有任何人知道的事。

他的雙腿出現奇異感，彷彿化成液體，成了彎折在鐵匠的錘子底下的燙熱鐵塊。他想起艾莉絲，想著她的手指撫過他縫給她的玫瑰花飾，她在他姊姊生病時給了他六便士，還有讓他能夠買下假牙的五英鎊。他衝向牛津街，腦中塞滿各種念頭。再不到五分鐘，他就會抵達柯維爾巷。他心不在焉地往前跑，思緒的聲音在耳邊怒號。這次他沒有留心四周，沒有檢查路上的形體、馬匹和危險的預兆。

碰撞聲乍響，鐵塊摩擦呻吟，木頭碎裂。一匹馬尖聲嘶鳴。

撞擊的那一瞬間、當馬蹄踏上他的胸口、他像個破爛的娃娃捲進馬車車輪底下、他的頭顱如蛋殼般遭鐵輪子輕易碾破以前、就在那寧靜的短暫停頓之間、在他渺小的人生戛然而止之前，他並沒有想起他的姊姊。他沒有想起愛或夢想，甚至是艾莉絲——不算是真的想到。他只想起某天在人偶店，她的手指沿著小小裙子的縫合處滑動，然後擠碎一隻跳蚤的背殼。殼破裂時迸出了某種聲音——啵的一聲——那溢漏而出的血珠是多麼美麗。

拉姆利巷

拉姆利巷十四號

親愛的艾莉絲小姐：

我們並不相識，但我代表蘿絲小姐寫這封信。她發生了意外而受傷。她走在斯特蘭德街上時遭遇襲擊，而那名罪犯已經落網。我將她帶回我的住處，而她給了我妳的地址，請求妳立刻前來。妳可以在斯特蘭德街盡頭的拉姆利巷找到我。她的傷勢並不嚴重，不過我已經召來一名醫生，妳不必擔憂。

誠摯的

T．貝克先生

馬車

牛津街上騷動不安。一輛馬車傾覆在街上。艾莉絲半走半跑，推開伸著脖子的人群，一邊告訴自己不要看。她聽見尖叫聲，一名女士因歇斯底里的群眾和過度奔跑而昏厥。要是她看了，只會徒增悲傷，但她無法克制自己不轉過頭去，彷彿被一根隱形的線拉著。在那短短的一瞥中，她看見馬蹄往空中刨抓，骨頭從膝部穿透出來，染紅的唾沫從牠口中流進路邊的溝渠。她看見馬伕試著安撫他的馬，哀嘆這匹馬待會兒要挨上子彈的命運，還有那個小鬼根本沒看路。然後她看見一具小小的身軀，身上蓋著一塊布，沾滿泥巴的腳趾仍露在外面，就像一個個小巧的貝殼。

一個披著白金色頭髮的女孩俯身在男孩上方。她身上那條樸素的藍色連衣裙乾淨整潔，有著新燙好的摺線——艾莉絲認出了那塊布料和剪裁，和她幫克萊麗莎的慈善團體縫製的衣裙一模一樣。那女孩的身體不住顫抖。她的哭聲淒慘，對著那男人尖叫道：「我的弟弟——我的弟弟啊！」

「他沒看路！他就那樣衝出來！」馬伕對著一名警察大吼，然後朝一名孩子揮舞馬鞭，因為他正試圖摸走一個鐵輪輻。

艾莉絲搖著頭轉身，彷彿想甩開眼前的景象。空氣中像流竄著傳染病，先是不久於人世的希維亞，然後是蘿絲遭到襲擊，再來是這名街童，離她僅一個街口的距離被馬車撞死。她壓下心中的恐懼。這種事沒什麼稀奇的。她早已在街上看過數不清的屍體，有些深深烙印在她的記憶裡——凍死在門口的拾糞人、緊抓著心口的老紳士、母親手上緊抱著的全身泛灰的嬰孩、不住啜泣的乞丐。即便如此，不論她目睹多少次，死亡帶來的震撼還是分毫未減。

她想著蘿絲的傷勢究竟多嚴重，希望她頂多是折斷手臂，而不是她的臉再度遭殃——那樣更糟。她想起姊姊向路易斯伸出手的景象，硬是吞下心中殘留的嫉妒。她會原諒他。他爬上馬車時說他會娶她，但她當時太過憤怒、太過傷心，無法將他說的話當一回事。她那時說：「我要你真的想娶我，而不是因為我求你。」艾莉絲收到姊姊受傷的消息時，她的怒火早已熄滅，當時原本正要穿起斗篷出門追趕路易斯，好在他的船離開前與他和解。現在事態如此，她打算之後再寫信到愛丁堡。

忙碌的城市在她四周隆隆作響，人們繼續過著原本的生活，而她只想將姊姊和路易斯抱在懷裡。她大口大口地喘著氣。一個身著綠衣的女孩冷不防將一雙破爛的鞋子塞向她。(「小姐，兩便士。」)另一個孩子抓住她的手臂，展示一籃好似銀梳般晶亮的鯖魚，而她得旋過身才不會撞上籃子，讓魚滾入塵土裡。

艾莉絲忽左忽右地繼續向前跑，直到人潮變多、腳下的淤泥堆得太厚時才慢下腳步。巷弄蜿蜒壅塞，她不時會轉錯巷子，只得回頭再走一次。泰晤士河飄來的臭味漸濃，一名醉醺醺的紳士從盧爾斯餐廳搖搖晃晃跌了出來，對著她露齒而笑，她推開他繼續往前走，逐漸靠近河道，來到斯特蘭德街，被腳步匆忙的公務員推來撞去，就像一群從被侵擾的蟻窩洶湧而出的螞蟻。她想著那棟房子到底在哪裡——她猜那是個豪宅，因為那封信寫在一張上好的厚紙卡上。

「你知道拉姆利巷怎麼走嗎？」她詢問一個孩子。他手上提著一籃色彩斑駁的肥皂，重量沉得他彎腰駝背。

「哦，知道。」他回道，拇指比向一條破敗的通道。「在那裡。」

真是奇怪，她心想，但也許這位貝克先生並不像那張信紙暗示的富有。她想著替她擺姿勢的路易斯，他那股俊秀的稚氣，還有他深色的鬈髮——她要用祖母綠來畫他髮色的陰影。

她奔跑進巷子時沒先多看一眼，也幾乎沒意識到雙肩正摩擦著入口的石牆、弄髒了她的裙子。她四下尋找房子，但原本街上明亮的日光讓她在巷弄的暗影中目眩跌撞，接著，腦後遭受了衝擊，奪走她的意識。

第三部

她被囚禁在灰色的大理石高塔，
白日無情，
黑夜更為陰險。

——瑪麗・德・法蘭西（Marie de France），《吉爾瑪敘事詩》（約十一世紀）

他沒有出現，
我的生命愁雲慘霧。

——艾佛瑞・丁尼生（Alfred, Lord Tennyson），《瑪莉安娜》（*Mariana*，一八三〇年）

住一陣

艾莉絲躺在希拉斯的地窖裡，他伸手摸向她。她的膚色蒼白，面無血色，微啟的雙唇就像一道傷口。他拉下她的高領連衣裙。他要找的東西就在那裡，就和他先前看過的一樣：在萬國博覽會、在皇家藝術學院的畫裡，還有她走在街上、披肩滑落鬆開之際。覆在骨頭上的皮膚扭曲變形，觸感令人十分愉悅，就像被無數隻手撫磨光滑的扶手上的木節眼。他露出微笑──他做到了。每個嘲笑過他的人，不論是他母親、陶瓷工廠的那些男孩，還是基甸，他們都不可能達到如此成就──將她收藏在他的博物館裡，讓她在這裡**住一陣**。

她就這麼出現在那條巷子裡，陽光從她背後傾瀉而下，然後她直直跑過他身邊。當然，要拿那根骨頭打她的頭並不容易，但如果整個過程輕而易舉又何來滿足？就像製作盤子，若非經過兩次燒製、練土、拉坏、上釉，手指轉動光滑的瓷盤時又怎會感到愉悅？

他動手的時機十分精準。她踉蹌了一步，然後呻吟出聲，但他隨即拿浸滿鎮靜劑的布蓋住她的臉。她震驚到幾乎毫無掙扎，只胡亂揮動著四肢細聲哀鳴，便輕易又順從地陷入沉睡，讓他確信這就是她想要的。她的手中握著他的信，他鬆了一口氣。這是他最大的風險──若她沒帶著信出門，路易斯就會知道要去哪裡找她。

他再次凝視著她，心中突然湧現一陣悲傷。他不懂為什麼會有這種感覺。那是一種隱伏在舌根的苦澀，不管他吞了多少口水，都沒辦法清除掉那個味道。他嘆口氣，抬著她到椅子上。他拉開強韌的繃帶縛緊她的雙手雙腳，還多打了幾次結，然後坐回原位。

他會讓她慢慢適應新環境。他晚一點會替她帶來食物，然後他們會閒聊。他們會逐漸了解彼此的喜好和故事。當他能夠更信任她之後，他會解開她雙手的束縛，然後他們就能一起用膳。她會分享她在人偶店的生活，他們會為路易斯那些不像話的行徑而開懷大笑。（「他真是隻豬——我知道說這種話很不恰當，但上天原諒我！謝謝你讓我擺脫了他。」）

他又露出笑容，很快將陰鬱的心情拋在腦後。他回到樓上的店面，拖行鱗翅目展示櫃到地窖門上方，接著大笑出聲，笑聲粗狂如擂鼓，彷彿能驅動他前往任何地方。然後他衝上閣樓的臥房，又衝回店面，渾身上下充滿精神病人才擁有的活力和毫無顧忌的歡愉。

靜默

艾莉絲睜開雙眼，卻什麼也看不到。她從未見過如此深幽的黑暗，也從未聽過如此無聲的寂靜。沒有任何月光或對街路燈的微弱火光能穿透這片黑暗；沒有一絲醉漢哼唱的輕快曲調、遠方的嬰兒哭啼或馬鳴能滲進這片寂靜。濃厚、黏稠、沉重，就像一捆黑色絲絨包裹了全身。

她想舉起雙手到面前，卻發現它們被緊緊綁住了。她使勁全力想移動雙手卻紋風不動，禁錮她的束縛磨破了她的手腕。她的雙腿也失去自由，肌肉僵硬，腳掌因血液淤滯而發脹。她頭暈目眩，腦袋發痛。

她呻吟出聲，但有個東西蓋住了她的嘴，悶住了她的聲音，讓她的吐息在臉頰上溫暖地跳動。她抽著氣，但嘴上的布緊緊卡著她的雙脣。她想吐出那塊布，一邊扭動著身體。

內心的驚慌很快爬滿她全身。她在哪裡？發生了什麼事？有那麼一瞬間，她欣喜地讓自己安下心來：這一切都是路易斯的惡作劇——但她知道不是。她感到反胃、絕望，幾乎要被一波波襲來的恐懼擊倒。

她沒意識到自己在做什麼，只感覺到她重踏地面的腳和掙扎扭轉的手指突然傳來陣陣痛楚。她不斷晃動，直到椅子倒向地面。她側面著地，疼痛穿透肋骨和臀部。她的手臂被壓在身體底下，手肘陷進腹部，臉孔緊壓在泥土地面，舌根傳來一股紅酒的單寧霉味。她愈是扭動、愈想掙開束縛，她的恐懼就愈強烈。

嗚嗯嗯嗯嗯嗯，她開口，但柔軟的棉布噎著她，讓她說不出話來。**嗚嗯嗯嗯嗯嗯嗯。**

她無法呼吸——她掙扎著猛力吸氣，但每一口空氣好像只傳到了她的牙齒前方，接著就進不來了。她模糊的氣息逐漸急促，四肢像陶瓷般冰冷僵硬。她整個人只剩下全然的恐懼所引致的暈眩，讓她腸肚絞痛，想要上廁所。

綁縛四肢的禁錮咬進她的膚肉中，此刻她突然明白過來。

希拉斯。

刺痛著她肉體的枷鎖是他緊箍在她手腕上的指頭。他緊抓著不放的手——她明明是多麼努力想要掙脫啊！這塊地面彷彿是他的手掌，散發著他身上的潮溼氣味；塞在她口中的布就是他的嘴，和冰冷的法蘭絨布一樣鬆弛冰涼。他利用那封信誘騙了她，她還隨之起舞，像隻受腐爛肉塊吸引的狗。

她的思緒逐漸失控，想像的畫面愈來愈駭人，而她試著控制想像——希拉斯的雙手掐著她不放，擠出她體內的空氣。當他來找她的時候，他會對她做什麼？還是他會放著她等死，像一隻被困在倒扣的桶子裡的老鼠？

她還活著。她正在呼吸，速度漸趨穩定。她想像自己伸展著五根指頭，貼在壁紙上，藍色的血管輸送血液。她從心跳的敲擊聲汲取安慰。

但她的身體無法停止顫抖。

松露巧克力太妃糖

希拉斯手裡抓著一只綠色紙袋，匆匆走在街上。他知道自己的舉動並不理性，因為壓在門上的蝴蝶展示櫃極為沉重，她也不可能掙脫得了束縛，但他還是擔心他的珍寶會找到方法逃出他的掌握。他進家門時只會聽見寂靜，一切不過是場夢。他會再次孤身一人。孤獨就像鞭子打在他身上。他一直以來假裝他很享受孤獨；既然他沒得選擇，那為何要對現實懊悔呢？但是那股充斥他店裡的孤寂、他躺在床上時身旁空曠冰冷的床褥、唯一的對話僅是他的喃喃自語和腦中迴盪的思緒——這一切都讓他覺得自己被掏空了。

現在，他擁有了屬於自己的明豔動人的尤物。當她看到他買來她最喜歡的甜食，還是來自她最喜歡的小販時，所有悲傷難過就會不見了。怎麼不會呢？她可是個淑女，接受的教育就是要感激他人。

他打開門，凝神細聽。當他將耳朵貼在地板上，就能聽見微弱的呻吟，但那可能只是附近房子裡的貓或孩子的聲音。

他推開鱗翅目展示櫃，掀開通往地窖的活板門，哀鳴聲變得更大。他想著是否要噓聲叫她安靜，向她保證他是她的救星，能夠帶給她安慰。他並沒有多加細想，在他眼中，她和自己究竟是什麼樣的角色——她是囚犯、客人、落難少女，還是他的標本？而他又是什麼？綁架者、東道主、拯救者，還是收藏家？但說實在的，真正重要的是她就在**這裡**，和他在一起。

他手中拿著油燈，牙齒咬住紙袋爬下梯子，然後他轉身，看到她已經讓椅子倒在地上。她的雙眼狂亂，眼白滲著血絲。

「我不想傷害妳。」他說，但她在他接近的時候蜷縮起身子。他扶她起來。「我帶了禮物給妳。」

她瞪著他，而他撥弄著自己的袖子。看看她臉上的恐懼！他完全搞不明白。他做的事根本沒什麼好害怕的。從古到今，成千上萬個女人都遇過這種事，她自己甚至就在一幅畫裡扮演這種女子。

他迅速從背後拿出綠色紙袋，而她的怒視依舊如刀子般鋒利。「沾巧克力的太妃糖。」他說，但她的表情絲毫未變。他嘗試別的方法。「如果妳乖乖的，我會解開妳的束縛。」

他咳起嗽來。他不習慣擁有這種權力。並不會不愉快，卻讓他不知道該拿他的雙手怎麼辦。

他解開她的塞口布。她動了動下顎，不吭一聲。她沒有尖叫。

「我可以餵妳吃巧克力。」他說，但心中希望他不必提出這種建議。這種進食方式相當粗野，好像她是個嬰兒，或是狗。

「放我走。」她說，語氣令人驚訝，如此乞求，他差點鬆手讓紙袋掉落。「求求你，讓我走。我不會告訴任何人，我什麼都不會說，求你，**求求你**，放我走吧。」

「這是向妳最喜歡的小販買的。」他說，試著轉移話題，暗地希望她不會注意到。

「你想要什麼？如果是錢的話，你要多少路易斯都會付給你。你得讓我走。」

「中間是太妃糖。」他說，遞出一顆巧克力。「一便士可以買一打。」

「我才不管什麼巧克力！」她大叫，眼神又變得狂亂。「放我走！」

「我只想當妳的朋友。」

「然後你就會放開我嗎？」她像一隻正想撲向從桌上掉落的牛排的獵犬，緊咬住他這句話。她急促地說：「我當然是你的朋友。拜託，只要放我走，我就證明給你看。」

「我要妳寫一封信，證明妳的友誼。」

「一封信？」

「告訴那男人——」他讓語氣保持平穩，「妳剛才說的那個男人，告訴他妳很安全，不需擔心。」

「我一點也不安全！」

「妳很安全。」他以同樣確信的語氣回道：「妳和我在一起很安全。」

她又開始不斷前後搖晃椅子。「我不知道你想要什麼。」她說：「我會當你的朋友。我什麼事都願意做，只要你——」

「我要妳寫那封信。」他堅持，但他的語氣聽起來並不自然，語調太高了。於是他調整為命令的語氣再說一次：「妳得寫那封信。」

但她搖頭。「求求你放我走，」她不斷重複。「我什麼事都願意做。」

一股厭惡感湧向他。「我說過了，我告訴過妳，一旦我知道妳是我的朋友了，我就會放妳走。」

「我是啊、我是啊！只要告訴我該怎麼向你證明。」

「我買了妳喜歡的巧克力。」他說，她不斷重複的哀鳴讓他反胃。他將太妃糖放在平攤的手掌上，像對待一隻馬一樣伸出手。

她昂起頭，以他從未預料的力道和速度，狠狠咬了他的手指。他猛地扯開拳頭，同時打到了她的牙齒。他撫著指節，骨頭可能被她咬碎了。

接下來發生的事更是雪上加霜。她的尖叫聲充滿地窖，尖厲的咆哮迴盪著，他只想摀住雙耳、使勁敲打她的腦袋。那不是他想像中會從她雙脣間吐出的微弱哀鳴，而是低沉宏亮如野獸般的粗聲嚎叫，只在她掙扎吸氣時才稍有間斷。

「停下來！」他說，手忙腳亂地翻出口袋裡的瓶子，然後將液體倒在破布上，她仍不停尖叫。鎮靜劑彷彿過了好幾個小時才發揮作用。她扭動掙扎，直到她只能抽著鼻子，然後——總算——剩下一片靜默，她的身子往前一軟。

鎖骨

在油燈的映照下，希拉斯的雙眼綻出黃色的光芒。

你對我做了什麼？她想問，但口中的塞布讓她幾乎無法出聲。她搞不清楚發生了什麼事，但看來那條手帕讓她陷入了無法抵擋的昏睡，就像他是魔術師一般。當她無法反抗或尖叫的時候，他會對她做什麼？

「妳不聽話的話，我就不讓妳說話。」

不能說話、不能走路，除非他伸手餵她，否則她無法進食。更糟的是，她的膀胱已經漲滿了。她抵抗著尿意，渴望掙脫身上的束縛。她一定要控制自己，不讓恐懼的觸手碰到她。儘管處在這種情況下，她卻還是為失去冷靜、失控尖叫和忤逆他而感到內疚。一直以來，她都被教導要壓抑憤怒的情緒，不要大喊大叫，同時尊重男人的看法。她的情緒總是脹滿到不合宜的程度，現在更是沸騰溢出。眼下她的怒火足以讓她窒息。

但是，明天蘿絲就會發現她的住處空無一人，路易斯很快地也會從愛丁堡回來。她曾告訴他希拉斯抓過她的手，而且，他難道不明白他倆的爭執不過是一時口角嗎？他會來這裡解救她。他**一定會**。

她瞪著地窖的牆壁，低矮而潮溼，某幾處還有小小的結晶。火光抖動，火舌低垂下來。希拉斯的視線熾烈而灼熱。他一直沒有轉開目光，讓她覺得她就要在他的凝視下乾枯、凋萎，焚燒至焦裂。

我得盯著看好幾天，直到我瞭若指掌。

她只是在當模特兒。身上的疼痛是因為坐著不動、維持同樣的姿勢太久。看著她的雙眼是藝術家的眼睛——路易斯的眼睛，他充滿慾望和愛的眼神。那是兩池能讓她沒溺其中的深色水潭，是她永遠也調不出來的顏色。很快地，他就會告訴她可以動了——

她飛快地朝希拉斯瞟了一眼，看見他眼中的飢渴。他不懷好意的目光就像一滴在水裡擴散的黑色顏料，汙染了她，也汙染了一切。她試著回想路易斯拿畫筆敲著畫架，一邊牢記她的樣貌。

我的王后——

一個念頭閃過她的腦海，她順著希拉斯的視線方向看去。他並非盯著她的臉或胸脯看，而是她的頸項，她的鎖骨。此時她發現，她的鎖骨曝露在外，衣裙已經被割了開來。

艾莉絲在椅子上猛然弓起身體。一切都說得通了，她明白了儘管她每次都無視他嘗試接近的舉動，他還是鎖定她為目標的原因。她想起封在墜飾裡的蝴蝶翅膀，還有那些他帶在身上的物品。他說過他帶著一隻小狗的骨架和毛皮。他到底是誰——收藏家？病態的收藏家、組裝骨頭和屍體的人——然後她的哭喊聲迴盪於牆壁之間。她拚命忍住的膀胱在此刻洩洪。她感覺到溫暖的液體積蓄成池，從椅子流下地面。

採黑莓

希拉斯待在店裡，手中抓著報紙。他坐在桶子的邊緣，十隻烏鴉漂浮在桶中，被鏽蝕的馬口鐵皮遮蔽，不見天日。它們之前都安坐在地窖裡的玻璃罐裡，但希拉斯將標本全數移到一樓的店面後，它們都被倒了出來。這些標本不過是象徵他過去欲望的墓碑。

房裡一片狼籍，物品層層堆疊，再也不見平靜的井然有序、乾淨的櫃子和整齊貼著標籤的瓶罐。現在，整間店的模樣反映出他破碎的心靈。到處布滿灰塵——他打了個噴嚏——空氣中瀰漫著一股臭味。其中一只燒瓶裂開，液體流到地上，裡頭的鴿子心臟開始腐敗。他伸出手指撫過玻璃的缺口，摸著某樣他再也認不得的物體——是哪一種動物的骨頭？——他隨即發現手指沾滿了灰塵。

他聽見樓下傳來一陣微弱的聲響，然後想起那股氣味——尿液的阿摩尼亞臭味。他飽受驚嚇。他那美麗、沉著、**優雅高貴**的王后，居然連話都說不清楚、像困獸一樣亂咬人，還尿在地板上。他當下立刻轉身離開，匆忙爬上梯子，讓自己離她遠遠的。他想像她體內的膀胱像桃子果肉般溼潤粉紅，然後想像它不在她體內時那乾巴巴、猶如酥脆的豬耳般蒼白的模樣。

他掃視報紙上的文字，一面希望自己閱讀的速度能再快一點。當他讀到肥皂與香水的無聊廣告區塊後，這才安下心來。艾莉絲失蹤的消息並沒有上報。

他需要逃離這個地方，逃離這一團混亂，於是他戴上帽子。他那些瓶子裡的沉默同伴還放在地窖時，從來不會讓他覺得空間狹小，但艾莉絲似乎膨脹成了巨大的怪物，吼叫聲和排泄物的臭味填滿整個地窖。至少她是坐著的，他不用忍受她的身高。他心中頭一次滋生出懷疑：她和他想的不一樣。這是否意味了她並不如他所想——她不會愛上他、她會一直這樣，頑固又舉止粗魯？

他邁開腳步往前走。上午已經過了一半，路上的公共馬車載滿了工人。他斥責自己：她在那裡才待了約十二至十四小時，他居然就已經擔心起她的行為。她當然會搞不清楚狀況，當然會需要一點時間調適。他只要多點耐心、包容她的毛病就好。況且，有了別人在他身邊，夜晚**真的**感覺變短了。

他盯著坐在人偶店裡的蘿絲看，只為了讓自己鎮定下來。她中午出門散步時，他也跟在她的後面。她來到艾莉絲的住處，女管理人替她開門。他能想像她們之間的對話：女管理人告訴她艾莉絲昨晚沒有回家。他看到蘿絲眉頭深鎖，比著過於粗魯卻滿是擔憂的手勢。蘿絲猛敲路易斯家的門，但沒人回應，於是她退回街上。希拉斯不知道艾莉絲對蘿絲說了多少他的事，不禁後悔那天在皇家學院抓住她的手腕。他一想到自己的失控和無知就感到反胃。她一定得寫下那封信——非如此不可。

他離開蘿絲，在通往海德公園的蜿蜒小巷間晃蕩。他的腳起了水泡，走起路來一跛一跛的，於是他攔下一輛公共馬車。他試著回想芙莉可身上的氣味——肯定是乾淨的，和艾莉絲不一樣——他想起她的潔白無瑕。但是，從她將黑莓往嘴裡猛塞，一直到她全身冰冷靜靜地躺在草地上，其間發生的事從他的記憶中消失了。有時他腦中會閃現一些片段，但他將它們擋在外頭，蓋子關得緊緊的。是她父親殺了她，而希拉斯找到了她的屍體。或許她的屍體也不過是他幻想出來的，是一場過於鮮明的夢，她其實逃離了工廠和她父親的毒打，遠走高飛到倫敦去了。

他也將那段時光的其他回憶搬出來反覆回味，打磨得如同陶瓷般光滑。

他想起自己拿那些溫室水果給芙莉可、告訴她只要跟他走，就能找到更多水果時，她臉上露出的表情。那時他沒有設想好計畫。他還年輕，沒什麼經驗，而他只想和她共度一晚，讓她愛上他。

她沒有隨他一起走。她不可能這麼做，不可能因為他而忍受其他孩子的嘲弄。他能看見她胸前綻放的花蕾從連衣裙下透出來，他想知道那看起來像不像懷孕母狗的乳頭，還是像小貓溼潤的鼻子，更為可愛。她落在其他孩子身後，然後跟著他進入更偏僻的郊野，來到黑莓叢最為茂盛的地方。

「就是這些？」她問，看著眼前瘦削的矮樹叢。黑莓如紅寶石般閃閃發亮，但她只是環顧四周，臉皺了起來。「我還以為你說有蘋果、李子和桃子，不只是黑莓——黑莓的話，我家旁邊就有一叢**這種東西**了。」

希拉斯顯得局促不安。「我以為——」

「騙子。」她說：「你是從市場買來那些水果的。」

「我沒有。」他堅稱，但他發現自己冒起火來。他費了多麼大的心思啊！他這麼努力，又花了這麼多錢。

「你從哪裡偷來買水果的錢？」

「我沒有。」他說：「我不偷東西的，我只是想給妳看——」

「我要告訴你媽。」她說，然後她貪婪地將黑莓塞進嘴裡，雙手就像工廠裡的錘子和鐵砧一樣往樹叢裡來回猛戳。「你那是什麼表情？」

「什麼表情？」

「就像——」她模仿他，擺出一臉蠢笨的表情，他不由得恨起她來。「你回家去吧。」

「這是我的地方。」他說：「我帶妳來，是因為我想給妳看我的收藏。然後——我們可以去倫敦。」

「滾開。」她說，彷彿在驅趕一隻貓，朝他丟了一顆黑莓。黑莓在他衣服上迸裂，她大笑起來，再朝他丟了一顆。他抓住她的手。

「放開我。」她說，但他抓得更緊。

「我想要給妳看我的東西。」他拉著她到樹蔭下的雜樹叢中，他的寶藏就放在那裡——排得整整齊齊的公羊、田鼠和狐狸頭骨——他不懂為什麼她不想看。她不停嘗試扯開手，還伸指甲抓了他。他不得不打她一巴掌，好讓她冷靜下來。她掙扎的時候踢到了公羊標本，頭骨裂成了兩半。

然後她就躺在草地上了，黑莓汁沾染在她的臉頰上。

就算過了許久，一想起她殘酷的言語和奚落，一股怒氣就湧上他全身。他們不是曾一同奔跑過鄉間，陽光不是灑落在她的頭髮上嗎？

不。

他不會再想了。他抬頭凝視面前宏偉的建築——水晶宮，裡頭展示著他的連體小狗。那些抬起沾滿陶土、輕蔑的臉嘲笑他的臭小鬼，如今多半都死於陶工肺病了吧。基甸也是，看來他沒達成什麼成就——這些年來，希拉斯總焦慮地查看每一期的《刺胳針》，但從未讀到關於他的任何消息。或許他也死了，在某間濟貧院的醫院染疾而死。

萬國博覽會在陽光下熠熠生輝，一層層階梯狀的建築體和圓形屋頂，看起來就像人偶店兩旁糕點店裡的精緻蛋糕。工整對稱的幾何圖形讓他心生愉悅。

人潮洶湧，萬頭攢動，希拉斯擠在學生和旅客組成的蜿蜒人龍中；有個女人正大聲對周遭人說她一路從康瓦爾徒步走來。他穿過十字旋轉門後，拿出入場券給守門人看。今天他要不慌不忙地參觀，徘徊在各種工業機械的巨大黑色齒輪間——引擎、印刷機、鍋爐——鏗鏘作響的印刷機轉動著，蒸汽噴吐，煤炭的氣味讓空氣變得厚重。現在他一點兒也不擔憂艾莉絲究竟會不會出現，他發現自己平靜多了，也更能好好欣賞這場展覽。

他穿梭於走道間，驚奇地觀看五花八門的展覽品。這裡似乎囊括了所有人類曾經發明、製造出來的事物——一口巨大的棺材、光之山（Koh-i-Noor）鑽石、一只羊脂玉製成的花瓶，還有腳踏車和馬車。他在最吸引他的作品前停下腳步。德意志關稅同盟送來了一群青蛙剝製標本，那些青蛙脖子圍著圍兜，正在刮鬍子，旁邊還有一窩圍在桌邊喝茶的小貓。希拉斯注意到標本上的縫線七零八落，小小的四肢也伸展成不自然的角度。

他留待最後才去欣賞自己的作品。他的袖子裡藏著一顆硬糖，期盼和等待會讓它更顯美味。那對連體小狗——一具填充標本、一具骨架標本——就在各自的臺座上，他的名字在下方。

「希拉斯．利德。」

正是他本人，而這是他的作品。

艾莉絲當時來找他就好了。當他邀請她來訪他的店、邀請她前往博覽會時，她來赴約就好了。事情可能會變得多麼不一樣啊！倘若芙莉可沒有取笑他，而是與他並肩同行、握住他的手就好了。他只不過想成為她們的朋友。說真的，這都是她們自找的。

禮服

艾莉絲的眼淚浸溼了塞口布。淚水中的鹽分像針一般扎著她的雙頰，她的大腿也又癢又刺痛。她不得不排泄在底褲上——當她移動身體，就能感覺到糞便沿著她的臀部滑動。她感到飢餓、喉嚨乾渴，但一想到要讓希拉斯餵食，她就沒辦法接受。她的處境如此淒涼，無比悲慘，她不知道自己到底能不能逃出這個洞穴。

「幫我寫封信。」他一遍又一遍重複。「我只要這個而已，就一封信。」

他利誘她，像是拿一先令買陀螺、拿一基尼買陶瓷人偶。

如果她替他寫了這封信，他就會解開她的雙手，讓她自己進食。

如果她替他寫了這封信，他就會移除所有束縛，讓她在地窖自由走動。

如果她替他寫了這封信，他就會讓她上去店裡。

如果她替他寫了這封信，他就會——他就會——他就會——但她還是閉緊雙唇，搖頭拒絕。

她知道那都是謊言。她將巨大的希望繫在路易斯身上，多到讓她痛苦不堪。只要她錯失這個機會，一切就完了。

⁂

她讓指尖戳進掌心。**不要再哭了**，她告訴自己，**停下來**。她不會乾坐在這裡哭泣。她會盡一切所能活下去，就算要像隻野獸讓他餵她吃喝也一樣。她要讓自己活下去。

為了轉移心思，她想著路易斯的畫、王后禮服上精巧的結，以及畫筆精確的筆觸。一次只畫一小塊，一次只多加一點顏色。藍綠色的陰影畫在濕白底上，所有色點創造出一個真實的人、一幅真實場景的幻象，但實際上不過是顏料和貂毛筆構成的、只有吉爾瑪才能解開的結。她試著回想那鮮明的色彩。這裡只有褐色、黑色和黃色，彷彿翠綠、紅和群青色只存在於她的想像中。

至少希拉斯留了一盞油燈，讓她看清楚身上的束縛。她仔細審視椅子：她的小腿被綁在椅腳之間的橫木上方處，而她的雙臂手肘下方則是被固定在兩條彎曲的扶手上。扶手的木材一路往連接椅面的方向變細。

她控制身體，扭動著束縛，讓它移動到扶手較細的部分。這花了她好幾個小時。布料一點一點地鬆脫，她向內彎起手，動著手指撬動束縛。如果手指能抓起鉛筆、在紙頁上移動，當然也有足夠的力量解開她了，不是嗎？沒錯，束縛一點一點滑開，直到她的右手腕成功掙脫。

她會重獲自由。她不會死在這裡。她會再次聽見路易斯那時常半開玩笑的聲音：**我們是來從梅里耶杜王手中拯救妳的**。

她曲起手指——她的手臂滿是束縛的勒痕——然後拉掉口中的塞口布。她伸出舌頭滑過雙唇。她的嘴裡又酸又黏膩。空氣新鮮多了。

只消一眨眼工夫，她就解開了左手，雙腿的禁錮也隨即鬆脫。她試著站起身，四肢卻不聽話。她全身像果凍一樣，在成形前就從模子裡挖了出來。她緩慢地站起來，轉動雙腳和雙腿。疼痛如此劇烈，她幾乎無法忍住不叫出聲來。

儘管她心知肚明，還是爬上梯子，試著推動地窖門。她不如去試試推倒皇家藝術學院算了。

於是她策畫下一步。她拿起油燈。燈很重，她嘗試揮著燈，想像它擊中希拉斯頭顱的情景。他會被打暈，然後她逃走。她揮舞得太用力，流動的空氣讓燈芯的火焰一陣顫抖後熄滅，她不禁罵出聲來。

她摸索椅子，重新坐回去，將束縛蓋回手臂和腳上，假裝還是被綁著。她右手拿著油燈，朝著遠離梯子的方向，她希望他不會馬上注意到。

她聽見上方壓著門的重物被移動的聲響，心臟狂跳。這時機湊巧得彷彿他很清楚她正在打的主意，彷彿他刻意給了她足以掙脫束縛的時間。

踏在梯子上的腳步聲在狹小的牢籠中迴盪，穿透而下的光束就像雲間驚鴻一瞥的太陽。他沒說話，手上拿著某樣物品。是一張椅子。他不自然地緊抓著它，在離地還有最後幾階的地方跳了下來，低聲咒罵。

在他穩住身子前的那一瞬間，艾莉絲舉起油燈。希拉斯低身躲開，油燈擦過他的耳朵，她再次攻擊，打得他歪向一邊、跌倒在地。

她撲向梯子——地窖門是敞開的——她抓著梯條的雙手不斷滑開。金屬又硬又冷，但她欣然接受，她將身體撐過地窖門的邊緣，看到一個奇異而凌亂的房間，可他阻止她繼續前進。

他抓住了她的腳。艾莉絲掙扎亂踢，不斷想著：**你不會成為我的主人，你打不倒我的**——她的腳踝掙脫開來。她的身體已經一半進到店裡了，當她欲抬起雙腿時，那隻手再度掌握她的腳踝，這次抓得更牢，如腳鐐般結實。

「救命啊！」她大喊：「救命啊！我被攻擊了！救命！救命！他會殺了我——他會——」

她的腳失去了立足處，隨著憤怒、絕望的吼叫，她摔回了牢籠裡。

這可能是她僅有的機會，她一定得成功。她一定得逃出這裡。她站起身，準備好奮力一搏，雙手撕扯、揮拳攻擊都好。只見他聳立在她上方，一手拿著手帕。

她的耳朵傳來一陣嗡鳴——他揮拳打了她嗎？——她癱倒在地。那條布逐漸向她靠近。

「不。」她哀求，「拜託不要——我會坐好——我會乖乖的——求求你——」

「我不相信妳。」他說，然後抓起她的頭髮，將手帕覆在她的嘴上，用力壓向她的鼻子。她想保持清醒，屏住呼吸。她不斷扭動，讓神智保持清明，但整個世界在她眼前晃動起來，如同海市蜃樓一般。

接著模糊消失。

同伴

他會殺了我。

希拉斯看著她沉沉睡去。她怎麼可以那樣想他？至少這解釋了她失控的行為和恐懼。他一定要讓她明白，他的意圖並無不軌，而是出自高尚的動機，他唯一想要的只是成為她的朋友。她真是美麗——緊閉雙眼底下的眼窩，還有那副鎖骨。他的鼠蹊部傳來一陣騷動。**好棒的棍子啊。**

他記得那個妓院的女孩和她虛假的外表——她說話時空洞的音色，還有她頭髮上的染料。那個跳蚤窩的氣味，幾乎就和艾莉絲身上的排泄物一樣難聞。

從博覽會回來後，他去找木匠訂製了一張椅面挖了洞的椅子。這是一個禮物。他想像著艾莉絲看到時驚喜的神情。但當他帶著椅子來進入地窖時，她卻打了他。而且，她是怎麼掙脫束縛的？他撫摸著頭上、前臂尺骨和指節上的傷口。她真是隻凶惡的野獸。在火光的照耀下，連她的五官看起來都有點像猴子。

她坐在新的椅子上，上身向前傾垂，一只錫桶放在她的身體下方。他撩起了她的襯裙，但沒有碰她，雖然他很想。出於仁慈，他稍微放鬆了她的束縛。她的身上已經出現血液不循環的斑點，還有輕微的瘀青，就像放置一星期的屍體。他在她的太陽穴和裙子點上薰衣草油，然後深吸了一口氣。排泄物的臭味被香氣沖淡。真是甜美，真是美麗！

她的嘴唇蠕動著，一條口涎垂下來。她喉嚨嗆咳了幾聲，眼簾眨動起來。他的俘虜、他的寵物醒了！

她環顧四周，呻吟了一聲。

「我讓妳坐在妳的新椅子上了。」他說：「大叫是沒用的，沒人聽得見妳的聲音。」

她一句話也沒說，只是咬著嘴唇。

「我只是想當妳的朋友。我希望——」

「你會殺了我。」她的話音顫抖，「你會將我做成標本。你想要我的鎖骨——」

希拉斯彎下身，和她的臉同高。「不，」他說：「妳不懂，我絕對不會那樣做。妳怎麼可以這樣想？我想要當妳的朋友。我想要妳愛我。」

她搖頭。

「怎麼了？」

「愛你？」她嘲弄地說，嘴脣勾起一抹冷笑，就像他母親一樣。「我永遠不會愛你。我鄙視你！我恨你！我——」

「妳不是認真的。妳將學會愛我。等著瞧吧。」

她揚起下顎，一字一字吐出：「我、永、遠、不、會。」

「妳會的。」

「我厭惡你。」

希拉斯沒預料到如此惡毒的反應。她的固執讓他胸口冒出一股怒氣和挫敗，但他壓了下去。她比那些拉燒窯用煤炭的公牛還要冥頑不靈，牠們總是步伐歪扭、跌跌撞撞，永遠無法朝正確的方向前進。但是工頭會讓牠們乖乖聽話，鞭打牠們的背，直到牠們嬉鬧的腳步變得沉重緩慢，頭顱低低地垂著。

他等著她開口，而最後她總算說話了。她沒有看向他。

「你為什麼要這麼做？」她問。

「做什麼？」

「蒐集——殺死那些生物，奪走牠們的生命？」

他搖搖頭。她什麼都不明白。他並沒有奪走牠們的生命，而是保存了牠們的記憶。讓牠們成為永恆的象徵，讓本該褪色泛灰、在街巷裡腐壞的毛皮留存下來。更重要的是，牠們對他來說是**有意義**的。為什麼這個時代的一切事物非得具備功能不可？光是能讓人愉悅還不夠嗎？他正準備發表一番見解時，她就打斷了他的思緒。

「我要吃東西。」她的語氣就像公主命令奴隸。

他要先嘲弄她，當作一個玩笑。「我可不確定要不要給妳。」

她沒有中他的計、做出任何反應，於是他嘆了口氣。

「妳之前咬了我，對吧？」他伸出紅腫的手指，四個被她門牙咬出的鐮刀狀傷口清晰可見。

「我不會再這麼做了——這次不會了。我好餓，又好渴。」她抬起眼看著他。她真是美麗。

「很好，很好。」他回道，比他的本意還快就向她屈服。他輕笑起來。她知道要怎麼達到目的。

他拿出一個腎臟形狀的錫手術盤。他不會再冒著被咬的風險了。他拿起先前被丟到地窖的另一頭、沾滿灰塵的巧克力糖，放到盤子上，然後挨到她嘴邊。她偏過頭，張開嘴咬起一顆糖，將整顆糖果吃下去。

「水。」她說。他手忙腳亂地從外套拿出一只瓶子，倒進盤子裡，而她就像貓一樣舔著水。

塵埃在盤子中飄浮。

「好點了嗎？」他問道，但她默不作聲。

他一定要讓她愛上他。

「我是認真的。」他說：「我只是想當妳的朋友。」

他等著她回答，不確定她是否睡著了。

「我一直——」他一開始發不出聲音，因為他從未說出口過，「一直很寂寞。我一直——一直非常寂寞。」

沒有回應。

「我還小的時候，沒人想當我的朋友。我從來就沒有朋友。我很希望有人願意當我的朋友，但人們都瞧不起我。他們嘲笑我。我曾以為交到了一個朋友，一個醫生，但他只將我當作笑柄，而且……」

他告訴她一切。他滔滔不絕地說著，直到嗓音變得沙啞。基甸、他母親，他賣給工廠那些太太們的頭骨。他的一生都攤開在這個房間裡，他的話語和煩惱嵌進了地窖的建材之中。他向她訴說過往的悲傷、賣命工作，還有他的珍奇收藏如何成為他內心的出口。

她還是一聲不吭。

黑暗

時間流逝，艾莉絲已經分不清楚究竟過了多少個日夜。希拉斯會帶給她食物和水。她內心深處有個角落期盼起天花板上傳來的磨擦聲、地窖門的鉸鏈開啟的呻吟聲，還有他踏在梯子上的腳步聲。她痛恨這股期待，腳使勁踏著地面，彷彿要表達她對自己的厭惡，但有他的陪伴，她才不會覺得自己快要發瘋。

因為這裡的一切淨是黑暗，無盡的黑暗，她覺得自己就要窒息了。沒有任何顏料如此黝暗，也沒有任何畫筆粗厚得足以描繪出這抹黑。她的思緒變得凌亂片段又不真實。她有時想像姊姊坐在角落，低著頭縫紉，寂靜中只剩針線嘶嘶摩擦的聲響。一隻老鼠的刨抓變成米萊的畫刀在畫布上刮動的聲音。她身上緊箍的束縛變成路易斯在她手臂上的愛撫、在她耳邊的低語。她動也不動，而靜止不動讓她痛不欲生。她尿在自己身上，大便在桶子裡。她是被囚禁在修道院裡的隱士、被困於高塔的中世紀處女、獄中受罰的叛徒、盒子裡的洋娃娃、籠子裡的狗。

老天，我會需要一個美得驚人的尤物才行！
她真是美麗的尤物！

她乖乖進食，保存體力。她沒再嘗試逃跑，因為她得想出一個絕對不會失敗的計畫。她要慎重行事，保持冷靜和耐心，她要讓希拉斯先信任她。他一定會犯錯、忘記某些事；他遲早會鬆懈、放下戒心。她之前太心急了。她應該要再等待時機，或是更大力拿油燈打他才是。她為自己的愚蠢而氣餒地在椅子上彎起身體。那可能已是她唯一的機會。

※

她想知道路易斯是否已經回到倫敦了。千百個可能的景象掠過她的腦海。他再次愛上已康復的希維亞，並留在愛丁堡。他的船延誤了，或是翻覆了。他回到家，以為她拋棄了他，就如同她告訴他的那樣。

或是——

或是——

他回到柯維爾巷，聽見房子寂靜的嗡鳴、房裡的空蕩冷冽。他呼喊她的名字，他的聲音兀自迴盪。

他穿上斗篷（真希望她當時留下那封信！），走到她在夏洛特街的住處。女管理人告訴他，她已經一星期沒看見艾莉絲了。（已經一星期了嗎？還是才過了幾天？她分不清現在的時間。）她沒從房裡帶走任何行李，沒有任何跡象顯示她踏上了旅程。他心急如焚。

他前去拜訪蘿絲。艾莉絲可以聽見門鈴乍響，聞到那股甜膩的氣味，感覺到他靴子踏著縫縫補補的地毯，但蘿絲什麼都不知道。她也一樣焦慮，因為艾莉絲沒有依約和她一同散步，而她原以為艾莉絲和路易斯一時興起跑去旅行。

他已經想起希拉斯的事——他當然記得！他記得那個墜飾玻璃球、那隻抓住她手臂的手、艾莉絲的不安與恐懼，於是他立刻前往希拉斯的店。

他推開面前的希拉斯，正好一拳打在他的下顎。

她聽見另一個男人的腳步聲在頭上響起，開口尖叫著他的名字，一遍又一遍尖叫。

他推開壓住地窖門的重物。

她看見門打了開來，而路易斯就在那裡，呼喚著她，抱住她，解開她身上的束縛——

老闆娘

希拉斯聽見捕鼠夾啪地闔上的聲響時，正坐在扶手椅裡。他小心地摺起《刺胳針》和《泰晤士報》，收進他使用骨頭和獾毛製成的書報架上。他折著指節一個個劈啪作響。

通常他會要求艾比替他找來標本，但他已經好幾個星期沒看見那臭小子了。當他去艾比的住處敲打他的窗戶，提醒他們之間的約定時：差點將一個他不認識的孩子嚇瘋。也許艾比已經離開那裡，去了新的妓院，不再需要希拉斯的好心就能活下去。這樣也好，事情變得容易許多，他可不想這個小搗蛋鬼在她作客期間四處打探消息。希拉斯早就擔心艾比懷疑得太多了。

一隻肥碩的白色老鼠躺在捕鼠夾的咬合處。牠的雙眼空洞，直直地瞪著前方，像兩顆紅寶石一樣，但牠的腹部仍不斷蠕動。希拉斯拿牙籤戳戳牠。真是奇怪。

接下來他就明白了，是牠肚子裡的幼鼠在蠕動。他只見過一次這景象，當時是條獵犬。牠們是否有專門稱呼的名詞？小鼠仔？鼠崽子？

他拉開捕鼠夾，放出母鼠。這是個很好的標本。他絲毫不在意碎裂的脊椎，他想要的只有皮，而牠的毛皮毫髮無傷。

希拉斯坐在工作檯前，工具一字排列開來——三把磨利的解剖刀、彎刃剪、一把刮肉刀和刮皮器——他讓針固定住牠的四肢。他切開母鼠抖動的腹部，想像自己是個外科醫生。

「淘氣的老鼠，」他說：「讓我來拿出妳的小雜種。」

每隻包覆在囊袋裡的幼鼠不斷扭動。他劃開黏膜，看著牠們一隻隻掙脫出來，在檯面上嗅聞爬行。六隻跌跌撞撞的鼠崽子。他們的皮膚脆弱粉嫩，眼睛微微青腫，就像蒼蠅的幼蛆。其中一隻讓他笑出聲，還拿解剖刀碰了碰那透明的口鼻。

他很快就感到乏味，便用木槌一隻隻壓扁牠們。

他全神貫注在母鼠身上，謹慎地處理肌肉連著毛皮的部位——雙耳、尾巴、前肢。當一張抹上鹽、軟綿綿的皮完好地拿在他手中時，他便決定在它做成填充標本前要著實晾乾，這樣就不太可能發霉了。

他想起路易斯和那隻該死的鴿子。那是導致這一切發生的原因——他將艾莉絲交給了他。

他伸出一根濡溼的手指撫過鼠皮內層，才發現這是整個早晨以來他第一次想起艾莉絲。他慢慢厭倦了——她那雙充滿恐懼的眼睛，還有桶子裡散發的排泄物臭味。真是骯髒，不像個人樣。他從沒想過她有這麼多**味道**。

有人敲了敲門。

希拉斯縮起身子，決定不予理會。過去這陣子以來，有幾次他聽見巷子傳來顧客的腳步聲，但門上的「**已打烊**」標誌就足以讓他們連拉鈴或敲門都省了。

不間斷的敲門聲愈發急切響亮。希拉斯將顫抖的雙手壓在大腿下方。他聽見地窖傳來門鈴微弱的震動，艾莉絲也會聽見。來者不是一般顧客。他想像路易斯就在門外，被艾比引領過來——

「利德先生，我命令你打開這扇門。」一個男人在門外說道，嚴厲的語氣充滿威嚴，但希拉斯不為所動。

另一個聲音響起：「開門，你這混蛋！」

他不論在哪都可以認出這個斥罵的聲音——是海豚酒館的老闆娘。這種時候她要幹嘛？該不會又是和那死婊子有關的胡說八道了吧？那件事甚至沒有登在報紙上，根本不可能那麼重要。他們來得真不是時候——他想著地窖裡的艾莉絲，她淒厲的尖叫。她的塞口布夠緊嗎？一滴汗珠落在他的眉頭。

「開門！」男人說道，門板不斷撞擊著鉸鏈。他再不應門，他們就會撞開門。他不知道這男人是誰，可能是哪個酒館裡的壯漢。

希拉斯在櫃子翻找他處理大型標本的鋒利刀子。他會安撫他們的恐懼、回答他們的問題。可一旦那壯漢想找碴——嗯，他也不是省油的燈。

「什麼事？」希拉斯將門打開一條縫，一邊問道。

他吃了一驚，老闆娘身旁不是什麼酒館壯漢，而是一名個子高大的警察，身著長長的海軍大衣、戴著一頂晶亮的皮帽。他的腰上掛著一根警棍、油燈和手銬。他身上那枚銀色的徽章和釦子像鯡魚一樣閃閃發光。

希拉斯感覺到刀子在掌心滑溜，他試著將那把刀從背後塞進長褲裡。

「抱歉打擾，先生。」那位警察說道，老闆娘的雙眼如蛇般瞇得細長。

「你這混蛋——我知道是你幹的！」她邊說邊撲向前，但警察一把抓住她。

「女士，拜託妳，控制一下。」

「我做了什麼？」希拉斯說，刻意保持輕浮的語氣。「需要我幫忙調查什麼，請儘管告訴我。」

警察的嘴在彎曲的鬍子下開闔，希拉斯一時出了神，只顧著看他嘴部的動作，看起來就像一隻小小的動物在木板上扭動。

「你說什麼？」他眨著眼說。

「我說，你知道珍・席蒙德嗎？」

「藍鈴。」老闆娘厲聲喝道：「藍鈴。你當然知道她，你這——」

「我認識她，就和其他酒客一樣。她常在酒館拉客。」

警察不住點地的腳尖讓希拉斯知道他已經對老闆娘失去耐心，只想趕快將她當成歇斯底里發作的瘋婆子打發。希拉斯知道該怎麼做。他得和他來場男人間坦誠的對話。

「我不認識她，只認得出她是誰。」希拉斯說道：「她很沒教養。我先前聽說了她的死訊，但老實說後來就忘了。」他擺出一副困惑的表情。「說真的，我以為她的死因沒有可疑之處——聽說是吸了鴉片還是喝太多琴酒而神智不清，然後就跌倒——所以實在想不出你們為什麼要來找我。」

警察點點頭。「從我們的調查來看，我們也是如此相信，但是——」他對老闆娘擺了擺手。

「我知道是你幹的。」她罵道：「我知道就是你！我絕不會撒手不管。」

希拉斯脖子往後一縮，裝出驚訝的神色。「如果她的死是意外，那我搞不懂我又怎麼會和這件事有關。」

警察向他露出抱歉的眼神。「我還是得調查一下，你那天晚上人在哪裡？」

「應該是在店裡。」希拉斯說，雙腿交叉，擺出輕鬆的姿勢，但他的腿在顫抖，雙腳也變得燙熱。刀子沿著褲子滑動，好想擺脫這些人——

他聽見了她的聲音，一聲微弱又急切的哀鳴。

他的胸口緊縮疼痛起來。一定有人死於比這更輕微的驚嚇。這些人一定得走——他得讓他們離開這裡。

「先生？」警察問道，更靠近地看著他。希拉斯露出一抹假笑。

「不好意思，我沒聽清——」

「我說那天下午你們起了爭執，究竟是怎麼回事？請說明你抵達海豚酒館到離開後發生的事。」

他去了妓院——那個染了假髮色的騙子女孩——然後回到海豚酒館，在那之後的事他都不記得了，直到他現身柯維爾巷等待。更多記憶浮現：路易斯和艾莉絲交纏在一起，還有一股氣味——來自藍鈴身上的香水。他得靠著門框穩住自己。但他不可以想這些事。他唯一該做的就是不讓他們聽見艾莉絲的叫聲。

「你那天下午做了什麼？」警察催促他回答。

「我去了海豚酒館，我必須說她那天確實有點無禮。」希拉斯說，聽見話語從口中滔滔不絕而出，不敢置信地發現他的話聽起來如此流暢有說服力、且富有教養，但他的腦子卻同時亂成一團。「但我認為她應該是喝多了。她在椅子上，旁邊還有一名紳士，一位年紀較長的男子。說真的，我沒想太多。我當時還對老闆娘說——」

老闆娘對他憤怒地咆哮著。

「說擔心她喝太多琴酒了。」

「他那時非常生氣！渾身散發怒火——」

警察舉起一隻手要她安靜，要希拉斯繼續說下去。他繼續陳述好填滿空隙，蓋過他靈魂深處的嚎叫。

「後來，嗯，我就回家了。」

「當時有人和你在一起嗎？」警察問道。

「我一個人住。應該沒有任何可疑之處吧？」

警察突然頓住。「那是什麼鬼聲音？」

「什麼聲音？」希拉斯反問，全身一陣冰冷竄過。他的喉嚨乾澀，便咳了幾聲。

「那個聲音啊，你也聽見了吧？」

「哦，**那個**啊。我快被搞瘋了。」他說：「住在那裡的小鬼，」他指向身後一棟破敗的房子，他已經好幾個星期沒看見有人出現了。「他們將一隻小貓關在籠子裡，真的非常殘忍，令人很不愉快。」

「我懂。」警察說，聳了聳肩。「臭小鬼就是那樣。」

他閒話家常起來，聊著倫敦的居住問題。希拉斯幾乎不敢相信警察完全放棄了藍鈴之死的線索，還全盤接受他對艾莉絲叫聲的解釋。這位警察信任他，完全不疑有他。

「還有什麼事？」希拉斯問道，大膽地想結束對話。然後又轉頭說：「我相信妳一定很悲傷，老闆娘。我知道我們並不合，但說真的，妳很想讓我捲進來，而顯然整件事很單純，只是個不幸的意外。」

「你這混蛋！你——」老闆娘撲向他，手指攫住他的頭髮，對他又抓又打，而希拉斯動也不動，任由她猛烈攻擊，直到他感覺到警察拉開她，一邊斥責她。

「女士，真是的。」

「我不怪她。」希拉斯說：「都是琴酒的錯，太常喝的話，大腦會隨時處在歇斯底里的狀態。」

警察翻了翻白眼，說道：「夠了，女士。謝謝你讓我們打擾你。」然後希拉斯關上門，轉身靠著門板，大口喘著氣。

吉爾瑪

親愛的吉爾瑪：

我們之間的愛已經蕩然無存。除了與你道別，我無話可說。無需擔心我，我只請求你別來找我，也別試圖與我聯繫。

艾莉絲

野獸

艾莉絲閉上眼。她的臉頰貼著冰冷的地面——她又再次在一陣狂亂中翻倒了椅子。底下的桶子隨著木椅傾倒在地，部分內容物被地面吸收，部分則滲進了她的裙子。萬事休矣，一切掙扎都是徒然。她是那麼努力試過了。她一次又一次從胸腔深處擠出低沉嘶啞、被塞口布擋住的哀嚎，一遍又一遍大叫、跺腳、搖晃椅子。她聽見上方傳來某個女人的吶喊，雖然聲音微弱，但至少不是什麼都沒有。

她聽見他的腳步聲橫越天花板。

壓在門上的重物被移開，地窖門打了開來。他手中明亮的油燈讓她眼睛不停眨動。她聞得到身上尿液和汗水的氣味，這讓她無比驚駭。她記得以前每天早晨都會沾取桶裡的水清潔自己，看著海綿擠出煤炭加熱的溫水滴在腋下和雙腿之間。

「幫我寫那封信。」他將她連人帶椅扶正、拿掉塞口布之後說道。他焦躁不安，緊握的雙拳指節泛白。但至少他人在這裡。距離他上一次出現，一定已經超過一天了。她的喉嚨乾渴，肚子哀求著食物。她的舌頭笨拙沉重。

她想著，**希拉斯的手放在我的鎖骨上——**

她想著，**在角落嘰嘰喳喳的老鼠——**

她想著，**逃走、逃走、逃走。我能逃走的話，我會找到路易斯，當他對我說他愛我的時候，我會相信他，然後擁抱蘿絲，出錢讓艾比上學——**

希拉斯遞出一張紙和羽毛筆。「我只是要妳寫一封信給他。妳能不能別那麼不聽話！」

她開了口，但她乾渴的喉嚨讓聲音嘶啞。「我、我寫。」

「什麼？」他倏地看向她，滿臉驚訝和不可置信。

「我會寫——寫你那封該死的信。」

「艾莉絲，我最親愛的，說話別使用這麼粗鄙的詞。」

她咬緊牙關。「我會寫，但你必須先鬆開我的束縛，給我食物和水。」

他頓了一下，而她可以從他臉上嘲弄的笑容看出他正思考著是否要調侃她。但他最後嘆口氣，照她說的話拿來了金屬盤。她舔著混濁的液體時，決心不去看他，接著，一股對路易斯的恨意突然湧現。他在哪裡？為什麼他還不來？

他解開她右手的束縛時，溼黏的手掌拂過她的手，而她痛得大叫出聲。她旋轉手腕，關節劈啪作響。

他給她一枝筆，但她想下筆的時候，手卻抓不住筆桿。她嘆口氣，然後在一陣暴怒中將筆丟到房間另一頭。

「噓、噓。」他安撫她，走過去撿起了筆。「我可是擁有無比的耐心。妳慢慢來。」然後他唸出她必須寫下來的文字，必須從筆尖湧出的謊言。

※

她寫完後，他一把從她手中抓過信紙。

她希望提到吉爾瑪就足以傳達她的意思了。她只會在開玩笑的時候叫他吉爾瑪，所以他肯定會嚇一跳，搞不懂她的意思。她希望這能讓他明白過來，這是一個給他的信號，讓他知道她被困住了，就像他畫中的王后一樣，他一定得來救她。這是她唯一的機會，一場賭博。但要是他相信了信中所寫、相信她要與他斷絕往來，那該如何是好？

艾莉絲嗆咳起來，胸口一陣劇痛。這間濕漉漉的房間，天花板滴著水，四壁潮溼陰冷——她是多麼渴望逃離這裡、讓四肢重獲自由、邁開腳步奔跑，並且再次看見日光和海德公園的廣大綠意。

「親——愛的……」希拉斯唸道，然後停下來。他靠近紙張仔細端詳。接著他敲打信紙，手伸到她面前，將紙捏皺。艾莉絲瑟縮起來。

「這是什麼？」他質問道：「古、古——埃瑪？」

「我是這麼叫他的。我從來不會叫他路易斯，如果我寫『路易斯』，他就會知道那不是我。」

「妳說謊。」

「我沒說謊。」她堅持。「我就是叫他吉爾瑪，那是我對他的暱稱。」

「妳說謊。」他重複道，這次高聲叫了起來。他一把揉起信紙。「妳這騙子、妳這小騙子。妳就是隻卑劣的野獸，一頭動物。我只是想要愛妳，我試過了——」

「我是動物？我？」艾莉絲尖叫出聲，和他一樣怒氣沖天。「我可不是將我囚禁在這裡的怪物，還充滿欺騙。」

「是妳要我這麼做的。」

「要你這麼做？你這充滿妄想的——充滿妄想的魔鬼！我恨你。我身體的每一寸、每一口氣都恨你。你真可悲。難怪你沒有任何朋友，難怪你這麼孤獨。」

「住口！」他喊道。

「所以你母親才會痛恨你。因為她看到你的靈魂是如此邪惡又醜陋。」話語從她口中傾瀉而出，無法停止，為了最後一刻而壓抑的尖銳言語像黑潮般泉湧而來——多久了？一星期？兩星期？還是才過了幾天？路易斯在哪裡？他為什麼還不來？

「住口！」他再次吼道，接著她看見他的手往口袋裡胡亂摸索，她知道接下來會發生什麼事——那條破布。她不想再被下藥，但她還是停不下來——她知道應該要閉嘴，因為她同樣畏懼他，但她壓抑不了高漲的怒火。

「我永遠不會愛你。我只會恨你——比你母親還恨你！」她大聲清著喉嚨，逼出一大口痰，伸長脖子吐在他臉上，快慰地看著痰液滑過他的臉頰。

他搖動椅子，推倒她，雙手扣上她的頸項。她試著說話、大叫、呻吟，但她做不到。她發不出聲音，就像一隻快要窒息的貓。

玻璃眼

希拉斯已經兩天沒去看艾莉絲了。那時，他彷彿從白日夢驚醒——他的手指掐著她的喉嚨，她則掙扎著想吸取空氣——然後向後一跌。他扶起她的椅子，她刺耳破碎的喘氣聲在他耳裡彷彿是一種責備。「對不起、對不起。」他低喃著：「但妳不該——妳不該惹我生氣。」接著她吐了，而他無比溫柔地抹去垂落的黃色嘔吐物。「好了、好了，看看我是多麼照顧妳。」他說完重新將塞口布放回她口中，蹣跚地從她身邊退開，爬上梯子。她的雙眼狂亂、滿是血絲，視線左右游移。還有那一聲聲嗚咽。他將她寫的信塞進抽屜，決心永遠不要再看到它。

希拉斯沒有忘記她的表情，還有她的聲音，這讓他足足兩天不敢接近她。況且他還有很多事要忙：每天早晨檢查報紙的報導、試著找到艾比，還有處理那隻老鼠。他現在正好就在做這件事：塞入棉花填充頭部，黑色珠子放進眼窩，布料則輕推到四肢末端。

這工作讓他平靜下來。不久之後，老鼠的身軀逐漸鼓脹，愈來愈像希拉斯剛從捕鼠夾拿出牠的樣子。

他試著不去擔心藍鈴的事。沒有人再上門盤問，報紙上也沒有相關新聞。畢竟，除了一個歇斯底里女人的猜疑之外，警方沒有任何線索。老闆娘肯定給了那警察好處——或許他是海豚酒館那些較墮落的常客之一——讓他壓下對她的說法抱持的懷疑。雖然他光是一個眼神就洩漏出真實的想法，但那位警察壓根就沒有認真盤問。假使警方真的認為希拉斯涉嫌，他們會澈底搜索他的店，甚至拖他進牢裡。

希拉斯保持專注，扭轉鐵絲，塞進老鼠的尾巴裡。他很篤定之後不會再聽到關於藍鈴的消息。但如果當時警察不滿意他的說詞，不相信那聲音來自一隻被關住的小貓，最後會發生什麼事？如果警察破門而入，看到希拉斯背後藏了把刀，接著發現地窖並找到她，那又該怎麼辦？希拉斯一直小心翼翼地毀跡滅證、掩蓋行蹤，但只要一丁點愚蠢的小差錯，好比有人上門來打探——如同那兩人一樣——一切就毀了。路易斯不是也很快就會回來，然後發現艾莉絲失蹤了？

他抹抹額頭，直立起老鼠。這不是他最好的作品，但他還是試著縫好切口。他的雙手不聽使喚，針頭戳著毛皮，刺得太深，縫線變得歪扭不齊。他嘆口氣。他是怎麼了？通常每個作品都比上一個更加進步。

為了撫慰變壞的心情，確保他只是對自己太吹毛求疵，他迅速跑上樓，去看那些排排站在架子上的老鼠標本。他一個個數著：十三隻。他拿起最新完成的，有著棕色毛皮和一根粉紅羽毛的那一隻。他檢查標本上的縫線，欣賞整齊俐落的鋸齒線條。做得多麼好啊！回頭看看他第一次做的作品——牠的身形比其他老鼠都小，爪子拿著一個盤子，頭頂黏著一塊淡黃色的毛皮。那是他還是門外漢時的早期作品。她的身體有點鬆垮，頭部的填充物塞得太多，毛皮過於緊繃。

也許他的新老鼠不像他想的那麼糟。他回到工作桌前，拿起老鼠標本——但發現所有作工錯誤百出。鐵絲沒有塞到爪子的末端，填充物也分配不均。跑一趟閣樓根本沒有讓他平靜下來。

你這騙子、魔鬼、窺視狂希拉斯、失衡的步態——所有這些嘲弄他、嫌惡他、欺負他的人——他重重往桌上一捶，猛力拉開椅子，下定決心要去見她。

葡萄乾麵包

一雙手放在她的鎖骨上，吐息拂過她的頸項——是路易斯？希拉斯？還是她的幻想？路易斯的影像浮現在她面前，如同絕望之人眼中的海市蜃樓——他的頭髮在頸背鬈起，還有他的微笑。他說關妮薇替她建造了一座宮殿，然後領著她穿過房子，來到一間寬廣明亮的畫室，每面牆都是由幾千片玻璃打造，還有一座升起的高臺，她的模特兒可以躺臥在上面——但地板開始陷落，她又回到了潮溼的黑暗之中，路易斯的臉變成希拉斯的臉。她懇求他回來，不要離開她，但一切都太遲了。有隻手正撫摸著她的鎖骨，那是大英博物館的那隻大理石手，石頭手指緊抓不放——

「路易斯。」她啞聲道：「親愛的——親愛的。」然後一個聲音說道：「水。」溼潤的玻璃杯靠上她的脣邊。她大口大口地喝，杯中的水潑濺到她胸前，讓她起了寒顫。希拉斯也拿來閃爍著糖霜的葡萄乾麵包，被他捏成一顆顆小球，送進她嘴裡。

「還要。」她說，儘管她的胃開始糾結，因為她不曉得他要隔多久才會再來。萬一他再也不來看她，任憑她活活餓死呢？萬一他被扣留在某處，或不幸遇害，又該怎麼辦？沒人會知道她被困在這裡。「還要。」

他又拿來一個葡萄乾麵包，她貪婪地吞了下去。

「妳來之前，我一直好寂寞。」希拉斯說，而她頭痛欲裂。

「求求你放我走。」她說。她已經數不清自己說了多少次這句話。「求求你放我走。我不會告訴任何人。我會假裝我只是去了別的地方。」

「騙人。」他回道，但語氣並不尖銳。

「求求你。」她懇求他，眼淚從鼻尖和下顎滴落。「求求你，希拉斯。我是個女孩，和你一樣都是人類，不是標本，不是動物——求求你。」

「我想要妳當我的朋友。」他說：「真的很想，而妳卻不理我。」

「對不起。」她說，話音伴隨著啜泣和粗重的咳嗽。她的身體因發燒而汗溼。她一定要維繫和希拉斯的關係，確保他會再次帶著水和食物來看她。「你是我的朋友啊，你是的，對不對？」

「我不相信妳。」

「我說的是實話。」她鍥而不捨，又說道：「你總有一天會放我走，對吧？」

沒有回應。

「到時我會來拜訪你，我還是會當你的朋友——我們可以一起去看萬國博覽會。」

「但妳之前沒有這麼做。」

「我現在認識你了！我認識你了——只要你放我走，你就能知道我有多想當你朋友、我有多真心、我有多……」她不斷絮叨，字句不斷重複又重複，朋友、朋友、朋友，而他就坐在那裡，雙臂緊緊環抱著自己。

「告訴我妳的事。」他說。

「我下次會告訴你。」她說，拜託一定要有下一次。「如果你帶來熱騰騰的派、牛奶和牛肉湯——」

她的話被房間角落傳來的門鈴聲打斷。希拉斯一躍而起。

艾莉絲開始尖叫，但她喉嚨只發得出沙啞斷續的聲音，和幾天前清晰尖銳的吶喊截然不同。

在她能吸進更多空氣前，他就拿出沾了奇怪液體的手帕，覆在她臉上。

她仰起身體，她的頭猛力撞向他，試圖掙脫束縛、試圖拔高聲音，戰勝包住她口鼻的那片布料。

門鈴再次響起，她掙扎又掙扎。

保持清醒，艾莉絲。她告訴自己。**不要讓周遭的世界遠去。這是另一個機會——另一道微光。不要讓周遭的世界遠去——維多利亞女王的婚禮上歡騰的人群——塞著馬毛的床墊——馬車下的男孩和他悲痛的姊姊——畫布上的一抹顏料——架好的畫筆，筆刷如針頭般尖細——蘿絲帶來的鳶尾花——路易斯肩膀下方的凹陷處，正是為了讓她的頭倚靠而形成的——路易斯路易斯路易斯路易斯——**

門鈴聲

門鈴聲讓希拉斯從白日夢中驚醒。有那麼一瞬間，他真的相信艾莉絲了。他相信她真的想當她的朋友，相信她曾是他的朋友，而他也真的半認真地考慮起放她自由的可能性。他是真的能放她走。他就能沉浸在自己的仁慈與她對他的感激之中。最後，她還能為他帶來撫慰——帶食物給他、在他製作標本時坐在一旁。他能再次開店——畢竟房東不久後會來催繳房租，到時不知還會發生什麼事？

但當她的尖叫聲又迴盪在地窖時，他就知道她都是裝出來的。如果他真的放她走，她就會叫警察來，然後一切就結束了。

他直直地望著她好一會兒，她的頭向前垂落。門鈴震震鳴響，愈發急切，伴隨著緊促不斷的敲門聲。倘若又是老闆娘和那個警察，而他們在他來得及離開艾莉絲之前就破門而入，他們就會看到地窖的門是開著的。他焦急地攀爬上梯子，雙手不住滑開。他將櫃子用力拖到地窖門上方，然後趕緊打開大門的鎖。肯定是老闆娘。沒人像她一樣固執。

「什麼事？」希拉斯質問道。

門口的人不是老闆娘。

是那個混蛋，路易斯。蘿絲站在他身旁，和一頭紫色的母豬一樣醜。

希拉斯縮了一下身子，準備好吃上一記拳頭、準備好面對結局。

但那男人沒有推開他，也沒有衝進店裡，奔向艾莉絲。希拉斯抓緊門框。這表示路易斯不知道真相——他若知道就會帶警察一起來，或至少找來一群朋友對他動私刑。希拉斯一定要盡可能表現出正常的樣子，不要趕走他，也不要做出引人疑竇的舉動。他試著擠出一抹微笑，卻只露出了一副微微齜牙咧嘴的神情。

「我——有什麼能為您服務的嗎？」希拉斯問道。他的聲音不穩，刻意裝出的快活語氣聽起來特別刺耳。在鎮靜劑的效果消退之前，他還有多少時間？五分鐘？如果路易斯聽見艾莉絲掙扎的聲音，絕對不會相信小貓的說詞。他的心跳飛快，像撞擊著籠子的金絲雀。「你要買標本嗎？另一隻鴿子？或是一隻貓？」

他覺得他臉上寫滿了罪惡感。

「艾莉絲在哪裡？」路易斯質問道，蘿絲朝著他瞇起完好的那隻眼睛。

希拉斯畏縮起來，但他提醒自己，他們什麼都不知道。他們的懷疑毫無根據。

「唔，你的意思是？」希拉斯說。

「她在這裡嗎？」路易斯再次逼問，「你帶走她了嗎？」

「她告訴路易斯，你曾經抓住她的手腕。」蘿絲搶著說：「你還去了她住的地方，現在她就這樣離開，沒有留下任何蹤跡。她在哪裡？」

她離開了，而不是她被綁架或消失了。希拉斯將他們透露出的真實想法銘記在心，但他還是大氣也不敢喘一口。「哦，她當然在裡面了，在喝茶呢。」他藏住濃濃的恐懼開著玩笑，然後假笑了一聲。

路易斯不知所措地左顧右盼，一隻手扒著鬈髮。希拉斯真希望身上還帶著那把刀，他就能將路易斯壓在牆上，一下一下地釘死他。他真蠢、真傻啊！

「歡迎你進來看看。」希拉斯說：「雖然我不曉得你到底想在這裡找到什麼。」

他瞥了一眼身後，看到上次那把刀子還放在櫃子上。

路易斯凝視著幽暗的房間，彷彿害怕一旦跨過門檻，就會墮入瘋狂的深淵。希拉斯期待他會拒絕這個邀請，但路易斯說：「好，如果你不反對的話。」接著，路易斯和蘿絲擠過他身邊，進入店裡。

「去啊——何不也找找看工作檯的抽屜，看看她在不在裡面？」希拉斯說，壓下內心張牙舞爪的驚慌。「出來啊，親愛的！」

他拿起刀子滑進口袋裡。

路易斯一言不發，只是四處盯著展示物看，然後——真是無禮——爬上通往希拉斯臥房的樓梯。

「我得說這太超過了……」但路易斯無視他的抗議。那滿臉坑疤的臭女人怒視著他，而他發現自己被她臉頰上的一處凹洞吸引。他好奇地想，如果將她的皮從頭骨上剝下來攤平，那處凹洞還會維持凹陷的樣子嗎？

「你說她離開了是什麼意思？」希拉斯問，有個點子閃過腦海。他轉身背對蘿絲，伸手在抽屜裡翻找，然後撕下一小部分的紙，放入口袋中。

「她走了。」路易斯說：「沒留下任何紙條，沒有隻字片語，什麼都沒有。」希拉斯看到他走下樓，鬆了一口氣。路易斯的表情流露一絲怯懦的不安。

「你沒找到她躲在我床下嗎？」

「一點也不好笑。」蘿絲怒斥道：「我妹妹不見了，我們會找到她。這可不是什麼尋常的事。」

「這該死的一點都不好笑。」路易斯說，他的臉甚至比平常還慘白。「如果你以為你可以表現得毫不在乎——艾比曾警告過我你的事，艾莉絲也是——但你襲擊她，你嚇到她了。就在你搭訕她不過幾星期之後，我從愛丁堡回來時就發現她消失得無影無蹤——這一點也不尋常。」

希拉斯想起她避開了路易斯的吻——那是路易斯的馬車沿著散落稻草的街道離開時，兩人之間落下的不和標記。

「你知道可能是什麼原因嗎？也許是你們吵了一架？」

「那不是重點。」路易斯說，但希拉斯聽明白了他語氣中的動搖。「還有艾比，他說你在監視她。」

「艾比？」希拉斯邊說邊拉著一撮頭髮。艾比這個漏洞，這個臭小子——只要一眨眼，這男孩就會背叛他，毀掉這一切。艾比是否不顧他姊姊的安危，跑去告訴路易斯他知道的一切？

「艾比死了。」路易斯語氣平板地說。

「死了？」希拉斯重複道。

「被馬車撞死了。他姊姊現在來我這裡，我僱她當我的女僕，而她告訴我艾比有多討厭你。」

那無恥的小鬼——希拉斯對他明明是那麼慷慨無私，他卻背叛他！不過，他不能老想著艾比，他得專心想辦法趕走他們。他非得執行他的計畫不可，雖然細節還很模糊。而如果這辦法沒用，或是艾莉絲醒來的話——他的手指撫過刀鋒，感受利刃在拇指上割開的切口。他會出其不意地發動攻擊，讓刀鋒一路從路易斯的腹部劃到鼠蹊，然後一眨眼的工夫就能切開蘿絲的喉嚨。

「話說回來，她天性就喜歡搞失蹤。」他開口。

「你又了解她了？」路易斯厲聲喝斥。

「她沒告訴你？」

「告訴我什麼？」路易斯向前一步，而蘿絲繼續瞪著他，雙眼如馬車燈火般刺眼。

「這是女人家的事——」希拉斯的語氣中透著一種隱藏祕密的調侃，擂鼓般的心跳讓他一刻都放鬆不下來。「這個嘛，說出來實在很不得體。」

「你好大的膽子。」路易斯說，但他讓希拉斯繼續說下去。

「我不太確定該怎麼說。但是，好吧——」希拉斯咬住嘴脣，「我們——我們之間的關係不單純，有肉體上的來往。」

「你們才沒有——」路易斯說。

「騙子！」蘿絲說：「我怎麼會不知道。」

「哦，蘿絲，她可不曾背著妳偷偷來嗎？」

「你這惡徒、怪物——」

希拉斯感覺到自制力逐漸消失。「她還在沙爾特太太那邊工作時，我不是去店裡找過她嗎？」那一瞬間，他的記憶力讓他感到驚奇。有時記憶就像濃霧一樣朦朧，有時卻又清晰無比。「妳記得吧？」

「那是什麼時候的事？」路易斯質問道，轉向蘿絲。「他在說什麼？」

「我——我那時對她很生氣。我妹妹怎麼可能會和這種噁心、討厭的男人有任何牽扯。」

希拉斯握緊刀柄。但他將視線定在一隻飄浮在罐子裡的兔子，然後吸了一口氣。

「我們的關係確實沒有維持太久——但我是真的在乎她。她邀請我去皇家藝術學院舉辦的非公開預展，她說她的肖像會在那裡展出。你們宣稱我抓住她、襲擊她，這又是何等荒唐的指控？」

「你抓住她的手腕。」路易斯說：「而且不肯放開。」

希拉斯哼了一聲。「我才沒做那種事。她邀請我去，我們也彬彬有禮地交談——除非這是她捏造的故事，好獲得你的憐憫和注意力。」

「你說謊！」路易斯說，但他的聲音動搖。「我不相信你——我不相信艾莉絲會騙我。」

「這確實令人著惱。」

「你對她做了什麼？」路易斯再次逼問。

他的手伸進口袋——艾莉絲醒來之前還有多少時間？他們現在一定得離開這裡。

「什麼也沒做，真的。我什麼也沒做。她就是喜歡——喜歡搞失蹤。我相信你們沒吵架，但如果你們有——嗯，她輕輕鬆鬆就離開她姊姊了，對吧？」

「那是兩碼子事。」蘿絲開口，但他打斷她。

「她也毫不留情地將我當蘋果籽一樣拋棄。你們看吧。」

他從口袋拿出那封信，但寫著「親愛的吉爾瑪」的部分被撕掉了。希拉斯不用看就可以背出內容。

「我們之間的愛已經蕩然無存。除了與你道別，我無話可說。不用擔心我，我只請求你不要來找我，也不要試圖與我聯繫。艾莉絲。」

路易斯一把搶走信紙，蘿絲越過他的肩膀，伸著脖子讀信。

「你怎麼拿到這封信的？」路易斯質問道。

「她寄給我的——這不就是她寫的嗎？」

路易斯顫抖著手摀住臉。「上帝啊，我不相信。」

「這是假的。」蘿絲說：「我不知道他耍了什麼花招才拿到這東西。」

「我——我真的不相信。」路易斯說，但他聽起來就像是洩了氣的風箱。「該死，我絕不會放手！我不會放棄的。」

「你們不介意的話，我還有事情要忙。」

路易斯舉起拳頭撲向前，但蘿絲溫柔地拉住了他，而他彷彿被拳擊手制服了一樣。他頹喪地、緩慢地洩了氣，讓蘿絲領著他離開店裡。「這事還沒完——這不是你最後一次看到我們。」他說，但他的話語早已失去任何力道。

希拉斯猛力甩上門。

突然間，門又劇烈地敲響起來。

「我不相信你——一點都不信！」路易斯吼道：「我會查清楚的！如果你膽敢傷害她，你絕對會後悔！我愛她——」然後希拉斯明白過來，這男人正在啜泣。

「走吧，留在這也沒用。」蘿絲說，門被踹了最後一腳，微微震動著。

四周陷入短暫而甜美的寂靜，艾莉絲的哀鳴再次響起。

鴿子

艾莉絲和蘿絲還小的時候，曾有一名鳥販會在她們家外頭的人行道上叫賣。他穿著暗黃色的皮背心和一頂拿破崙帽，手上揮舞關著鴿子和歐金翅雀的木籠，牠們的羽毛被塗上充滿異國風情的顏色。

「金絲雀一先令，鸚鵡兩先令。」他喊道。每天早上，艾莉絲都會在附近徘徊，愣愣地看著那些生物被黏住的翅膀、無精打采的叫聲，還有牠們擺出彷彿要展翅高飛的姿態，最後卻只是一頭撞上籠子。

她無法忍受看到這些鳥被禁錮起來，而她和蘿絲也這麼告訴鳥販——蘿絲睜大雙眼懇求他，艾莉絲則跺著腳，命令他放走牠們。他揮手趕開她們，還打到艾莉絲的頭。他說如果他想不出賺錢的伎倆，就當不成好鳥販。

「一個像甜美的草莓，另一個像討厭的酸紅醋栗。」他這麼說她們。

「換成是你被關在籠子裡，你也不會高興的。」艾莉絲罵回去。

「哦，求求你放牠們走。」蘿絲哀求道。

每次經過他身旁，艾莉絲就會變得更加生氣，直到怒火變得像火鉤一樣熾熱。有一天，她因為某個原因而感到非常丟臉——可能是弄髒了圍裙，或是緊抿著嘴坐在桌邊、拒絕吃下水煮蔬菜，或是在教堂裡大笑，或是拿蠟燭燒自己的眉毛，就為了看會發生什麼事——於是她低聲叫蘿絲引開鳥販的注意力。

「妳想做什麼？」她問，害怕地看著艾莉絲。

「妳讓他分心就對了。」

蘿絲吱吱喳喳地問著他鴿子的事，還有人類可不可能學會飛翔。鳥販哈哈大笑，說道：「人類會飛？那我們很快就會在月亮上散步啦。」艾莉絲趁機抓住其中一個籠子。她試著解開門鎖，但它紋風不動。鳥販還在滔滔不絕，於是她折斷籠子上三根不比火柴粗的木條。「飛吧。」她催促被塗了顏料的鴿子，但牠只是困惑地盯著她咕咕叫。

「飛啊。」她懇求，搖了一下籠子，但那隻鳥卻不肯動。

鳥販注意到艾莉絲的動作，在鴿子跳出籠子時抓住了她。

她以為牠會一飛沖天，帶著滿身鮮豔的色彩，像隻小小的孔雀。她想像牠降落在顏色乏味的灰色同伴之間，引起一陣興奮的騷動。但她沒預料到顏料已經將牠的翅膀黏在一起，讓牠根本無法展開翅膀。牠搖搖晃晃地走向街道，脖子隨著步伐往前抽動。

「不！」她喊道，但太遲了——一輛狗拉推車輾過了牠。

她好恨自己。她完全是出於善意。鳥販舉起鞋子上的皮繩抽打艾莉絲，蘿絲在旁邊哭泣。他還向她們的父母追討了兩先令的賠償。

⁂

艾莉絲不知道自己為什麼想起這件往事。其他思緒和影像紛紛湧入她的腦海。

她想起了路易斯，他們躺在屋頂上時，他的身體拍擊著她，她的裙子掀起到腰上，他的褲子褪到膝蓋。他們在光天化日之下交合，明目張膽、毫不羞恥。她耳邊傳來**我愛妳我愛妳我愛妳**的呢喃。

他沒有出現。路易斯沒有來救她。他沒有衝下梯子，奔過來解開她的束縛。她全然無助，渾然不知上頭發生的騷動，也沒察覺自由就在咫尺之遠。

他沒有出現，我的生命愁雲慘霧。

她想像他在這個房間找到她時的樣子。她滿身髒汙、臭氣熏天，全身發燙又沾滿了糞水，這才是囚禁者真實的臉孔——簡直和豬隻沒兩樣，與他畫中那張向著光、蒼白、潔淨、理想化的臉龐截然不同。

她渴望地窖門傳來重物移動的聲音，但那聲音沒有響起。她聽見樓上傳來希拉斯來回踱步的腳步聲，而他的疏離嚇壞了她。她需要他的狂熱和溫柔，需要他向她保證他不會傷害她、他只是想當她的朋友。

快來看我，她在心中向他冀求，**對我說話，給我食物**。

她真正的意思是：**別讓我在這裡等死**。

恐懼的爪子攫住她。

那隻鳥。

被黏住的翅膀。

現在，換她被關在籠子裡，但沒有小孩過來折斷木條。

就在這時，她心中冒出一個想法。一個尚未成形的點子。

皇家藝術學院

希拉斯在午後時分醒來，一張報紙攤在床上。如果艾莉絲當初沒在信裡捏造「吉爾瑪」這個稱呼，他也不會注意到報紙左下角的那個字。距離路易斯的來訪才過了一天，他就已經在報紙上登廣告了。也許是因為希拉斯那番話才促使他這麼做。

希拉斯拿起那一大張報紙，印刷文字在他緊握的手中變得扭曲。他剛開始還讀得斷斷續續，但現在他閉著眼睛也能背出來。

我的王后：

我不會放棄尋找妳。我愛妳，我也知道妳愛我，我們之間的爭吵不過就是一點口角。我會找到妳，然後我會娶妳——如果妳能接受這種不甚光彩的未來。求求妳，寫信給我，沒有妳，我活不下去。

妳的吉爾瑪

真是多愁善感得令人髮指。多麼沒有原創性、多麼可笑啊——路易斯根本不懂什麼是愛，不懂愛需要多大的耐心、計畫和照料——希拉斯站起身，注視架子上穿著各種衣服的老鼠。他的口腔發乾，體內深處湧現一陣痛楚，彷彿他是一根被劈開的柴火。

他無法再繼續推開過去的記憶了。架子上有隻裝扮成陶瓷工人的老鼠，牠有著小小的黃褐色身體，雙爪間握著一個盤子。

那張圓圓的小臉曾是芙莉可的臉，沾滿了塵土，還有她父親的拳頭留下的凹痕。她沒有微笑，而是咆哮，充滿畏懼，被他壓在身下。騙子，她說，騙子。她在急忙逃走時踢了他最珍視的標本一腳。那頭有著蜷曲雙角的公羊頭──他忽然鮮明地回憶起來──她將它踢成兩半，讓他的怒氣滾燙地爆發，出手攻擊。在他意識到自己做了什麼之前，她已經被他壓在身下。他的雙手扣在她頸子上，她的臉孔腫脹發紫，雙唇間沒了吐息──他下手了。他加入搜尋她的隊伍，私下去看了她的屍體兩次，手指撫過她青腫腐敗的肌膚。他本想好好探索她的骨頭，但搜索行動嚇到了他。於是一天晚上，他便將她埋在林子裡，只有鐮刀般的彎月和一頭見到他就逃走的狐狸看到他。枝頭上的樹葉彷彿驚恐地捲向一旁，貓頭鷹呼呼地向虛空訴說他的祕密，蟲子急忙爬向隱蔽之處。

他放下芙莉可的老鼠標本。牠隔壁的老鼠是唯一一隻雄性，身上穿著醫學生的服裝：小小的防水帽、法蘭絨外套和圍裙。老鼠粉紅色的爪子抓著一根代表解剖刀的針。

那是基甸。

當時是個狂風夾雜著雨點的夜晚，基甸很晚才離開大學，希拉斯原本還懷疑是不是早就錯過他了。他拿著一把刀靜靜等待，內心充滿憤怒。

他伸出手指撫過那隻老鼠，從齒縫間吸氣。他想起那幅畫裡化作王后的艾莉絲，莊嚴而堂皇。

這麼多星期以來，他終於清洗自己的身體，拿布用力擦洗腋下和下體，潔淨的味道除去了人體的氣味。穿好衣服後，他從櫃子拿出一把解剖刀——最鋒利的一把，用來在動物身上劃下第一道切口——然後離開房子。

他走上喧鬧嘈雜的斯特蘭德街。一輛公共馬車正不斷吐出蓄著黑鬍的男僕和女工——寬又突出的女帽讓她們看起來就像一群上下擺動的蘑菇。人群在他面前分開，繼續前行。終其一生，希拉斯不斷被嘲笑、無視，他感到悲慘不堪，又無比、無比寂寞。

他穿過特拉法加廣場，途中撞上一個賣熱馬鈴薯的小販，火星從橘色的炭火中噴濺而出，落在人行道上嘶嘶作響，但他不見絲毫畏縮。

某個人站在皇家藝術學院的入口，但希拉斯不會讓他阻擋他。他看到兩個人手勾著手步上階梯，但他沒有因此而卻步；當他看見一個女孩在另一個男人耳邊低語，他也沒有別開視線。刀子就在他的口袋裡——他能感覺到，它會幫助他實現目的——然後他直直穿越由一個個掛滿畫作的房間所形成的瑰麗迷宮，來到西房。

她就在那裡。

她當時是多麼甜美、潔淨、純潔。他上次來這裡參觀時，他是如此充滿希望。他能感覺到慾望和確信如熱氣球般升起，他知道她會愛他。他以為只要能每天看到她、握著她的鎖骨、對她說話，他就會永遠幸福快樂。他曾想像她的臉轉向他，寫滿了被俘虜的喜悅，就像畫裡的她一樣。他對她的信任會足以讓她得到在地窖裡行動的自由，而他會在她腳邊堆滿食物：裝滿酒的銀杯、剛出爐的麵包、裝滿草莓和無花果的瓷碗，而她會永遠保持優雅、純樸而清新，她的頭髮披落在背後，肌膚柔軟潔白，身上的裙子也毫無皺褶。

但曾應許給他的小小完美世界每天都在崩解。她曝露出自己的本性是頭骯髒的野獸，皮膚被塞口布摩擦得紅腫破皮。她的言談下流粗俗，脾氣又令人難以恭維。更別說那名警察或路易斯隨時可能會回來找他。他們可能現在就在他的店裡，聽見她的呼喊，移開裝著蝴蝶標本的櫃子，放她自由。他摩挲著下顎。

他靠得更近，凝視畫中王后的臉，看見筆刷在她臉頰上留下的一絲痕跡、她眼中塗抹的明亮色彩，還有嘴唇間那陰森又不自然的綠色。從近處看，這幅畫不過就是冒牌貨。就像那婊子的假紅髮一樣，只是騙術。他無法忍受虛假的事物，那犯了他的大忌。

他拿出刀子時，手不住顫抖。他等著人群散去，等待角落那群特別吵的人聊到無法自拔、喧鬧聲來到頂點的時刻。他將刀鋒抵在畫布邊緣。布料和木頭一樣硬，但他的解剖刀很鋒利，啪地一聲刺穿畫布。這幅畫並不大，只和他的手臂一樣長。

一個流暢、拉扯的動作，那把刀劃過整張畫布。切割的聲音低沉嘶啞。顏料化成碎屑，布料的織線斷裂破損。王后從腰部被切斷，窗戶也一分為二。他露出微笑，收起刀子，享受著踏在鑲木地板、走下階梯、穿過庭院、加入嘈雜鬧街時輕快的腳步。

水

艾莉絲的雙腿使不上力，彷彿希拉斯切斷了她的膝腱。她想像他手中握著一把閃亮的手術剪刀。喀嚓、喀嚓。

她一聽見他離開房子，便曲起身子，將椅子前傾，試著讓身體的重量放在腳尖上。但隨之而來的疼痛也讓她大喊出聲——她雙腿的肌肉僵硬而無力——然後椅子又倒回原地。

她對著塞口布喘氣，氣息腐臭，臉頰的皮膚酸得發痛，但這給予了她再試一次的力量。她非逃走不可，她一定要呼吸到新鮮空氣、聞到她的排泄物以外的味道、看見這片黑暗虛空以外的事物——她第二次嘗試時，將椅子拽到了牆邊。她將前額抵在冰涼潮溼的石壁上，緊緊咬住嘴唇，忍耐肌肉傳來的陣陣痙攣。

我還活著，她想。

當她將扶手敲向牆壁時，她一開始很擔心會讓自己變成殘廢。木材在石頭上摩擦，兩種材質吱嘎作響地互相碰撞。她撞到了自己的前臂，倒抽了一口氣，感覺到溫暖的血汩汩流出。她一點都不在乎。她感到一種任性的愉悅湧上——她可以承受任何事情。

她的雙腿和雙臂都在發疼，頭顱也隨著血液的脈動隱隱作痛，但她仍不斷撞向牆壁，一次又一次。有時她確定自己聽見了木材破碎的聲音，但當她試著扭動手腕時，扶手仍紋風不動。她只需要讓一隻手重獲自由，就能解開身上的束縛。只要一隻手就好——

有時她會閉上雙眼，告訴自己一切都是徒然，而她會感覺到自己彷彿被隱形的水流往下拉扯，承受不了她可悲處境的重量。她永遠逃不出這裡，永遠無法自由。她不斷咳嗽，直到喉嚨沙啞疼痛。整個世界都在轉動，她覺得極度噁心、全身發燙，好想倒頭就睡。

但她會奮鬥下去。她會的，她一定要奮鬥下去。

她的手臂滿是傷口，雙腿的肌肉疼痛不堪。她數著自己倒向牆壁的次數：十二下、十三下、十四下。

她想像自己的四肢是陶瓷做的，汙穢、撕裂的裙子是陶瓷人偶身上的精緻服裝。她穿著漿挺、綴有蕾絲邊的絲質衣服，黑色的雙腳上有上了色的小小鈕釦。身上的疼痛不過就是蘿絲將裙子縫到布做的軀體上時，不小心扎到的幾針。

「死的還是活的？」她問蘿絲，而蘿絲壓下一抹微笑。

「妹妹，妳每次都要玩這遊戲嗎？」

「她的眼睛看起來有點朦朧。我猜——」

她——死的還是活的——

她怒吼出聲。當她最後一次摔向牆壁，雙腳迸發的力量讓她大吃一驚——終於，世上最美妙的聲音響起。扶手斷了。

她立刻感覺到了，束縛一瞬間鬆了開來。灼痛從她的手腕一路竄上手臂，剛才的辛勞和痛苦讓她一時間全身無力。但能超越自己原先以為的極限，讓她感到一陣安慰。她解開其他三個結，伸展手腕和腳踝。她很快就能試著站起來。

她聽見希拉斯的腳步聲傳來。天花板在他腳下吱嘎出聲。他的步伐停在地窖門上。

如果他下來，就會看見碎裂的扶手，還有掉落在她腳邊的束縛，但她還沒想到任何對策。她既虛弱又無助。他會再次將她以不同的姿勢綁起來，綁得更緊，以防她再度撞壞椅子，那她就永遠逃不走了。

她聽見壓在門上的重物移開的聲響，她大可尖叫、咒罵、怒斥一番。門打了開來，地窖的牆壁被光照亮，顏色就像泛著橘黃的壞疽傷口。她的手臂滿是血淋淋的刮痕，身上的衣服髒汙不堪。她聽見油燈敲擊的聲音，他靴子摩擦地面的聲音，他很快就會出現在這裡——

她想要對他大吼、怒罵，但她的口好渴，一個字都說不出來。她的喉嚨不肯乖乖聽話。她幾乎認不出來她體內那道駭人的咕嚕聲來自什麼。

不要下來。她在心裡吶喊著。不要——

然後——她幾乎無法置信——他關上門，腳步聲逐漸遠去。

⁂

當她讓自己從椅子上撐起來時，雙腿不住顫抖。她想起當她壓著雙腿、擺了一小時的姿勢之後，她試著移動時路易斯嘲笑她的樣子。她像喝醉酒一樣東倒西歪，然後側身倒在沙發上。現在，他抱住她，哄著她直起身體，在她一點一滴施加重量在四肢時支撐著她。蘿絲低聲為她打氣。再試一次，妹妹。

她唯一的武器是那根椅子的扶手。她在地上尋找任何能當成武器的物品——就算是一小塊玻璃碎片也好——但希拉斯非常謹慎。接著，她想起那只在角落響起的鈴。她有辦法扯下電線嗎？她不確定可以拿來做什麼，但說不準能派上用場。至少，她得試試看。

裂。

她伸出手指摸過地窖的石頭天花板，一次一排石頭。石壁潮溼而黏滑，水晶在她的觸碰下碎

她碰到了冰冷的金屬。圓頂狀的鈴旁邊有根小小的錘子。蜘蛛網黏到了她的手。她摸索著門鈴，小心翼翼地掀開它，不讓它掉在地上出聲。那根小錘子連著電線，但電線接得很緊，她來回拉扯，使出全身的力量拔它，但她的手滑脫開來，整個人跌到地上。她再試一次。遠處傳來砰的一聲，似乎有什麼裂了開來，金屬鬆脫時發出了嘶嘶聲。艾莉絲一點一點地將電線拉出牆面，每次發出聲響時她都會畏縮一下。上方沒有傳來任何腳步聲，也沒有喊叫的聲音。他可能睡著了，或是外出。

她再次思索該拿這條電線怎麼辦，但想到萬一扶手斷了，她還有別的東西可用就稍微安心了一點。她能夠綁起他嗎？或是乾脆勒死他？這次，她不會再害怕傷害他了。當她揮舞那根木頭時，她會加諸全身的重量打下去。她拿起木頭，對著空氣練習。

她現在只需要等待希拉斯出現。

⁂

她等了又等，等了又等。

她在剩下一根扶手的椅子上睡著了，眼簾不自覺闔了起來。她試著坐著不動好保存體力，不時起來走路，以防肌肉僵硬。但隨著時間流逝，她變得愈來愈虛弱，整個人也再度恍惚了起來。她又餓又渴。

她從未如此乾渴，讓她彷彿整個人被掏空了一般，咬嚙著她的內臟，劇烈的疼痛讓她感覺頭變得腫大。她夢見了水，夢見她將畫筆浸到一罐黑色的液體中，然後一口氣喝下去——

她眨眨眼，試著專注於她的身體、她的呼吸。

她還活著。

他為什麼沒來？

她舔舐牆上的水氣，直到胃抽搐起來。她已經吐不出任何東西。她考慮咬自己的手臂，吸食流出的血液。但那有用嗎？只會讓她更無法保持清醒吧？

她在清澄的湖中游泳，她往下潛，張開嘴，讓沁涼的水湧入口中。她抓住了一塊石頭，但那是人偶的陶瓷頭顱，被她打翻的顏料弄髒了。當她再度看向它，它變成了一個女孩的頭骨，她的頭骨。頭骨填滿了湖底。一排又一排人偶，一排又一排女人的畫像，一排又一排頭骨。死了，死了，全都死了。

他在哪裡？直到她氣力全失、體內什麼也不剩之前，還要過多久？

她用盡全力掙扎過了，而她現在心如死灰。

路易斯的臉從黑暗中浮現，她感覺到他的氣息吐在她臉頰上。

「我們該進屋去了。」他說，鼻子撫著她的耳垂。

「我們留在這裡吧。」她說，而他將陽光曬暖的葡萄酒倒入她口中，直到酒從她嘴裡噴濺溢出。酒液弄髒了她的裙子，他一次又一次吻她，直到她再也感覺不到任何事物。

黑暗如此柔軟溫暖，像是一襲羽絨床單。她躺進去，躺進路易斯的懷中，她終於和他在一起了。

針

希拉斯將細小的木材黏在一起，尺寸和四根火柴合起來一模一樣。他拉起最後一道邊──完成了──那是一個黃金畫框的輪廓。

他拿起白色的老鼠，牠身上穿著一件作工靈巧的素色藍裙。希拉斯和那些他常窺探的外科醫生一樣，使起針線就和解剖刀一樣嫻熟。他過去總是聽他們誇耀自己補襪子的能力、拿女兒的人偶衣服來練習縫紉，還有討論每年的外科醫生刺繡比賽。

「妳真是個美人，我的王后。」他對老鼠說，撫摸牠頭上柔軟的毛，然後將牠固定在檯座上。他將一隻蒼蠅吊在畫框上，代表了艾莉絲在畫裡伸手捕捉的那隻鴿子。他將畫框立起來，擺在老鼠面前。

他審視著完成的作品。它並不完美，但還過得去。他在傍晚時會帶著它上樓，加入其他老鼠。

他已經超過一天沒聽見艾莉絲的聲音了。沒有哀鳴、沒有敲擊，什麼都沒有。這片寂靜讓他起寒顫，但同時也讓他感到安心。

沒有任何聲響、沒有人可以說話，這感覺多古怪、多平靜啊！老實說，他鬆了一口氣。沒有咆哮聲、沒有永無止盡的尖叫，也沒有她那透著狡猾、誘使他考慮放走她的溫順態度和話語。這樣好多了，儘管這並非他的本意。他很快就能將瓶罐和標本搬回地窖了。

他撣去鐘型瓶上的灰塵，使用沾著油的布擦亮骨頭，重新擺好填充獸皮的位置。他拿起一張

《刺胳針》的剪報，讀著鎖骨是如何與其他骨頭接合，以及它和胸骨柄與胸鎖關節的連接處。門口傳來敲門聲，希拉斯叫道：「是誰？」

「我是梅布爾。」有人回道：「來替我的女主人買只蝴蝶胸針。」

他打開門，一名僕役站在他面前。

「先生，你的門鈴似乎壞了。告示牌寫著要我先敲門再按鈴。」他看向她指的地方：牆上出現了一個空洞，門鈴翻倒在地上。他咒罵了一聲。

「我可以進去嗎，先生？」

他露出微笑，掛上營業用的表情。「我這陣子不在家，恐怕整間店太亂，事實上亂得不得了。妳兩天後再來，那時就會恢復原狀。」

她離開後，希拉斯開始檢查門鈴。肯定是因為最近氣溫驟升，融化了固定零件。他決定去地窖看看要怎麼修好它。

他推開鱗翅目展示櫃，舉著油燈往下照。艾莉絲坐在椅子上，身體虛軟地傾頹。他掏出手帕摀住鼻子，單手爬下梯子。他試著不吸入地窖的空氣。

到達梯子底部後，他轉過身看著她。

她的肌膚比過去任何時刻都來得蒼白。汗珠聚集在皮膚上，就像豬肉外皮上的水氣。他知道她試過了。她比藍鈴、芙莉可還有其他人都試得更用力、掙扎得更用力。

他好愛她的頭髮垂落的樣子。他抓起一綹髮絲，在手中滑過。摸起來就和毛皮一樣柔軟。金色中夾雜了赭色和棕色。他扯了扯，有點打結，但他會以戀人的細心梳開每一處結。

這讓他想起他找到的第一隻狐狸，牠紅色的毛皮，還有礬土一樣雪白的柔軟腹毛，以及強而有力、油灰色的顎骨和連接在一起的牙齒。牠曾經充滿生機，而那副骸骨只是過去的牠所留下的遺址。

就在此時，淚水燒灼他的喉頭。他讓過去十天壓抑下來的情緒、擔憂、恐懼和愛傾瀉而出。她只待在他身邊不過十天而已！這隻美麗的老鼠、甜美的小東西，在他的掌握中僅僅待了十天。他從體內深處湧上另一道悲戚。如此動人心魄的事物再也不存在了。

「我很抱歉。」他一遍又一遍地說道。

她的雙眼被垂落的頭髮遮覆，而他摀住臉，不住哭泣。

蝴蝶展示櫃

當他拉住她的頭髮時，她想像那只是縫在人偶頭上的鬈髮——從南日耳曼的農夫頭上剪下來的。她的雙唇只是洋紅色的顏料，四肢是冰冷、窯烤過的陶瓷，眼睛是光滑的綠色彈珠。她正僵直地坐在沙爾特太太店裡的架子上，被金屬支架固定在原處。他的雙手——油膩的雙手——他不過就是個正在把玩她的吵鬧孩子，她絕不會畏縮。

他似乎沒注意到有根扶手不見了，也沒注意到她身上的束縛鬆垮地垂落，以及掛在她手中的電線。他的氣味變了，變得乾淨、有化學藥劑的氣味。他聞起來就像沙爾特太太的藥櫃，裡面滿是壓碎的藥錠、化妝水和糖漿，允諾她永恆的青春和健康。他聞起來就像松節油和剛洗乾淨的畫筆。

她的視野模糊不清，但她知道她唯一的機會只有出其不意地攻擊。他最好繼續相信她已經死了。她擔心他聽見了她驚乍的心跳和淺短的吸氣。

當他開始啜泣時，她心中冒出的一絲憐憫卻只是激起了更多的厭惡。她鄙視他的程度已經強烈到她想放聲大吼，但她要保持靜止。**王后，不要動。**

如果現在幫我照張相，我的影像絕對不會糊掉。還可能會被誤認為是死亡紀念照。

他蹲下身，雙手摀住臉孔。

空氣吸起來就像泥濘一樣厚重。她試著抬起手，卻紋風不動。她的手垂落身側，彷彿不屬於她，好像被她壓在身下好幾個小時，逐漸麻木、動彈不得。她要一次只試一點點——就像一層一層慢慢疊加的顏料——先是動一下手指，再轉動手腕。

路易斯坐在一旁，另一邊是她姊姊。她想再次看到他們真實的樣子，而非是在地窖牆壁閃爍飄浮的幻象。她要真的看到他們。她的姊姊成為店主人，在帳簿上寫下銷售紀錄，身旁還有個學徒。路易斯在她身邊畫畫，腦中浮現的笑話讓他的嘴角勾起，他強壯的手執著畫筆滑過畫布。而她的畫在皇家藝術學院展出，就掛在齊平線的位置或靠近的地方。

就像溺水的女人游向水面的最後一次掙扎，她使力舉起手臂，然後發現她居然能輕鬆抬起。她將扶手砸向希拉斯的頭時，整個身體都弓了起來。這一擊十分乾淨俐落——她可以感覺到他頭骨傳來震動，一路竄上她的肩膀。整個世界彷彿突然發出閃光，像是畫刀粗糙的刻痕，像是顏料猛然扔在完成的畫作上。希拉斯掙扎著轉過身，而她再次舉起扶手，重擊他的眉間。這讓她更加怨恨、憤怒，直到她激動地全身顫抖。血流了出來——純粹的茜草紅乍現在她眼前。

他咆哮著，雙手不斷在地上揮打，摸索著她的腿。她拿起裝滿她的排泄物的桶子，一口氣全倒在他頭上。他離她好近，而她再次舉起扶手擊打他，儘管世界在她周圍旋轉、下沉。她聽見骨頭傳來碎裂聲——很可能是他的肋骨——以及木頭破裂的聲音。她扶著牆穩住身體，整個地窖都在搖晃。

梯子就在她眼前，散發舒適的冰涼。但她的動作好緩慢，虛弱的身體和裙子阻礙了她的行動，裙襬擠成一團、絆住她的腳。電線綁在她的手腕上，直到她看見掌心被割出血，她才意識到它的存在。她停下來，世界在瘋狂擺動，各種形體從空無一物之處浮現。她的手指從梯子上滑落。

希拉斯呻吟著向她爬來。疲累和暈眩讓她搖搖欲墜。她告訴自己，這是她最後一次機會。她會活下來——她一定要活下來。

她重新抓好梯子，更加緩慢、更小心地向上攀爬。她聽見他從下方傳來的動靜，但她試著不去理會。她絕對不能摔下去。她再踏出一步，將襯裙踢向一邊。然後再一步，又一步。她半個身體已經來到了一樓的店面。

陽光出現得如此純粹又猝不及防。一道光斜斜地流淌進屋裡，如此明亮，她好像可以直接伸手抓住。她瞇起雙眼看著陽光。她能聽見遠方斯特蘭德街上馬車的喧囂。平凡的人們照常過著平凡的日子。這裡的空氣更為清新，泡在溶液裡的動物從混濁的瓶罐中直盯著她。她繼續將自己拉進店裡。

她又感覺到了。他的手抓住了她的腳踝。她轉過身，看到他油膩的頭髮就在她下方。她伸腳踢他，卻不足以讓他放開手，而她的意識正在一點點消失。電線。她想起手中的電線，然後拿它鞭打他的指節。一聲叫喊響起——她不能確定是誰的聲音。

扣住她腳踝的禁錮鬆開。

她有足夠的時間讓自己撐到店面的地板上。這片光芒！她好想喝下這些光，在嘴裡盡情品嚐。但她聽見他的聲音從底下傳來，那是他的靴子踩在梯子上空洞的敲擊聲，於是她推了地窖門一把。門砰地一聲關上，但邊緣並沒有和門框完全重合。此時，門的一角已經掀起，他正將門往上推。她環顧四周，但她沒有足夠的力氣推動展示櫃。她連站都站不起來。她坐在骯髒、撕裂的裙子上，塞口布在臉頰上摩出的傷口還隱隱作痛，手臂也因為反覆讓椅子撞擊牆壁而滿是傷口。

她爬向展示櫃的另一側——由紅木和玻璃構成的龐然重物——然後將身體壓向櫃子。櫃子開始微微移動，於是她以全身的力量撞向它。展示櫃晃動起來，彷彿正被一條繩子拉扯，懸在半空中一會兒，然後倒落。塵埃揚起，木頭碎裂，粉碎的玻璃和蝴蝶翅膀四處散落。

到這一刻，她才發現他被困住了，她趴在地上，開始四肢並用往前爬。她努力爬向大門，世界在她周圍變得模糊、彎折又扭曲。玻璃碎片扎進了她的拳頭，膝蓋也流著血，裙襬被推擠得往上捲。她跌到屋外的巷子裡。

她不斷掙扎，然後直起身來。

她可以聞到油炸食物的味道、泰晤士河傳來的臭蛋味、菸斗冒出的煙、壁爐裡燃燒的柴火、腐爛的蔬菜和其他一千種味道。地上一堆堆煤灰和塵土一樣乾燥，馬車翻攪出來的煙塵讓她不禁咳嗽。儘管如此，陽光照亮大地，從高聳的建築之間灑落。這一切好美，都是屬於她的。這瞬間如此靜止，如此平和。

她覺得體內像被抽空了。

儘管如此。

儘管如此，她還是跌跌撞撞地邁步向前，朝向前方的一團混亂、喧囂和快步前進的辦事員行列走去。

但是，最重要的還是她眼前的景象。她能花上好幾天、好幾年盯著眼前的景象，永遠都不會厭煩。建築物上頭的破損磚塊、一個男孩伸長了手叫賣報紙，還有當她衝上斯特蘭德街時，街道消逝在遠方的透視線。她好希望身邊就有畫架和顏料，而路易斯也在她身旁，告訴她該如何運用色彩——高頂禮帽是黑色、飛掠而過的馬車是純粹的祖母綠，還有個女孩不受束縛的紅色頭髮——她拔腿奔跑。

倫敦

一八五二年五月

畫作

節錄自〈皇家藝術學院，第二次評論：針對作品的報社評論〉，刊載於一八五二年五月二十二日的《倫敦新聞畫報》

過去我一直批評前拉斐爾兄弟會的風格，但今年我的批判將不再那麼嚴厲。來到東房時，你會立刻看見一幅掛在齊平線略下方的中型畫作。這幅畫展現了無比的莊重，讓我花了最愉快的一個小時欣賞它。儘管略有瑕疵，畫家的技巧也無疑還有進步的空間，但她對「樸實」（Nature）的詮釋實在令人欣喜。

一如人稱PRB的其他作品一樣，這幅畫的色彩稀薄，呈現了對光影的關注，畫面也沒有特別的聚焦處，因而賦予了每樣物件均等的重要性。當然，這種作法的問題在於：微不足道的事物被極其細微地描繪，重要的事物則未獲得足夠的注重。一隻老鼠逃出了貓的掌握、一只花瓶插滿了鳶尾花和玫瑰——每枝花朵都尚未完全盛開——金髮女僕坐在後方背景，端起一碗草莓吃將起來，而她的女主人的雙眼正看向別處。這些不必要的細節轉移了對畫中央所忠實再現的親密關係的注意——也就是一對擁抱中的戀人。他們轉向彼此，彷彿正要大笑出聲。兩人的姿勢無比地自然，無比甜蜜，讓這幅景象不致流於令人作嘔的濫情。

一面凸透鏡清晰地畫在牆上，鏡面呈現出超越畫作範圍的寬廣視角。這是現代繪畫中極為老套的手法，這面鏡子存在的正當理由，正是讓畫中能出現更多物件。鏡子映照出的景象裡，一位與畫中央的女人長相幾乎一模一樣的人坐在桌邊，她正專注地看著銅製的收銀機。這部分畫得十分巧妙，她毀損的面容暗示了時間的流逝和腐朽，而作為現代度量秤的收銀機，象徵了形而上的審判與推移的時日。

同時，白金色頭髮的女僕也有個神貌相似的雙生——一位穿著藍色長褲的小男孩正籠罩在窗外照進的三角形光芒中。他將手伸向觀者，彷彿召喚他們進入畫中，也可能意味著討銅板。

這幅簡樸——雖然略顯擁擠——的畫作可能並非啟發自詩歌或莎士比亞等主題，但它奇特而誠實地呈現了居家場景，讓在下這位時常惡言相向、語帶嘲弄的評論家，對畫中自然而可愛的魅力滿懷激賞。

致謝

我要感謝——

Maddy，我的擁護者、發電廠、朋友，以及有史以來最棒的經紀人。謝謝妳的茶還有後來的雞尾酒。謝謝妳對我的信賴，妳的專業指導和冷靜。感謝Madeleine Milburn Agency的所有人：Anna Hogarty、Giles Milburn、Hayley Steed和Alice Sutherland-Hawes。

感謝我一流的編輯Sophie Jonathan，妳的鷹眼和洞見成就了這本書——謝謝妳一千遍也不為過。感謝我美國的編輯Emily Bestler，謝謝妳寶貴的建議、評論和熱情。我對兩位心懷無比的感激。

感謝Picador出版社的各位，包括Camilla Elworthy，她是出版界的女神，還有Paul Baggaley、Lara Borlenghi、Gill Fitzgerald-Kelly和Katie Tooke。感謝美國Simon & Schuster的各位，尤其是Lara Jones與Libby McGuire。

感謝我在倫敦的工作坊團隊，你們是最棒也最有才華的朋友：Megan Davis、Richard O'Hallonran、Sophie Kirkwood、Campaspe Lloyd-Jacob和Tom Watson。另外要特別感謝Emily Ruth Ford，妳的編輯、支持和友誼對我來說意義重大。

感謝Lydia Matthews和Diana Parker，妳們在過去十年讀了我寫的所有東西，鼓勵我撐過每一次挫折。感謝Lucy Clarke、Alessandra Crawford、Elizabeth Day、Chris McQuitty、Julia Murday、Ed Parry-Smith、Emma Sharp、Nayela Wickramasuriya和Elizabeth Wignall提供的指導和令人振奮的信心

喊話，尤其是在這本小說初期的草稿階段時。我很幸運，能稱你們為我的朋友。

感謝我的英文老師Paul Cheetham、Pippa Donald、Rob Harrison、Joe McKee和Betty Thompson。感謝Fiona Stafford，我在牛津大學薩默維爾學院（Somerville College）的導師，她培養出我對維多利亞時期小說的熱愛，鼓勵我以一八五〇年代文學中的物品作為學士論文題目，讓我對收藏家、前拉斐爾兄弟會和萬國博覽會產生興趣。

感謝東安格里亞大學（University of East Anglia）支持我、鞭策我、教導我的每一個人。感謝我的導師Giles Foden、Philip Langeskov、Laura Joyce、Rebecca Stott，特別是Joe Dunthorne。我也要感謝讀過這本小說開頭幾章、要我繼續寫下去的工作坊團隊。

感謝Malcolm Bradbury和Ian Watt基金會，你們提供的獎學金讓我能夠有時間寫作。感謝喀里多尼亞小說獎（Caledonia Novel Awards）和Wendy Bough，在關鍵時期帶給我最美好的消息，謝謝你們介紹給我的經紀人，也謝謝你們隨後的支持和友誼。

感謝Josh Bennett、Terry Blundell、Dan Reeve和Viktor Wynd，謝謝你們針對各種主題的建議——從中世紀羅曼史、標本剝製術到油畫。書中的任何錯誤都歸咎於我。

我還要感謝家族裡的每一個人。感謝我的Dinah阿姨，她是最棒的公路旅伴，也總是實話實說。謝謝我的兄弟姊妹Peter、Hector和Laura，謝謝你們多年來的愛、爭吵和樂趣。謝謝我的爺爺Arthur Bourne和奶奶Enid Bourne，你們在我達成任何成就之前就以我為榮，也教導我許多事物。我過去總是答應你們要寫出第一本小說，真希望我能將這本書與你們分享。我想念你們。

謝謝Jonny。感謝你所做的一切。

感謝我的父母，他們一直鼓勵我超越自己以為的極限，並在我失敗時擁抱我，然後期許我再接再勵。感謝你們閱讀、喜愛我寫給你們的每一個字（不管寫得多糟），也謝謝你們一直都在。

謝謝你們。

【Echo】MO0074
娃娃與標本師
The Doll Factory

作　　者❖伊莉莎白・麥克尼爾 Elizabeth Macneal
譯　　者❖黃亦安
封面設計❖萬勝安
排　　版❖張彩梅
總 編 輯❖郭寶秀
特約編輯❖周奕君
行銷業務❖許芷瑀

發 行 人❖凃玉雲
出　　版❖馬可孛羅文化
10483台北市中山區民生東路二段141號5樓
電話：(886)2-25007696
發　　行❖英屬蓋曼群島商家庭傳媒股份有限公司城邦分公司
10483台北市中山區民生東路二段141號11樓
客服服務專線：(886)2-25007718；25007719
24小時傳真專線：(886)2-25001990；25001991
服務時間：週一至週五9:00～12:00；13:00～17:00
劃撥帳號：19863813　戶名：書虫股份有限公司
讀者服務信箱：service@readingclub.com.tw
香港發行所❖城邦（香港）出版集團有限公司
香港灣仔駱克道193號東超商業中心1樓
電話：(852)25086231　傳真：(852)25789337
E-mail：hkcite@biznetvigator.com
馬新發行所❖城邦（馬新）出版集團【Cite(M) Sdn. Bhd. (458372U)】
41-3, Jalan Radin Anum, Bandar Baru Sri Petaling,
57000 Kuala Lumpur, Malaysia.
電話：(603)90578822　傳真：(603)90576622
E-mail：services@cite.com.my
輸出印刷❖前進彩藝有限公司
一版一刷❖2022年4月
定　　價❖450元

ISBN：978-986-0767-82-7
ISBN：9789860767889（EPUB）

城邦讀書花園
www.cite.com.tw

國家圖書館出版品預行編目（CIP）資料

娃娃與標本師／伊莉莎白・麥克尼爾（Elizabeth Macneal）作；黃亦安譯. -- 一版. -- 臺北市：馬可孛羅文化出版：英屬蓋曼群島商家庭傳媒股份有限公司城邦分公司發行, 2022.04
368面；14.8×21公分 --（Echo；MO0074）
譯自：The doll factory
ISBN 978-986-0767-82-7（平裝）

873.57　　111001655